어제
그곳

오늘
여기

어제 그곳 오늘 여기

아시아 이웃 도시 근대 문학 기행

1판 1쇄 인쇄 2020년 10월 19일
1판 1쇄 발행 2020년 10월 26일

지은이 김남일
펴낸이 박해진
펴낸곳 도서출판 학고재
등록 2013년 6월 18일 제2013-000186호
주소 서울시 마포구 새창로 7(도화동) SNU장학빌딩 17층
전화 02-745-1722(편집) 070-7404-2810(마케팅)
팩스 02-3210-2775
전자우편 hakgojae@gmail.com
페이스북 www.facebook.com/hakgojae

ISBN 978-89-5625-412-8 03810

40쪽 aiko_koni/shutterstock.com   41쪽 xuanhuongho/shutterstock.com   45쪽 Porvorrich/shutterstock.com
48쪽 Efired/shutterstock.com   56쪽 Jay Nong/shutterstock.com   70~71쪽 Unique Shutter/shutterstock.com
75쪽 Edgar Machado/shutterstock.com   137쪽 NG-Spacetime/shutterstock.com   140쪽(우) NG-Spacetime/shutterstock.com
141쪽(좌) NG-Spacetime/shutterstock.com   189쪽 Claudio Divizia/shutterstock.com   276쪽 Anchalee Wiangkao/shutterstock.com
289쪽 seaonweb/shutterstock.com   327쪽 Nguyen Quang Ngoc Tonkin/shutterstock.com   330쪽(상) Asia Images/shutterstock.com
330쪽(하) Rolf_52/shutterstock.com   332쪽 kwanchai.c/shutterstock.com   356쪽 TungCheung/shutterstock.com
369쪽(하) MaruokaJoe /shutterstock.com

아시아 이웃 도시 근대 문학 기행

김남일 지음

어제 그곳 오늘 여기

학고재
도서출판

차례

비행기가 '대체로' 사라진 하늘 아래

나는 지금 사진을 보고 있다.

유럽 대륙을 찍은 두 장의 사진이다. 이전과 이후. '이전'의 사진 속에서 유럽은 빛의 다발을 넘어 아예 빛의 뭉텅이, 빛의 제국이다. 그 속에서 국경은 사라졌다. '이후'의 사진은 더 충격적이다. 유럽은 아주 가느다란 빛 몇 가닥만 겨우 내비칠 뿐이다. 마치 인공호흡기에 기대어 가쁜 숨을 내쉬는 중증의 환자처럼. 빛이 사라진 빈사의 밤하늘 아래 국경이 고스란히 드러났다. 솅겐 조약 따위는 맥을 추지 못한다. 신문 기사는 유럽항행안전기구의 집계를 인용하는데, 여객기 운항 편수는 코로나바이러스-19 이후 90퍼센트나 줄었다. 심지어 2020년 4월 21일 오전 실시간

항공 운항 상황판에는 유럽 하늘을 날고 있는 여객기 수가 '0'으로 표시됐다고 한다. 예정됐던 4,153편이 모두 취소됐기 때문이라고.[1]

나는 가슴을 쓸어내린다. 최악의 경우에도 나는 유럽을 다녀온 '추억'을 간직하게 될 것이므로.

지지난해에 운 좋게 베를린에 가 석 달을 머문 적이 있다. 나로선 태어나 처음 유럽 땅을 밟는 거였다. 나랏돈을 받아 간 터라 맘 놓고 돌아다니진 못했다. 돈을 댄 기관에서 규정을 어찌나 따지던지 국경을 넘을 엄두 같은 건 내지도 못했다. 버스를 타고 네 시간이면 갈 수 있다는 체코의 프라하도 언감생심 그림의 떡이었다. 미안, 프란츠 카프카! 미안, 밀란 쿤데라! 미안, 카렐 차페크! 그래도 토마스 만의 고향 뤼베크에는 다녀왔고, 커트 보니것이 그 특유의 '웃픈' 문체로 재현한 '제5 도살장'에도 다녀왔다. 거기서 나치의 포로로 잡힌 미국 육군 병사가 매일같이 공포에 떨면서 쳐다봤을 하늘을 아무렇지도 않게 쳐다봤다. 세상에, 하늘은 숨 막힐 정도로 맑고 또 푸르렀다.

훗날 작가는 드레스덴을 회상하며 맨 첫 줄을 이렇게 썼다.

이 모든 일은 실제로 일어났다. 대체로는.[2]

　우리 또한 이렇게 말할 수밖에 없다. 왜냐하면 우리에게도 '이 모든 일'이 실제로 일어났고, 지금도 일어나고 있으므로. 대체로는.

　유럽보다 코로나 상황이 나은 아시아라고 사정이 크게 다르지 않다. 나라와 나라를 잇는 국제선은 80~90퍼센트가량 운항이 줄어들었다. 인천국제공항은 검역소가 된 지 오래다. 도처의 바이러스와 살인적인 의료비를 피해 도망치듯 미국을 빠져나온 유학생들과 한창때 도망치듯 제 나라로 날아갔던 아시아 전역의 이주노동자들이 되돌아와 그 검역소를 찾는다. 그래봤자 국제선 여객기는 몇 편 되지 않는다.

　문득 내가 존경하는 한 분의 얼굴이 떠오른다.

　이야기가 어쩌다 외국 여행 쪽으로 흐르면, 그분은 이따금 우리를 돌아보며 냉소적인 표정으로 툴툴거리셨다.

　"거 참 비행기 좀 덜 타면 안 되나?"

　내가 그분의 공생 철학에 99퍼센트 공감해도 딱 1퍼센트만큼은 받아들이지 못했던 게 바로 그 부분이다. 나는 어느덧 해외여행에 인이 박여 있었던 것이다. 해서, 나는 속으로만 가만히 이렇게 뇐다.

9

'에구, 선생님. 그것만큼은 도저히 안 될 것 같아요.'

거기, 아시아가 있었다

내가 처음 비행기를 탄 것은 1993년이었다. 처음 외국에 나간 것도 1993년이었다. 그러니까 나는 1993년에 처음으로 비행기를 탔는데, 그게 국제선이었다는 말이다. 나는 무엇이 급했는지 제주도 한 번 비행기로 가보지 못한 주제에 일본 오사카 공항을 첫 번째 비행기 여행이자 해외여행의 기착지로 삼았다. 해외여행 자유화[3] 덕분이었는데, 그것은 노태우 정권이 태생적 한계를 감추려고 시도한 유화 정책의 하나였다. 말하자면 전두환 정권의 통금 해제, 미스 유니버스 대회 개최, 국풍81, 프로야구 개막, 컬러텔레비전 방송 도입 따위와 맥을 같이하는 것이었다. 실제로 그런 정책은 제법 효과가 있었다. 우리는 내일 있을 시위에 대비해 비밀 모임을 가지면서도 삼성이 롯데한테 이겼는지, 오리 궁둥이 김성한이 홈런을 또 날렸는지 어땠는지 힐끔힐끔 곁눈을 팔았다. 나는 길거리로 나가 기꺼이 '민주 시민'이 되었다가도, 최루탄·사과탄·지랄탄이 세트 메뉴처럼 날아온다 싶으면 뒤도 안 돌아보고 부지런히 내뺐다.

고백하건대, 그렇게 달아나면서 꿈꾸었다. 그 지겨운 투쟁이 날이면 날마다 이어지는 '안'을 벗어나, 백날을 있어도 백일몽과 헛것 이외에는 아무(것)도 날 불러내지 않을 '밖'의 먼 고도孤島와 고도古都로 달아나는 꿈을. 적어도 그렇지 않았다고 장담하지는 못하겠다.

어쨌든 귀빠지고 처음 외국 땅을 밟게 되었으니, 나는 소원 하나는 푼 셈이었다.

호텔 창문으로 내려다보이는 나고야의 밤거리는 아쿠타가와 류노스케의 「나생문」을 연상케 할 정도로 음산했다. 지나다니는 차도 행인도 별로 없었고, 건물마다 불은 거의 다 꺼져 있었다. 캄캄한 골목 어디선가는 송장의 머리카락을 뽑던 원숭이같이 생긴 백발 노파가 왈칵 뛰쳐나올 것만 같았다.

"이 머리카락을 뽑아서 말이지, 이 머리카락을 뽑아서 말이지, 가발을 만들려는 거야."

하지만 호텔 옆 편의점에서 사온 술이 돌기 시작하자 그런 대로 흥겨운 기분에 젖어들 수 있었다.[4]

그 기괴하면서도 그런대로 흥겨웠던 첫 번째 일본 여행 이후, 나는 뻔질나게 해외여행을 다녔다. 여권도 몇 번이나

11

바꾸었다. 그래도 앞서 말한 그 뒤늦은 '베를린의 횡재'가 찾아올 때까지는 한 번도 아시아 바깥으로 나가본 적이 없었다. 특별히 작정한 것은 아니지만, 나는 쳇바퀴 돌듯 늘 아시아의 대지를 떠돌고 있었다.

한번은 두만강 강변을 따라 옛 소련제 자동차를 세내어 타고 가는데 내 옆구리 쪽 문짝이 덜컹 떨어져나갔다. 기겁한 내가 뭐라 말도 잇지 못하는데, 운전기사는 하루에도 서너 번씩 있는 항다반사처럼 태연히 내려 문짝을 도로 달았다. 사람 좋은 미소를 지어 보이는 게 외려 고마웠다. 거기 옌지에서는 쑤이펀허에서 중러 국경을 넘어 우리가 한때 '원동'이라 불렀던 시베리아 땅으로 뭔가를 팔러 간다는 조선족 사내들과 아침부터 배갈도 나눠 마셨다. 울란바토르행 국제 열차를 타고 가던 어느 새벽 문득 눈을 떴을 때에는 얼어붙은 황막荒漠 위를 이리 떼처럼 사납게 날뛰던 눈 폭풍도 목격했다. 티베트의 고원에서는 하루에도 대여섯 번씩 뒤바뀌는 날씨에 넋을 잃었다. 어찌 그러지 않으랴. 그런 곳에서 생은 오직 감사의 연속인 것을.

히말라야 산록에 들어가 한 달을 보낸 적도 있다. 그때 나는 한밤중에 일어나 소변을 보다가 거대하고 환한 산 그림자 앞에서 사랑과 미움, 삶과 죽음의 경계 따위를 어지럽게 생각했을 것이다. 아마 근거 없이 흘러내리는 눈물도

12

히말라야. 쏘롱라(해발 5,600미터)를 넘어와서 좀솜으로 가는 길.
내 포터가 지친 나를 이끌고 있다.

애써 훔치지는 않았으리라. 해발 5,600미터 쏘롱라를 넘을 때에는 기진해서 숨조차 헐떡거리지 못했다. 머리 꼭대기에서 정수리를 꿰뚫을 듯 내리쬐는 햇볕이 그토록 무섭고 원망스러운 적은 없었다. 거기서 나는 설맹이 되어 히말라야 산속을 10년이나 헤매는 등산가를 만났다. 끔찍한 악몽이었다. 자칫 나도 그렇게 될까 두려웠다. 투르판의 햇볕도 만만치 않았다. 수건을 빨아 탁탁 털어 널고 돌아서면 그 새 다 마를 정도였다. 타클라마칸 사막 끝에서 만난 화염산은 말 그대로 활활 불타오를 것만 같았다.

시인 김남주 형님을 떠올린 것은 언제였던가. 밤낮없이 무슨 산맥과 산맥 사이 하서회랑을 달려가던 기차 4인 객실 안이었을까. 기억이 아슴아슴하지만, 아무튼 나는 「영혼과 형식」이라는 제목으로 단편소설 한 편을 썼고, 거기에 기어이 죽은 형님을 등장시켰다. 베트남의 시인 반레가 망월동 그의 무덤에 가서 시를 썼다. 시 속에서 남주 형님은 돌산도 아니고 강철도 아니고 '정신'이 되어 되살아났다. 청춘의 가장 귀한 시절 10년을 송두리째 죽음의 전선에서 보낸 이들의 말을 믿지 않을 도리는 없다. 반레는 사실 밀림에서 먼저 전사한 동료의 이름인 것. 레지투이는 평소 시를 좋아했던 그 벗의 이름을 제 필명으로 삼았다.

나는 다시 아시아의 우기를 걷는다. 매일같이 한 시간씩

14

폭우가 쏟아지던 도시들. 바나나 잎에 들던 빗줄기, 그리고 그 상쾌한 빗소리. 나는 루앙프라방의 어느 카페에서 새삼 식민주의자 행세를 하며 단돈 1달러에 맛 좋은 원두커피를 마셨고, 수 세기를 폐허로 버텨온 앙코르의 어느 사원에서는 밀림의 불타는 노을을 배경으로 펼쳐진 반딧불이들의 황홀한 군무에 까무룩 넋을 잃었다. 하마터면 울음을 터뜨렸을 것이다. 인도의 북쪽 끝 다람살라에 도착한 건 아직 캄캄한 꼭두새벽이었다. 그 어둠 속에서 수염이 무성한 사내들이 내 팔이 마치 자기들 것인 양 서로 잡아끌었다. 나는 화도 내지 못하고 그중 억센 한 사내가 끄는 대로 끌려갔다. 알고 봤더니 그는 게스트하우스 주인의 아들이었다. 그리고 더 없이 착한 무슬림이었다. 그날 수염이 온통 하얀 그의 아버지가 내준 카슈미르 담요는 그다지 따뜻하지 않았지만 나는 나를 불안하지 않게 해주려는 그들 부자의 마음 씀씀이를 쉽게 잊지는 못할 것이다.

자카르타의 와양 박물관, 마닐라 해변의 밤 불꽃놀이도 목록에 넣자. 라말라의 노을은 하이파의 노을만큼 슬펐다. 나는 그 두 도시를 누구보다 사랑했던 마흐무드 다르위시의 시로 마음을 달랠 수밖에 없었다. 불타는 타클라마칸 사막 끝에도 사람들이 살았다. 물론 그 시절 나는 그들이 애써 일군, 화화夏華 문명과는 전혀 다른 독특한 문명을

수 세기를 폐허로 버텨온 앙코르의 시간.

타클라마칸 사막 끝에서 만난 화염산.
당장이라도 활활 불타오를 것만 같았다.

제대로 살펴볼 능력도 마음도 없었다. 나는 그저 어디 한 군데 머물지 않고 개구리밥처럼 이리저리 떠다니는 것 자체가 즐겁기만 한, 아직은 젊은 방랑자에 지나지 않았다. 그렇게 도착했던 타슈쿠르간이란 도시는 한 번도 가본 적 없지만 마음속에 늘 '세상 끝'으로 기억하고 있던 로맹 가리의 그 '페루'와 결코 다르지 않았다. 새들은 페루에 가서 죽고, 타슈쿠르간에 가서도 죽을 터였다. 그 너머에 파키스탄이 있었다. 그쯤에서 나는 홀연 무엇이 겁났는지 내가 아직 가보지 못한 아시아도 더러 좀 남겨두자고 생각했던 것 같다.

우리의 아시아

1993년의 첫 번째 일본 여행에서 '재일조선인작가를 읽는 회'라는 모임을 만났다. 그들 중에는 물론 전문가도 있었지만 대부분은 나고야 일대에 사는 평범한 시민들이었다. 모임이 처음 발족한 것은 1977년 12월이었다. 월 1회 정도로 독서회를 열었는데 그것이 어느 정도 궤도에 오르자 1980년부터는 연 1회 『가교』라는 동인지를 펴내기 시작했다. 그 후 "문학을 통해 재일동포의 생활과 사상을 접하고, 스스로의 차별 의식과 제도의 차별을 극복하는 관점에서 민중 연대의 기저를 찾겠습니다"고 한 기치를 43년이 지난 지금까지 변함없이 이어오고 있다. 이 글을 쓰기 위해 찾아보니 모임은 2020년 4월로 무려 466회째를 기록했다. 그동안 이들은 김석범·김시종·이회성·양석일·유미리 등 저명 작가들 외에도 여러 신진 작가들까지 눈여겨보며 쉬지 않고 작품을 읽어왔다. 나는 무엇보다 평범한 시민들이 모여 그처럼 열심히 공부를 한다는 사실 자체에 큰 충격을 받았다.

그때부터 나는 언제고 그런 모임을 만들어 공부를 해보고 싶었는데, 마침내 기회가 찾아왔다. 1995년 나는 아무런 준비 없이 훌쩍 베트남으로 날아갔다. 가서는 15박 16일 동안 사이공에서 하노이까지 남북을 종단했다. 여행 도중 내가 가장 많이 떠올린 단어는 '속도'였다. 사실 내가 베트남행 비행기에 오른 것은 공교롭게도 삼풍백화점 사건이 일어난 바로 그 이튿날이었다. 보고도 믿을 수 없었다. 서울 한복판에서 멀쩡한 백화점이 거짓말처럼 무너져내렸다. 나는 베트남에 가서도 시시때때로 악몽과 환청에 시달렸다. 그래도 베트남의 속도가 나를 지탱해주었다. 나는 '전쟁 통에 손을 놓쳐버린 어린 누이와 같은 땅'이라는 부제가 달린 여행 안내서가 너덜너덜해지도록 보고 또 봤다.

그렇게 해서 드디어 어느 새벽 초라한 하노이 역에 도착했고, 거기서 길바닥 국수 한 그릇을 아주 맛 좋게 비울 수 있었다.

나는 돌아오는 대로 동료 작가들에게 엽서를 써서 무조건 모이자고 했고, 회비는 나오는 사람만 내자고 했고, 두 명만 모여도 무조건 공부를 하자고 했고, 내가 안내할 테니 기회가 되면 베트남 여행도 함께 가자고 했다. 나아가 무엇보다 베트남을 이해하는 것이 우리 자신을 이해하는 길이라며 동료들을 설득했다. 1980년대 내내 거리에서 싸우느라 조금은 지친 동료들이었다. 게다가 소련 동구권의 몰락이라는 세계사적 격변 앞에 그들 대부분이 나 못지않게 흔들리고 있었다. 다행히 동료들은 내 말이 '배'를 내리자거나 갈아타자는 뜻이 아니라는 걸 잘 이해했다. 덕분에 나는 힘을 얻었고, 세기말의 거친 파고를 생각보다 큰 내상 없이 타 넘을 수 있었다.

'한국과 팔레스타인을 잇는 다리'라든지 '아시아문화네트워크' 따위 모임이 속속 만들어졌다. 계간 문예지 『아시아』도 선을 보였다. 내가 몸담은 작가 단체에서 나는 국제위원회를 맡아 여러 차례 '세계 작가와의 대화' 행사를 치러냈다. 한편 아시아의 작가들이 쓴 작품은 눈에 띄는 대로 찾아 읽었다. 대개 여기저기 도서관을 뒤져야 겨우 접

자기 땅에서 유배당한 사람들.
팔레스타인 곳곳에 이런 분리 장벽이 설치되어 있다.
시인 마흐무드 다르위시(1941~2008)의 사진을 새겨 놓았다.

할 수 있었지만, 더러는 운 좋게 헌책방에서 구입할 수도 있었다. 『자카르타의 황혼』의 첫 번째 우리말 번역본도 그렇게 해서 내 손에 들어왔다.[5]

나는 누가 시키지도 않았는데 우리말로 번역된 아시아 작가들의 소설 작품 총목록을 작성하기 시작했다. 그때는 분량상 특수한 경우라 할 수 있는 중국과 일본은 제외했고, 타이완과 홍콩과 티베트와 오키나와를 따로 분류했다. 하지만 제국주의자가 아닌 이상, '국경'을 정하고 '국적'을 부여하는 것이 생각만큼 쉬운 일은 아니었다.

아시아 작가 레지던시 프로그램에 참가한 터키 작가들에게 물어본 적이 있다.

"당신들, 아시아 사람이요?"

"오, 천만에! 우린 유럽인이요."

그러거나 말거나 나는 그들을 내 목록에 집어넣었고, 거기서 엎어지면 코 닿는 이스라엘은 처음부터 배제했다. 만일 따옴표로 묶을 아시아의 정신 같은 게 있다면, 이스라엘은 아마 그것을 가장 심각하게 위배한 나라 중 하나가 될 터였다.

어쨌든 비매품에, 아마추어 역자들이 학교 교지에 번역한 단편들까지 다 따져도 1,300여 편이었다. 그중 중복 출판이 한 100편은 될 것이고, 이중국적이나 디아스포라 등

국적이 애매한 경우도 꽤 많았다. 또 타고르처럼 한 사람이 150편 넘게 소개된 경우도 고려해야 한다. 이것저것 다 빼면 어떻게 될까. 단편집에 수록된 단편 하나하나를 다 꼽아도 1,000편이 되지 않는 건 분명했다. 세상에, 근대 100년간 최소 마흔다섯 개 이상의 '나라'를 대상으로 이 땅에서 출판한 모든 작품의 양 치고는 터무니없이 빈약했다. 단 한 편의 단편조차 번역되지 않은 나라도 수두룩했다. 상황이 이러매, 메이지 유신 무렵부터 워낙 번역에 공을 들인 일본하고는 비교 자체가 불가능했다.

그게 우리의 아시아였다.

그들의 아시아

내 첫 직장은 출판사였다. 거기서 편집부원 없는 편집장으로 일할 때 '신서' 시리즈를 기획했다. 『문학과 예술의 실천논리』라는 이름으로 펴낸 첫 책의 반응이 꽤 좋았다. 곧 재판을 찍게 되었는데, 그때 욕심을 내서 '부록'으로 아시아·아프리카작가회의에서 수여하는 로터스 상 수상자들을 소개한 것은 두고두고 기억에 남는다. 무모했던 만큼 지금 생각해도 기적 같은 '거사'였다. 회사는 하필이면 서

22

대문구치소가 마주 보이던 낡은 건물 4층에 있었는데, 바로 옆에 지금은 고인이 되신 소설가 박태순 선생의 사무실이 있었다. 선생이『로터스』잡지를 무더기로 건네주셨는데, 그때 표정은 서울대학교 영문과를 나오신 분의 그건 전혀 아니었다. 엄혹한 시절, 출처도 불분명한 모처에서 그 잡지들을 몰래 들여오는 데 성공한 사람이라면 지을, 딱 그만큼의 미소였다. 말하자면 그게 내 첫 '제3 세계'였고 첫 '아시아'였다.

아마 그때부터 '아시아'라는 기표가 내게 특별한 의미로 다가서기 시작했을지 모른다. 알고 보니 그건 소수, 주변, 방언의 다른 이름이었다. 인구가 전 세계의 5분의 3을 차지해도 늘 소수였고, 서구 문명에 토대를 두지 않은 이상 늘 주변이었고, 영어가 모국어가 아니니 늘 방언이었다. 인도나 말레이시아처럼 설사 영어를 공용어로 써도 상황은 마찬가지였다. 그들의 영어는 방언의 위치를 쉽게 벗어나지 못했다. 더 큰 문제는 이때의 방언이 비단 언어 영역에 국한된 것이 아니라는 점인데, 그건 사실 표준의 외부를 통틀어 일컫는 말이다. 한마디로 서양이 정한 기준에서 벗어나는 일체의 문화, 관습, 태도 들!

이쯤에서 감히 말하건대, 헤겔은『역사철학강의』만큼은 쓰지 않았으면 좋았을 것이다. 그는 역사와 철학을 무리하게 연결시키는 과욕을 부릴 때, 훗날 자신의 '절대정신'이 어떻게 훼손될지 전혀 고려하지 못했다. 한마디로 그의 역사철학은 오만했다.

> 동양인은 아직도 정신 또는 인간 그 자체가 그 자체로서 자유라는 것을 알지 못하였다. 그들은 이것을 모르기 때문에 (현실에 있어서) 자유롭지 않다. 그들은 단지 한 사람이 자유라고 하는 것을 알고 있다. …게르만계의 제국민에 이르러서 비로소 기독교 안에서 인간이 인간으로서 자유이며, 정신의 자유가 인간의 가장 고유한 본성을 이루는 것이라고 하는 의식이 획득되었다.[6]

그런 철학에 열광한 자들이 아시아를 향해 돌진했다. 프랑스에서 절대왕조의 지위가 흔들리던 무렵, '다다를 수 없는 나라'를 향하는 배 두 척에 처음 몸을 실은 건 군인과 선교사였다. 아직 '인도차이나'라는 이름조차 붙지 않은 대지에 발을 디딘 파견대는 두 갈래로 나뉘었다. 선장은 병사들을 이끌고 사이공으로 갔다. 가는 도중 열대병에 걸려 많이 죽고, 나중에는 무장을 한 농민들에게 모두 살해당했다. 도미니크 수사가 이끄는 수녀들과 선교사들은 바딘에서 농민들과 평화롭게 어울려 사는 길을 택했다.

바딘의 베트남 사람들은 기독교와 그 종교가 전하는 평화의 메시지를 기꺼이 받아들였다. 그러나 그러면서도 여전히 거북이니 일각수니 용이니 하는 것들을 섬겼다. 불멸과 은총의 상징인 불사조를 기리는 축제를 음력에 따라 거행했다. 집에서는 조상을 섬겼다. 봄의 축제 후 60일에는 다시 순수한 빛의 밤을 기리는 축제를 가졌다. 죽은 자들과 산 자들이 마치 낮과 밤인 양 거기서 다시 만나게 되는 것이었다. 도미니크 수사는 회의적이었다. 농부들은 복음서를 경청했다. 그리고 여전히 계속하여 그들의 옛 신들을 믿었다. 베트남은 어느 것 하나 버리지 않은 채 다 간직했다. 존재들은 논 위를 지나가는 바람처럼 지나갔다. 논에 심어놓은 벼가 그 즐거운 푸른색으로 허리를 굽혔다.[7]

『걸리버 여행기』의 걸리버도 (믿거나 말거나) 베트남의 북부 통킹에 들렀다는데, 그때 이용한 것은 상선이었다. 정기 여객선이 등장한 것은 훨씬 훗날의 일이다. 두 차례 아편전쟁 이후 바타비아(자카르타), 마닐라, 호이안, 마카오 등 기존의 항구도시 외에 동남아시아 여러 해안에도 개항 도시들이 속속 들어서고, 그에 따라 구미 열강의 해운 사업 역시 활발해진 뒤였다.

승객은 어떤 사람들이었을까. 프랑스의 한 패기만만한 청년 작가는 앙코르의 밀림에서 유적을 떼어냈다가 체포당한 제 경험을 바탕으로 쓴 소설[8]에서, "객쩍은 이야깃거리와 마닐라 담배에 사족을 못 쓰는 승객들", "아시아 독립국들의 생활을 맛본 백인들", "상하이에 가서 팔 사파이어 보석을 실론에서 사들이려고 온 아르메니아 사내", "식민지 산림감시국의 주임", 그리고 "정체를 알 수 없는 사내"를 그 명단에 포함시켰다. 미지의 그 사내는 나중에 "원숭이 같은 야만인들"의 공격을 받고 아시아의 밀림에서 처참하게 생을 마감할 터였다.

헤르만 헤세는 특히 열광적인 여행자였다. 심성이 착한 그는 자신이 만난 인간 군상에 대해 한없는 애정을 느꼈다.

그리고 도서 지방 근처에서 볼 수 있는 마음씨 착한 아름다운 말레이인들, 그들은 네덜란드의 엄한 식민정책에 순응하며 살아가고 있다. 실론 주민들도 온순하고 순박하다. 그들은 꾸지람을 받으면 아이처럼 슬픈 표정을 짓고서 시키는 일에 모든 열정을 다하였으며, 우스갯말이라도 한마디 건네면 만면에 웃음을 띠고 티 없이 웃는 것이었다. 그들 역시 한결같이 아름답고 슬픈 눈동자를

지니고 있었으며, 감격하기 쉬운 그들의 마음씨 속에는
야성적인 소박함과 무분별의 잔재가 깃들어 있었다.[9]

사실 이것이 서구인들이 아시아를 보던 방식이었다. 어른이 아이를, 상전이 하인을 보듯 하는 것만 빼면 다 좋다.

조지 오웰은 이튼 중학교 졸업 후 1922년 경찰 시험에 붙어 버마로 발령을 받아 가는데, 그때 고작 열아홉 살의 그는 1,300만 버마인과 1만 3,000명 버마 경찰을 관할하는 90명 영국 경찰 관리 중 하나로 부임하는 것이었다. 버마에서 그는 약 5년 동안 다섯 군데 임지를 옮겨 다니며 제국 경찰로서 이른바 '백인의 책무'를 성실히 수행한다.

훗날 그는 한 에세이에서 이렇게 회고한다.

열대 지방에서 우리의 눈은 인간을 제외한 모든 것에 고정된다. 바싹 마른 토양, 부채선인장, 야자수와 멀리 보이는 산, 이런 것들만 쳐다볼 뿐 언제나 땅을 파는 농부들은 보지 못한다. 농부의 피부는 땅과 같은 색깔이라 전혀 쳐다볼 마음이 생기지 않는다. …그러나 이상한 점은, 우리 눈에 뚜렷하게 드러나지 않는다는 것이다. 몇 주 동안 항상 같은 시간에 한 무리의 노파들이 장작을 등에 지고 다리를 절뚝거리며 내 집 앞을 지나갔다. 비록 나의 눈에 각인되었더라도 나는 그들을 보았다고 확실히 말할 수 없었다. 그저 장작더미가 지나갔다고밖에. 그것이 바로 내가 그들을 본 방법이다.[10]

에세이 속 '열대'는 사실은 아프리카 모로코였지만, 버마나 아시아의 또 다른 어떤 도시라고 해도 상황은 크게 다르지 않았을 것이다. 프란츠 파농의 아프리카에서처럼, 아시아에서도 피부는 곧 계급의 척도이자 권력이었으니까.

아무튼 '착한' 조지 오웰은 제 젊은 날을 잊지 않았다. 그리하여 아시아의 밀림에서 보낸 경험을 바탕으로 소설 『버마 시절』(1934)을 썼다.

내 앞에, 아시아의 도시들

내 앞에 이렇듯 아시아의 도시들이 있다.

내가 가보았거나, 사람을 만났거나, 책으로 읽은 도시들. 이제 그 도시들에 대해 글을 쓰려 한다. 내 글은 기행문일 수도, 독후감일 수도, 아니면 그저 내가 꿈꾼 몽상의 기록일 수도 있겠다. 양해하시라. 어떤 경우든, 주렁주렁 각주를 붙일 수밖에 없으려니.

하늘에 비행기가 없어도 이제는 크게 이상하지 않다. 그렇다. 내 '아시아'도 어쩌면 관습의 산물이었는지 모른다. '국가'에 하도 지친 나머지 어떻게든 '국가 바깥'으로 달아나려고만 했던 내 젊은 시절부터의 관습! 하지만 이제 나는 유목민이 되기 위해 반드시 몽골 초원을 가야만 하는 건 아니라는 사실을 알고 있다. 중요한 건 '국가 바깥'이 아니라 '국가 너머'인지 모른다. 그리고 그건 내가 얼마든지 편히 꿈꿀 수 있는 상상의 시공일 것이다. 나는 이렇게 믿는다.

내친김에, 다시 하늘길이 열려도 비행기만큼은 조금 덜 타리라, 슬쩍 다짐도 해본다.

2020년 8월
코로나가 여전한 여름날에

1

아시아의 드문 기억

사이공

사이공의 다른 시작

　20세기 초반 아시아에서는 피부가 계급의 척도이자 권력이었다. 마르그리트 뒤라스의 열다섯 살 반짜리 여주인공 역시 일찍부터 그 진리를 체득했다.[1] 그녀는 식민지 코친차이나의 수도 사이공의 국립 기숙사를 밤마다 빠져나가 돈 많은 중국인 애인을 만났다. 학교에서 그 사실을 알고 어머니를 불렀다. 어머니는 오히려 그 애를 그냥 내버려두라고 말했다. 학교에서는 어머니의 말을 그대로 따랐다. 실은, 학교로서도 그 애의 존재가 필요했다. "백인 여자였고, 혼혈인이 대부분인 학교에서도 소수"였기 때문이다. 기숙사의 '명예'를 위해서는 백인이 몇이라도 끼어 있어야 한다는 사실을 누구나 다 알고 있었다. 그때부터 그 애는 기숙사를 호텔처럼 드나들 수 있었다. 그것이 매춘 행위라고 사감이 지적하자, 어머니는 "백인의 피부, 우리

어린애의 하얀 피부"는 프랑스령 식민지에서는 "비할 바 없는 매력"이라며 웃어넘겼다.

이사벨라 버드 비숍은 우리에게 『조선과 그 이웃나라들』로 잘 알려진 영국의 저명한 여행 작가다. 그녀가 1879년 1월 증기선 신드호를 타고 와 단 하루 사이공을 돌아봤다. 하지만 동양을 대하는 서구의 시선이 어떤 것인지 보여주기에는 그 하루로 충분했다.[2] 그녀는 키가 작고 피부색은 까무잡잡한 그곳 사람들이 "게으른 인종일뿐더러 언젠가는 악착같고 부지런한 중국인들에게 밀려날 것"이라는 진단을 숨기지 않았다. 아이들은 태어나서 한 번도 씻은 적이 없는 듯했는데 아마 죽을 때까지도 그럴 것 같았다. 그런 만큼 제2의 싱가포르가 되겠다는 사이공의 야심은 무모한 것이었다. 비숍 여사는 그렇게 단언했다.

아시아의 근대는 대개 식민의 역사로 문을 연다. 베트남도 마찬가지인데, 사실 외국 세력이 처음 침략의 발길을 내디딘 곳은 중부의 다낭이었다. 1887년 베트남은 프랑스령 인도차이나연방의 일원이 된다. 같은 보호령이라도 북부 '통킹'과 달리, 중부는 '안남'이라는 이름으로 명목상 베트남 황제의 자치가 허용되었다. 반면 '코친차이나'라고 불린 남부는 말 그대로 완전한 식민지가 되었고, 외세의 개입 역시 가장 심할 수밖에 없었다.

오늘날의 베트남, 즉 베트남사회주의공화국의 영토는 동서에 비해 남북이 아주 길다. 전체 길이가 약 1,600킬로미터에 달해, 남북을 합친 한반도보다도 1.5배 이상 길다. 베트남의 역사 역시 이러한 지리적 특색과 무관하지 않다. 흔히 베트남의 역사를 일러 남진북거南進北拒라고 하는데, 북쪽으로 중국에 맞서 싸우는 한편, 남쪽으로 끊임없이 영토를 확장해갔다는 뜻이다. 락롱꿘과 어우꺼의 신화를 품은 베트남의 건국 세력은 처음 북베트남의 홍강 유역만을 장악했다. 그러다가 1,000년에 걸친 중국의 지배로부터 독립을 쟁취한 10세기 이후에는 점점 남쪽으로 세력을 뻗쳐 중부의 참파를 복속시키고, 나중에는 메콩강 유역에도 진출해 크메르 영토까지 손에 넣는다. 그 남진 과정에서 자연히 가족을 잃고 땅을 빼앗긴 채 유랑하는 이들이 생겨나게 마련이었다.

내가 오래 알고 지낸 베트남의 한 지식인은 이런 역사가 남북의 문화적 차이로도 이어진다고 설명했다. 예컨대 '연까'라고 해서 우리로 치면 민요와 같은 음악이 있는데,[3] 남부의 연까는 예부터 그렇게 쫓겨나는 자들의 슬픈 정서를 반영했다는 것.

"지금 사이공이 화려하고 개방적으로 보이지만, 밑바탕

에는 그런 슬픔도 깔려 있는 거예요. 연까는 평민들의 말을 소리 나는 대로 옮겼기 때문에 누구나 이해하기 쉽고 따라 부르기도 쉬워요."

북부를 지배하던 유교의 영향력도 남부에서는 거의 찾아볼 수 없다고 했다.

내가 베트남 문학을 접하면서 뒤늦게 깨달은 것은 대개의 소설가들이 하노이를 포함해 북부 출신이라는 점이었다. 현재 활동 중인 작가들만 따져도 레민퀘, 바오닌, 호안타이, 도안레, 마반캉, 판티방안, 응우옌후이티엡, 호앙밍뜨엉, 이반 등이 모두 북부 출신이다. 물론 우리말로 번역된 작품들을 대상으로 할 때 그렇다는 말이고 당연히 내 견문이 좁은 탓이겠지만, 실제 응우옌옥뜨를 빼면 남부 출신 작가로서 얼른 떠오르는 이름은 없다. 우리나라에 소개된 장편『끝없는 벌판』은 사이공 남쪽 메콩 델타의 거친 자연 환경 속에서도 잡초와 같은 생명력을 잃지 않는 등장인물들이 인상적이다. 작가는 까마우 성 출신이다. 소설『그대 아직 살아 있다면』의 작가 반레는 바오닌과 마찬가지로 열일곱의 나이로 전쟁에 뛰어들어 마지막 통일의 순간까지 전선을 누볐다. 그는 현재 사이공에 살면서 작품 활동도 계속 이어나가고 있지만, 그 역시 북부 닌빈 성 출신이다.

이왕 말을 꺼낸 이상 내 '편견'을 이어나가 보자.

1975년 이후, 서사의 소재는 자연스레 전쟁에 대한 후일담이 주류를 이루었을 것이다. 거기에 남베트남의 목소리가 끼어들 공간은 거의 없었다. 남베트남은 사실 입이 열 개라도 할 말이 없었다. 쿠데타와 부패를 빼면 무엇이 남는가. '동양의 진주'라는 허명은 진실을 감당하지 못했다. '사이공 함락의 날' 미국 대사관 옥상에서 헬리콥터에 겨우 올라타고 허겁지겁 조국을 떠난 남베트남인들, 그러니까 고위 관료와 경찰, 남베트남군 장성, 통역관, 미군의 충성스러운 끄나풀, 전향한 공산주의자, 그리고 그 후 쏟아진 보트피플의 목소리까지 들으려면 시간이 꽤 많이 필요했다. 『이상한 산의 향기』(1993)나 『보트』(2009)처럼.[4] 그나마 하얀 아오자이 여학생이 어떻게 한 사람의 전사로 성장하는지를 보여준 실록 소설 『사이공의 흰옷』정도만이 남키(남쪽)의 자존심이었다.[5] 어쨌든 통일 베트남의 새로운 '서사'는 당연히 박키(북쪽)가 주도했다.

실은, 내 이런 해석이 얼마나 위험한지 나도 안다. 설사 사이공, 혹은 남부 출신 작가들이 상대적으로 많이 눈에 띄지 않는다고 해서, 그게 다 역사 때문이고, 혹은 지리, 혹은 풍토 때문이라고 말할 수는 없고, 그렇게 말해서도 안된다. 이런 점에서 급한 대로 브엉홍센과 썬남 같은 작가

들부터 서둘러 번역해야 할 것이다. 베트남의 저명한 문화사가 휴웅옥이 쓴 영어 저서 중에 두터운 베트남 문학사[6]도 끼어 있는데, 거기에 두 사람의 이름은 나오지 않는다. 하지만 가령 "남베트남 문학에 대해 좀 더 알기를 원한다면 적어도 썬남이 짧은 소설 64편을 모아 펴낸 단편집『까마우 숲의 향기』(1962)를 읽어야 한다"고 나는 들었다. 그의 이름을 전국적으로 널리 알리게 한 대표작인데, 특히 남베트남을 그리는 데 있어서는 누구보다 뛰어난 작가라는 평판이 나게 한 작품이라고 했다.

그러나 베트남의 역사를 개괄할 때 북부가 유교에 바탕을 둔 문자 기록의 전통이 강했던 반면, 남부는 뒤늦게 '개척'이 되면서 북부와는 전혀 다른 문화적 환경에 놓이게 된 사실만큼은 부정하기 힘들다. 북부에 비길 때 남부에서는 구비문학이 상대적으로 왕성했다는 지인의 해석도 이런 점에서 참고할 만했다. 나아가 우리 모두 알고 있듯이 식민 지배를 종식시키는 과정에서 남북은 또 전혀 다른 경로를 선택한다. 결국 1975년 4월 30일 이후 모든 결정권은 사이공에서 1,137킬로미터 떨어진 하노이로 넘어간다.

이제 와 이방인의 처지에서, 그것도 아직 분단을 극복하지 못한 처지에서 남북의 차이를 강조하는 건 위험하기도 하고 부질없는 짓일 수도 있겠다. 그러나 하노이와는 시작부터 다른 역사를 지닌 사이공이 장차 어떻게 다른 미래를 보여줄지 하는 점만큼은 궁금했던 게 사실이며, 지금도 그러하다.

호찌민의 이름으로

역사의 격랑을 헤쳐나가기 어려울 것 같은 이름을 단 도시들이 있다. 내겐 사이공이 그렇다.

사이공은 그 이름만으로는 뭔가 낭만적이고 애수에 찬 도시를 연상시키는데, 사실 베트남의 현대사를 관통한 저 처참한 전쟁을 견뎌내기에는 그 이름부터 너무 여렸다. 전쟁박물관을 찾아 애써 전쟁의 온갖 참상들을 확인한 날, 꾸찌 항전구抗戰區를 찾아 입장료를 내고 굳이 숨 막히는 폐쇄 공포를 체험한 날, 사이공만큼 마음이 여린 내 벗은 이렇게 썼다. 벌써 스무 해 전이었다. 나는 그 시를 지금도 기억한다.

오, 인간을 죽인 자는 詩를 안다
신중현도 록을 위해 이곳을 꿈꿨지만
나는 죽음이 흔해 싫구나

도회 복판에서 장례행렬을 만난다
통행을 막는 일쯤 잘못이 아니다
마른 수숫대처럼 선 채로 일제히 머리를 숙이고
삶보다 죽음을 경배하는 사람들
울어라 내 손이 카메라 셔터를 눌러대는 것을
내가 몰랐다
아마도 이 풍경은 산 자들의 것이리라[7]

꾸찌 항전구의 땅굴.

미국은 너무 거대해서 속수무책이었다.

그로부터 까마득한 세월이 흐른 지금 하노이가 '야자' 시간에 여전히 자리를 지키고 앉아 통일 베트남의 자존심을 주장한다면, 사이공은 "아, 그래요? 우린 좀 바빠서" 하며 오토바이에 올라타고 요리조리 내빼는 약간 '밉상'의 우등생 같은 도시가 되었다.

오, 화려한 사이공이여, 번쩍번쩍 눈부신 사이공이여!

현재의 베트남이라는 나라 이름, 즉 '월남越南'의 역사는 지금으로부터 근 220년 전 응우옌 왕조로부터 시작한다. 중부 안남에 자리 잡은 응우옌 왕조는 앞서 말한 남진 과정을 통해 크메르 민족을 물리치고 남부에서도 세력 기반을 다진다. 그때 통치의 편의를 위해 설치한 쟈딘 부府가 사이공의 모태가 된다. 응우옌 정권은 그곳에 군대를 주둔시키는가 하면, 죄수들을 동원해 황무지를 개간했다. 그 과정에서 전국 도처에서 유민이 몰려들었다. 또 중국에서 명청 교체기에 대륙을 떠난 유이민(민흐엉)들도 몰려왔다. 조정에서는 그들을 미토와 비엔호아에 정착시켰다. 그러다가 떠이선 농민반란(1771) 이후 그들을 다시 정착시킨 곳이 오늘날 사이공의 중국인 밀집 지역 쩌런이었다. 19세기 중반에는 프랑스인들이 들어와 코친차이나를 건설했다. 그러니 짧지만 복잡한 역사 속에서 누가 그 도시의 '주인'

인지 가려내는 일은 만만치 않다.

식민지는 이미 도미니크 수사 일행의 저 '다다를 수 없는 나라'가 아니었다. 마르그리트 뒤라스는 작가가 된 순간부터 그녀 자신이 태어나기도 전에 '다다른' 그 식민지에서 미세하게, 때로는 급격하게 벌어지는 균열을 포착하는 데 온 힘을 쏟았다. 그에 따라 1930년대의 코친차이나는 음지의 욕망이 곰팡이처럼 피어나던 땅으로 기록된다. 1950년대에 이르면, 호찌민이 이끄는 베트민(월맹)[8]이 북베트남 도처에서 프랑스군을 괴롭히고 있었다. 사이공이라고 해서 안전지대는 아니었다. 매일같이 크고 작은 테러와 암살 사건이 발생했다. 그 시대를 배경으로, 미국의 소설가 그레이엄 그린이 실은 미국 정부의 비밀요원인 '조용한 미국인'들의 추악한 이면을 폭로한다.

사이공에서도 가장 번화한 1군에는 인상적인 옛 건물들이 많이 남아 있다. 화려하기로야 인민위원회나 오페라하우스를, 장엄하기로야 노트르담 성당을 들 수 있겠지만, 그것들 앞에서 내가 할 수 있는 일은 별로 없다. 기껏해야 사진을 찍는 것뿐. 전쟁 당시 미군 사령관이 매일같이 회의를 주재했다는 렉스 호텔이나 식민지 시대의 외관을 거의 그대로 유지하고 있는 마제스틱 호텔 따위도 나 같은 여행

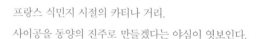

15. COCHINCHINE — Saigon
Rue Catinat près du Théâtre

프랑스 식민지 시절의 카티나 거리.
사이공을 동양의 진주로 만들겠다는 야심이 엿보인다.

카티나 거리는 오늘날 동커이 거리로 이름이 바뀌었지만
여전히 사이공에서 가장 번화한 거리 중 하나로 남아 있다.

자에게는 그림의 떡일 뿐이다. 물론 언젠가 기회가 닿으면 저녁 일곱 시의 마제스틱에는 꼭 한 번 가보고 싶다. 『말 없는 미국인』에서는 그 시각이 마제스틱의 옥상에 앉아 사이공강에서 불어오는 바람을 맞으면서 칵테일을 마시기에 좋은 때[9]라고 했는데, 여행 경비가 넉넉지 않은 나 같은 동양인으로서는 그게 대체 어떤 '마법의 시간'일지 무척 궁금하다.

마제스틱 호텔 옆으로 사이공강을 등지고 나타나는 동커이 거리는 사이공의 명동 혹은 청담동 정도가 될 것이다. 식민지 시대에는 '카티나 거리'라고 불렸다. 프랑스 식민주의자들은 사이공을 동양의 진주로 만들겠다는 청사진 아래 카티나 거리를 가장 중요한 인프라로 구축했다. 1899년 완공 당시의 기본 골격을 유지하고 있는 하얀색 오페라하우스에 이어 곧 콘티넨털 사이공 호텔이 나타난다. 호텔보다도, 1층에서 깔끔한 부르주아 티를 내는 '부르주아 레스토랑'이 그 멋진 금색 간판으로 시선을 사로잡는다. 내가 처음 호기심을 품고 '베트남사회주의공화국'을 들락거릴 때만 해도 그 이름을 두고 뭐라 한마디 했을 법한데, 기억은 마치 그런 이름 자체를 본 적도 없다는 듯 깜깜 무인지경이다. 부르주아가 아닌 나는 가까운 곳에서 베트남 최고의 원두커피 전문점을 발견했다. 베트남 커피는 실연처럼

46

독하다. 컵에 달콤한 연유를 4분의 1쯤 넣어야 하는 이유다. 그런 다음 스텐으로 만든 특유의 '핀 드리퍼'로 커피를 내리고 얼음을 띄워서 마신다. 그걸 '카페 쓰어다'라고 한다. 땀을 뻘뻘 흘리다가 냉방 잘된 커피 전문점에 들어가 그다지 비싸지 않은 가격으로 접하는, 카페 쓰어다 특유의 실연처럼 독한 맛이라니! 놀랍게도 그 독한 맛 속엔 불륜처럼 달콤한 맛도 섞여 있다고, 내 어느 베트남 동료 작가가 슬쩍 웃으며 말했던 기억이 난다.

드디어 중앙 우체국이 나온다.

근대 100년의 격렬한 역사를 겪으면서도 살아남은 사이공의 옛 건물들 중에서도 나는 중앙 우체국을 제일 좋아한다. 에펠탑과 자유의 여신상으로 유명한 프랑스 건축가 구스타프 에펠의 작품이다. 병아리색의 아담한 외관이 인상적이다. 안으로 들어서면, 정문 좌우 벽에 식민지 시대의 코친차이나 지도와 사이공 지도가 각기 장식화처럼 그려져 있다. 공룡의 늑골 같은 아치형 천장 너머로 맞은쪽 벽 한복판에는 호찌민의 초상화가 눈길을 끈다.

20년 전만 해도 사이공에서 국제전화를 거는 것은 쉬운 일이 아니었다. 나는 혼자 왔으면 혼자, 일행이 있다면 함께, 꼭 한 번은 중앙 우체국에 들르곤 했다. 정문 가까운 곳에 양쪽으로 공중전화 부스처럼 생긴 국제전화 부스들

사이공 중앙 우체국의 국제전화 부스.
이 안에서 기다리면 잠시 후 신호가 온다.

이 다닥다닥 붙어 있다. 창구에 가서 국제전화를 신청하면 그중 몇 번 부스에 가서 기다리라고 하는데, 잠시 후 신호가 와서 수화기를 들면 본격적으로 통화가 이루어지는 방식이었다.

나는 이제 그런 식의 국제전화를 걸지 않는다. 그림엽서도 우표도 사지 않는다. 진작 엽서 쓰는 법을 잊어버린 탓이다. 그림엽서를 고르고 쓰고 부치고 하던 기억은 시시콜콜 다 행복이었다. 주소 쓸 자리도 없이 빼곡하게 글을 쓴 다음 우표까지 붙여 부치면, 대개 집에 먼저 온 내가 선물인 양 그 엽서를 받곤 했다. 그러면 열대의 화사한 기억이 새삼 마음을 아련하게 했는데….

이제 그런 시대는 영영 가버린 것인지, 중앙 우체국은 의연하되 '지체된 시간'은 어디에도 없다. 나보다 바쁜 시간이 자꾸 내 등을 떠민다.

베트남인들이 항미 전쟁이라고 부르는 베트남전쟁에 대해서는 길게 말하지 말자. 사이공은 그 전쟁과 더불어 공식적인 수명을 다하게 된다는 사실만 짚으려 한다.

프란시스 코폴라 감독이 영화《지옥의 묵시록》의 첫 장면에서 털털털 느리게 돌아가던 선풍기의 소음을 헬리콥터의 굉음으로 환치시킬 때, 하필이면 도어스의 〈디 엔드〉(1967)를 배경음악으로 흘리는 것은 의미심장하다. 말하자면 그 전쟁은 시작이 곧 끝이었던, 끝일 수밖에 없었던, 거의 유일한 전쟁이었던 것.

멋진 친구여, 이젠 끝이네.
나의 유일한 친구여, 이젠 끝이라네, 끝.

우리가 공들여 세운 계획들의 끝.

지금 서 있는 모든 것들의 끝.

안식도 없고 경이도 없는 끝.

나는 네 눈을 다시 쳐다보지 않을 거야.

무한하고 자유로운 것, 그런 걸 꿈꿀 수 있겠니?

어떤, 낯선 이의 손길을 간절히 갈구하는

이 절망의 땅에서.

　1975년 4월 30일, 북베트남군의 병사 바오닌은 사이공의 떤선녓 국제공항을 향해 돌진한다. 그리고 훗날 스스로 아름다웠다고 말하게 되는 그 하루를 이렇게 기억한다.

날이 저물었다. 불길도 모두 꺼졌다. 하루의 마지막 햇살이 공항을 붉게 물들였다. 베트남공화국 주력군 최후의 병사들이 C130 전투기 속에서 불쑥 튀어나와 항복을 해왔다. …게다가 그 C130기는 아주 우스꽝스런 비행기였다. 그것은 북베트남군의 화력에 의해 모든 활주로가 완전히 닫히기 직전에 마지막으로 기착한 비행기였다. 목숨을 건 비행을 통해 그 항공편이 포위된 도시에 쏟아놓은 것은 하나같이 쓸데없는 것들이었다. 크리스털 잔들이 그득 담긴 나무 상자, 가죽 신발로 가득 차 있는 상자, 여성용 화장품 상자…. 그리고 신문들! 수백 장의 방콕발 28일자《네이션》, 같은 날짜 홍콩에서 발행된《파이스턴 이코노믹 리뷰》,《천주교 향도자》,《플레이보이》,《스타즈 앤드 스트라이프스》…. 빈틈없고 일사불란한, 정말로 효율적이라는 미 군사기구의 운영 기제도 상상을 초월할 만큼 기괴하고 우스꽝스러운 것이었다. 1975년 4월 30일 밤에 우리가 최초의 전승 기념물로 얻은 것은 잠이었다.[10]

　당시 현장을 찍은 사진 한 장이 전하는데, 불타는 비행기 옆으로 달려가는 북베트남군 병사 중에 그가 있을지 모른다. 떤선녓 공항에 대한 공격이 끝나 최초의 전승 기념물로 '잠'을 얻었을 때, 그의 소대원은 단 두 명으로 줄어 있었다. 실은, 처음 하노이에서 함께 입대했던 500여 명의 동료들 중에서 그는 몇 남지 않은 생존자였다. 살아남은 그가 전후 전사자 유해 발굴단에 편입되어 죽은 병사들의 시체를 수도 없이 파내고 또 묻었다. 그런 다음 입대한 지 7년 만에 제대했고, 그런 다음 술을 퍼마시며 미쳐 날뛰었고, 그런 다음 될 대로 되라 미친놈처럼 거리를 방황했고, 그러다 마침내『전쟁의 슬픔』을 썼다. 소설을 쓴 목적은 오직 하나, '살기 위해서'였다. 그러지 않으면 죽을 것만 같았으니까.

소설은, 그러니까 그의 기억은 밀림에 내리는 비로부터 시작했다. 마땅히, 그럴 수밖에 없었으리라.

한밤중에 비가 내렸다. 대부분 소리가 되지 못하고 고요히 떨어져 내리는, 안개처럼 감미로우며 얇고 가는 빗발이었다. 낡고 오래된 트럭 덮개 천막에 빗물이 스며들어 얼룩이 졌다. 트럭 바닥에 가지런히 깔아놓은 전사자의 유골들이 담긴 나일론 자루 위로 빗물이 천천히 방울져 떨어졌다. 습한 공기는 더욱 끈끈해지고 축축해져서, 마치 냉기가 도는 기다란 손가락들이 해먹의 안쪽을 시나브로 쓸어대는 것만 같았다. 비는 부슬부슬 구슬프게 내렸다. 비몽사몽 중에 시간이 소리가 되어 흐르는 것 같은 지루한 빗소리를 들었다. 깨어 있을 때는 물론이고 꿈속에서조차 밤은 칠흑같이 깜깜했고 축축한 습기로 가득 차 있었다. 젖은 바람이 길게 숨을 토했다. 갑자기 트럭이 엔진도 운전사도 없이 저 홀로 천천히 바퀴를 굴리며 고독한 숲길을 꿈결 속에 떠도는 듯했다. 시냇물 소리에는 멀고 먼 곳에서 들려오는 듯한 깊은 숲의 한숨 소리가 은밀히 섞여 있었다. 그것은 아주 오래전부터 풀밭 위로 하염없이 떨어져 내리는 낙엽 소리 같은 지극히

몽상적인 것이었다.[11]

나는 바오닌을 이제껏 한 스무 번은 만났을 텐데, 그때
마다 여전히 그의 등 뒤에서 내리는 빗소리를 듣는다. 깊
은 숲의 한숨 소리와 혼곤한 잠 속에서 아직 전선을 누비
는 그가 이따금 내지르는 비명과 함께.

어쨌든 1975년 4월 30일, 기괴하고도 우스꽝스러웠던
그날 이후, 사이공은 지구상에서 사라졌다. 도시는 곧 '호
찌민'이라는 이름을 얻는다. 천년에 걸쳐 세계의 초강대국
들을 차례로 물리친 민족이 마지막으로 미국까지 쫓아낸
도시에 스스로 붙인 이름이었다. 아시아에서는 드문 승리
의 기억이 그렇게 시작되었다.

호찌민이 일어섰다!

모퉁이를 돌자, 식민지풍 건물이 그림엽서처럼 나타났
다. 호찌민시 인민위원회였다. 군더더기 하나 없이 짙은 어
둠 속에서 최소한의 조명이 오히려 위용을 보태고 있었다.
열대의 밤공기를 가르며 쿵쾅거리는 음악 소리가 들려왔
다. 광장에선 마침 호찌민 탄생 117주년 기념행사가 진행

호찌민 탄생 117주년 기념행사.

뭐지, 싶었다.

일어선 호찌민 동상이 무척 낯설었다.

중이라고 했다. 관람하기 좋은 자리를 찾아가자 인민위원회 건물 뒤로 부챗살처럼 퍼져나가는 빛줄기들을 목격할 수 있었다. 높지 않은 무대 위에서 많은 사람들이 공연을 하고 있었다. 노란 아오자이를 입은 여성들의 합창이 끝나자, 군복을 입은 병사들과 소수민족 복장을 한 공연자들이 다시 무대를 차지했다. 배경으로 설치한 화면에서는 흑백의 동영상으로 전투 장면을 보여주고 있었다. 전쟁의 승리를 위해 베트남의 여러 민족들이 어깨를 겯고 나아가자는 메시지였다. 공연자들의 시선과 손동작이 무대 한복판을 향했다. 인민위원회 중앙의 하얀 시계탑과 그 양옆으로 대칭을 이룬 황토색 박공지붕들이 시야에 잡혔다. 어딘가 낯설었다. 뭐지, 싶었다. 시계탑 아래 우뚝 선 동상이 비로소 눈에 들어왔다. 출연자들의 모든 시선과 손동작이 가리키는 것도 바로 그것이었다.

호찌민이 일어섰다!

그가 어린아이를 안고 인자한 눈길을 보내던 좌상은 보이지 않았다. 나는 충격을 받았다. 그 자세를 선뜻 받아들일 수 없었다. 평양이나 경북 구미 시의 황금 동상들과는 비교할 수 없을 만큼 소박한 크기였지만, 그래도 그건 이미 내가 알던 사이공이 아니었다. 동상을 일으켜 세우는 순간, 호찌민의 이름을 딴 도시는 아시아의 그 어떤 도시

이제는 사라진 박 호 좌상.
어린아이를 안고 있어 친근한 모습이었는데….

도 감히 흉내 낼 수 없었던 최고의 매력 중 하나를 스스로 없애버린 셈이었다. 20년 전 내가 처음 발을 디뎠을 때 사람들은 너나없이 자랑스럽게 "박 호(호 아저씨)"를 말했다. 그때 도시는 무척 가난했지만, 좌상을 가리키며 설명을 보태던 베트남 사람들의 눈빛에는 자부심이 넘쳤다. 껌팔이 소년도, 그림엽서를 파는 아주머니도, 시클로 운전수도, 외국인의 난데없는 질문에 얼굴이 빨개지던 여대생도. 나 역시 가슴에 기꺼이 외경심을 담고서 부지런히 사진을 찍었고 또 찍었다. 그런데 이제 호찌민은 더 이상 '호 아저씨'가 아니었다. 아이들과 한가한 시간을 보내던 그는 갑자기 소환되었다. 서방의 연출자라면 그걸 '죽은 왕의 귀환'이라고 불렀을지도 모른다. 그리고 그렇게 소환된 순간, 그는 아이들을 누구보다 사랑했던 이웃집 할아버지가 아니었다. 헌 타이어를 잘라 만든 슬리퍼를 신고서도 당당하게 사회주의 형제국의 지도자들을 만나던 그가 아니었고, 허름한 카키색 옷을 입고서도 입가에 늘 부드러운 미소를 잃지 않았던 그가 아니었고, 나라를 되찾은 이후에도 평생 우거를 떠나지 않았던 그가 아니었다.

이제껏 스무 번도 넘게 베트남을 들락거렸지만, 나는 그날 비로소 '내 베트남'에도 어딘가 금이 가기 시작하는 것을 느꼈다. 세상의 모든 도시가 저마다의 기억을 갖고 있겠지만, 사이공은 특별했다. 드물고 특별했다. 적어도 내게는.

아마 흰 아오자이에 흑진주같이 빛나는 머리카락을 흩날리며 자전거를 타고 가던 여학생 때문이었을까. 스쳐 지나가는 바람에도 까르르 웃던 나이의 홍, 그녀의 가방 안에 해방전선의 지하신문이 들어 있었기 때문일까. 그녀가 나중에 붙잡혀 죽음을 넘나드는 악랄한 고문에도 끝내 동지의 이름을 불지 않았기 때문일까.

모른다. 나는 다만 젊은 시절 『사이공의 흰옷』을 처음 읽었을 때의 흥분에서 좀처럼 빠져나오지 못하는 내가 너무 촌스럽다는 사실만큼은 잘 안다. 그래도 어쩌랴. 그 책을 읽고서도 다시 몇 년 세월이 흘러 처음 사이공에 들렀을 때 눈에 담았던 그 '박 호'의 좌상은 그것 자체로 내 사이공의 거의 모든 것이었으니!

아쉬움을 안고 발길을 돌렸다.

걱정할 것은 없다. 광장의 주인들은 행복해 보였다. 21세기의 아이들은 20세기 어른들 사이를 요리조리 뛰어다녔고, 두 세기에 각기 한 발씩 걸쳐놓은 청춘들은 여기저기서 스마트폰 사진을 찍었다. 예전의 8차선 차도가 이제 오롯이 보행자들만을 위한 광장으로 바뀌었다는 사실도 처음 깨달았다.

이튿날 나는 다시 한 번 광장을 찾았다. 쨍쨍한 햇볕도 아랑곳 않고 졸업 사진을 찍는 젊은 대학생들이 여러 팀 눈에 띄었다. 혹은 전통 의상을, 혹은 새 양복을 빼입은 그들의 얼굴에서는 잠시라도 웃음이 떠나는 적이 없었다. 열 살에서 스물네 살까지 이른바 '황금 세대'는 베트남 전체 인구의 40퍼센트를, 마흔 살까지는 70퍼센트를 차지한다. 젊구나, 베트남! 전쟁은 진작 끝났고, 이제 사방 천지에 청년들이다. 아오자이 차림의 여학생 서넛이 못(하나), 하이(둘), 바(셋) 하고 폴짝 뛰어오르며 까르르 웃었고, 찍자마자 쪼르르 달려와 스마트폰 속 사진을 확인하곤 또 까르르 웃었다. 긴 장방형의 광장 양옆으로는 전에 보지 못했던 마천루들이 우뚝 솟아 있었다. 인민위원회 쪽으로 걸어가서 광장을 돌아보자, 비로소 정책 결정권자들의 의도를 읽을 수 있었다. 호찌민은 시원하게 쭉 뻗어나간 광장을 정면으로 바라보고 있었다. 거기, 머지않아 세계 어느 도시 못지않을 스카이라인이 완성될 터였다. 땅속으로는 베트남 최초의 지하철 공사가 한창 진행 중이었다. 그러니 국부國父라면 마땅히 조국의 위대한 번영을 지켜봐야 한다. 왜 꼭 그래야 하고, 그것도 왜 꼭 서서 그래야만 하는지는 모르겠지만, 어쨌든 그게 그들의 상상력이었다. 아시아의 드문 기억을 도처의 흔한 미래로 뚝딱 바꿔치기하는 재주와 용기라니!

사이공의 다른 미래

갑자기 내린 폭우를 뚫고 사이공의 변두리까지 달려가 노작가를 만났다.[12] 사이공 남쪽 껀터 출신인 그녀는 항미 전쟁 당시 이른바 베트콩이라 불리던 남베트남민족해방전선의 전사였다. 그녀는 차분한 목소리로 자신의 소설에 대해 설명했다. 영어와 불어로 번역이 된 장편은 전쟁으로 가장 커다란 피해를 입는 것이 여성이라는 사실을 강조한다고 했다. 고개를 끄덕거렸다. 팔레스타인 해방투쟁에서도 여성은 민족해방은 물론 완강한 가부장제하고도 싸워야 하는 이중의 과제를 안고 있다. 사하르 칼리파가 그렇게 썼다. 베트남의 경우, 북에서 베트민 출신의 여성 작가 레민퀘가 감당한 그 역할을 남에서는 베트콩 출신의 그녀가 감당했다.

어느 순간, 그녀는 '권력'에 대한 피로감을 말했다. 그것 역시 이해할 수 있었다. 나는 하노이의 몇몇 친한 작가들을 만났을 때에도 그들의 눈빛에서 익히 피로감을 읽을 수 있었다. 부패와 무능력, 관성적인 정치 체제, 불편한 진실들, 묵인, 외면, 타협 따위. 그건 어쩌면 세계 어디에 내놔도 빠지지 않을 호찌민의 좌상을, 세계 어디에 내놔봤자 그저 그렇구나 할 입상으로 바꿔놓은 저 고루한 집단의 고루한 상상력 때문일지도 몰랐다. 문제는 그들도 한때 빛나는 청춘의 시절을 아낌없이 조국에 바쳤다는 사실에 있었다.

  헤어지기 직전, 밀림에서 찍은 그녀의 빛바랜 사진 한 장을 볼 수 있었다. 그때 그녀는 있어야 할 곳에 있었다. 참으로 아름다웠다.

  "투쟁해본 사람만이 변화를 이끌 수 있다고 생각했어요. 그런데 이제는…."

  작가는 쓸쓸한 목소리를 굳이 감추려 하지 않았다. 택시가 왔다는 연락을 받았다. 1층에서 작별 인사를 나누었다. 시커먼 빗줄기가 수증기처럼 눈을 가렸다. 저만큼 골목 끝에 언뜻 택시가 보였다. 소련식으로 지은 낡은 아파트의 문턱까지 빗물이 침범하는 중이었다.

  남국의 폭우.

  작가가 조카를 시켜 우산을 갖고 오게 하려는 걸 막았다. 베트남에서는 아무도 우산을 쓰지 않는다. 내렸다 하면 우산 같은 것으로 막을 비가 아니니까. 흙탕물에 발을 담갔다. 그리고 냅다 뛰었다.

다른 길은 보이지 않았다.

사이공의 변두리 아파트에서, 작가는 계속 글을 쓸 것이다. 그 자체가 이미 사이공의 다른 미래일지 모른다. 씀으로써, 작가는 자신이 어디서 출발했는지 거듭 확인하게 될 것이므로.

나는 호찌민을 좋아한다.
'호 아저씨'는 더 좋아한다.
그런데 왜 끝까지
그 도시를 사이공이라고 썼는지,
나도 잘 모르겠다.

2

신화와 역사

어디쯤의 고도

<u>교토</u>

김포공항, 통일시계와 미사일

이사를 하는 바람에 모든 게 뒤죽박죽되었는데, 그게 꼭 짜증 나는 일만은 아니었다. 나는 뜻하지 않게 과거의 '유품' 몇 가지를 손에 넣을 수 있었다. 펜촉을 일부러 갈아 잉크가 굵게 흘러나오도록 해서 베껴 쓴 김지하의 시집『황토』필사본이며, 그래도 명색이 지식인인 내가 썼다고는 도무지 믿고 싶지 않은 스무 살 무렵의 낯 뜨거운 일기장들이 있었다. 잃어버린 줄로만 알았던 첫 번째 여권도 어디선가 나타났다.

상륙 허가, 1993년 8월 10일. 오사카 공항.

출국, 8월 14일. 나고야 공항.

그리고 15일짜리 입국 사증.

몇 가지 장면이 봄날 아지랑이처럼 떠올랐다가 사라졌다. 문학 평론가 임헌영 선생의 꽁무니만 졸졸 따라다닌 단체 여행이었다. 4박 5일 동안 오사카, 교토, 나라, 나고야를 정신없이 돌아다녀야 했으니, 처음부터 어떤 맥락을 기대하긴 힘들었다. 하지만 돌아오던 날 공항에서 겪은 그 사건으로 내 첫 번째 해외여행의 주제는 분명해진다.

아쉬운 마음으로 출국 수속을 기다리던 우리 앞에 한 노인이 나타났다. 바쁜 일정 중 한번은 본 듯한 얼굴이었다. 그는 깍듯한 인사와 함께 가지고 온 선물 몇 개를 우리에게 나눠주었다. 우리는 그새 보고 배운 대로 허리를 한껏 굽혀 몇 번이고 감사의 뜻을 전했다. 하마터면 "아리가토 고자이마쓰"가 입 밖으로 튀어나올 뻔도 했다. 그는 재일 동포였다. 분명하지 않아도 무어라 의미를 설명했던 것 같다. 그러면서 선물 하나를 꺼내 보여주는데, 놀랍게도 '통일시계'였다. 숫자판 위쪽에는 그렇게 글자가 쓰여 있었고, 한복판에는 한반도 지도가 새겨져 있었다. 인솔자인 임 선생의 얼굴이 하얗게 변했다. 우리 입에서도 어어 하는 미묘한 감탄사가 절로 새 나왔다. 다음 순간, 임 선생이 화를 냈다. 받은 시계를 그 재일동포, 아니 총련계 노인의 가슴에 도로 돌려주었다. 우리는 지난 시절 임 선생이 모모 사건들에 얽혀 겪은 고통과 트라우마를 충분히 짐작했다. 우리도 똑같이 따라했다. 노인의 정성을 대못으로 갚는다는 느낌이 없지 않았지만, "(통일이고 뭐고) 우리가 우선 살아야지" 하는 명민한 판단이 훨씬 빨랐다. 노인은 가지고 온 통일시계들을 고스란히 되돌려받은 상태에서 웃는 건지 우는 건지 어정쩡한 표정을 짓고 있었다.

돌아온 나는 여행의 흥분이 채 가시기도 전에 후딱 단편 소설 한 편을 써냈다. 제목은 당연히 「통일시계」였다. 거기 서도 통일은 까마득히 멀었지만, 불가능하지도 의미가 없 지도 않았다. 글에서나마 총련계 노인의 가슴을 어루만져 줄 필요도 있었다. 그 시절, 아직 '지옥'을 다 빠져나오지 못했던 우리는 절망보다는 오히려 희망에 익숙했고, 나 또 한 그런 심정으로 글을 썼다.

그리고 이제 사반세기 만에 다시 일본 간사이 여행에 도 전하는 것이다.

모든 출국 수속을 마치고 찾아간 게이트는 여느 때와 다 를 바 없었다. 자매로 보이는 여자아이 둘이 기둥을 사이 에 두고 치기 장난을 하며 까르르 웃음을 날렸고, 커피숍 에는 이른 시각인데도 손님이 자리를 꽉 채우고 있었다. 다만 커다란 텔레비전 앞에 반원으로 둘러싼 사람들의 표 정은 심상치 않았다. 그들의 허리 틈새로 빨간 속보가 눈 에 들어왔다.

'북, 동해상으로 미사일 발사'

큰 동요는 없었다.

통일시계는 사반세기 만에 핵미사일로 바뀌었다. 그뿐, 내 가슴속에도 새삼 어떤 절망이 들어차지는 않았다. 나는 사반세기 더 늙었고, 더 뻔뻔해졌고, 무엇보다 희망이든 절망이든 기복이 큰 감정은 되도록 모르쇠 하자는 편이었다.

기내로 들어갈 때, 나는 『아사히 신문』을 집어 들었다. 그냥 그러고 싶었다.

기온, 그늘과 벚꽃

가와바타 야스나리는 옛것을 사랑했다. 목록에 천년 고도가 빠질 리 없다. 만년에는 아예 작심하고 『고도』를 썼다. 욕심이 지나쳤다. 교토는 넓고, 역사는 깊다. 철따라 풍경도 달라진다. 작가로서 그 모든 걸 놓치고 싶지 않았을 심정이야 이해하지만, 『설국』을 쓴 노벨문학상 작가에게 잔뜩 기대를 건 독자들은 이 명소 저 거리 부지런히 발품을 팔다가 쉽게 지쳐버린다. 작가가 신문에 연재하기 전, 인물이나 이야기보다 풍물이 주가 될지 모른다고 집필의 변을 밝힌 바 있는데, 꼭 그렇게 되었다. 애정이 지나쳐, 소설이 사라졌다.

나쓰메 소세키는 도쿄 사람이다. 작품의 대부분이 에도

의 흔적이 아직은 남아 있는 도쿄를 무대로 한다. 그런 그가 어느 해 봄 친구들과 함께 잠깐 들렀던 교토를, 가와바타 야스나리처럼 똑같이, 신문 연재소설에 등장시켰다. 다만 방식은 달랐다. 그는 이렇게 '시'를 썼다.

옛 도읍 교토를 더욱더 적막하게 하는 보슬비가, 붉은 배를 보이며 하늘을 찌를 듯이 날아가는 제비의 등에 자극을 줄 정도로 세차졌을 때 교토 전체는 조용히 비에 젖어 동쪽에 있는 산들의 녹음 아래로 스며들고, 소리는 유젠의 잇꽃을 적시며 유채꽃으로 흘러드는 물소리뿐이다. …귀신이 나오는 라쇼몬에 더 이상 귀신이 나오지 않게 되자 어느 시대엔가 문도 망가졌다. 쓰나가 뽑아버린 팔의 행방은 아무도 모른다. 다만 옛날 그대로의 봄비가 내린다. 데라마치에서는 절에 내리고, 산조 거리에서는 다리에 내리고, 기온에서는 벚꽃에 내리고, 긴가쿠지에서는 소나무에 내린다. 여관 2층에서는 고노와 무네치카에게 내린다.[1]

1907년이니 딱 110년 전이다.

물론 나는 지루한 소설보다는 시가 더 좋다. 이 시를 쓰면서 나쓰메 소세키는 교토는 봄도 춥다고 구시렁거렸다.

기온의 상점가.

처마를 내민 회랑이 길게 이어진다.

눈길 닿는 어디나 인파가 끊이지 않는다.

천년을 살아도 외로울 도시라고도 했다.

추석이 내일모레였지만 나는 반팔로도 더웠다.

기온은 인산인해였다. 야사카 신사 정문에서 곧게 뻗어 나간 큰길 양쪽으로 길게 처마를 내민 회랑이 이어졌다. 짙은 녹색의 열주列柱가 인상적이었다. 눈길 닿는 어디나 인파가 끊이지 않았다. 타이완에서는 덮개 지붕이 있는 그런 거리를 불견천不見天이라 하는데, 말 그대로 하늘을 볼 수 없다. 여름이면 이른 아침부터 눈을 뜰 수 없을 정도로 따가운 햇볕이 내리쬐다가도 오후만 되면 폭우가 쏟아지고, 또 가을이 지나면 거센 바람에 밀려 모래와 돌멩이가 날아드는 특유의 아열대 기후 때문이었다. 나는 타이완의 작가 리앙의 소설에서 그 단어를 처음 접했다.[2] 작가는 하루 종일 하늘을 볼 수 없는 상점가에 사는 한 여자 귀신의 슬프고도 장엄한 역사를 들려준다. 가부장제와 남근주의의 편견에 내몰려 스스로 우물로 뛰어든 불견천의 귀신.

기온은 달랐다. 1464년부터 무려 11년에 걸친 오닌의 난으로 교토는 말 그대로 초토화되었다. 쇼군이 비틀거리는 사이, 전국에서 힘깨나 쓴다는 봉건 영주 슈고 다이묘들이 벌 떼처럼 들고 일어났다. 기온은 가장 끔찍한 전장이었다. 시체가 산을 이루었고, 피가 강을 덮었다. 궁성은 불타고, 천지사방에 갈 곳 잃은 원령이 그득했다. 그러나 어차피

72

세월은 흐르는 법. 이제 기온은 전혀 다른 기온, 설사 억울하게 죽은 원령이라도 쉽게 제 정체성을 까먹고 쇼핑에 매달리게 만들 화려한 아케이드이자 파사주였다.

모든 것이 편견 없이 뒤섞였다. 안과 밖, 동과 서, 새것과 옛것, 골목과 대로, 상품과 예술, 성과 속, 그리고 어쩌면 꿈과 환멸까지.

기모노를 입었다고 다 일본인이 아니었다. 기온의 게이샤인 줄 알았던 젊은 여자들이 실은 사드 때문에 명동에서 발길을 돌렸을지 모를 중국인 유커들이었다. 다국적 커피숍이 건너다보이는 횡단보도 앞에는 꽃무늬 기모노를 입은 금발의 서양 여자가 전봇대처럼 서 있었다.

설렁설렁 쇼윈도들을 지나치다가 한 기념품 가게 앞에서 문득 '창업 겐나元和 원년'(1615)이라고 써놓은 작은 간판을 발견하고는 절로 발길을 멈췄다. 400년! 우리로 치면 광해군 7년이고, 1603년 에도에 막부를 연 도쿠가와 이에야스 가문이 오사카 전투를 통해 도요토미 가문을 절멸시킨 해이기도 하다. 교토에서 시간은 깜빡깜빡 지체된다. 나중에 검색해보고 안 사실이지만, 일본의 노포 중에는 놀랍게도 창업 1,000년이 넘는 가게만 해도 여덟 곳이었다. 세계에서 가장 오래된 기업으로 기네스북에 올라간 건설 회사도 있었다. 쇼토쿠 태자가 초청해 백제에서 온 목수 3인

중 한 사람이 창업했다는 설. 100년이 넘는 가게를 검색하려면 마우스 휠을 꽤 오랫동안 내려야 한다.

시조도리 양쪽으로 골목 하나만 들어가도 고색창연한 옛 거리들이 나타난다. 집이며 길바닥이며 한눈에 다 무채색 재질들인데, 그것들이 결코 어둡거나 칙칙하지 않다. 도쿄 출신의 소설가 다니자키 준이치로가 관동대진재 이후 아예 이주를 해와서는 옛것들의 매력에 홀딱 빠져 음예陰翳를 예찬하며 "옅게 선명한 것보다도, 가라앉아 그늘진 것을 더 좋아한다"고 말할 때의 그 색조나 광택이다.[3] 집 앞에 칸살이 촘촘한 낮은 목책을 세우고 2층에도 난간을 두른 목조 건물들이 다닥다닥 붙어 있다. 2층은 대개 발로 창을 가렸다. "힘없고 초라하고 무상한 광선"이 차분하게 가라앉은 다다미방으로 스며들리라. 붉거나 하얀 등롱을 내건 가게도 이따금 눈에 들어온다. 메밀 소바나 사케를 판다. 스시를 판다. 화과자를 판다. 찻집도 있다. 어쩌다 미장원도 있다.

시조 대교 못 미처 가모가와를 왼쪽으로 끼고 한 열 걸음쯤 올라가면 시라가와를 만난다. 도심 한복판을 흐르는 실개천이다. 교토에서 가장 충격을 받은 장면이다. 질투가 났다. 곧 포기했다. 감탄했다. 코딱지만 한 신바시 난간에 아내와 아들을 세워놓고 사진을 찍었다. 해오라기 한 마리

교토 시내 한복판을 흐르는 시라가와.

교토에서 가장 부러웠던 풍경이다.

가 잔잔한 물속에 발을 담근 채 때를 기다린다. 개천 양쪽 낮은 천변에는 상점으로 살짝 개조한 옛 목조 가옥들이 그늘처럼 앉아 있다. 꿈을 꾼다. 개천을 반쯤 가린 벚나무의 무성한 푸른 잎들이 한순간 화사한 꽃망울을 터뜨린다. 일제히, 무섭게. 그 봄을 어찌 견딜까.

교토의 벚꽃이다.

그것을 보지 않으면 벚꽃을 보지 않은 듯한 기분이 드는 사람들이 있었던 모양이다. 수다스럽게 '그늘'을 예찬하던 다니자키 준이치로도 교토의 벚꽃 구경에만 소설 『세설』의 몇 쪽을 할애했다. 오사카에서 온 세 자매의 눈길을 쫓아가는 작가의 펜 끝이 더 설렌다.

해외에서도 그 아름다움을 칭송한다는 그 유명한 벚나무가 올해는 어떤 모습일까? 벌써 늦지는 않았을까? 해마다 가슴을 졸이면서 회랑 문을 지날 때까지 이상하게 설레는 마음이었는데, 올해도 이런 마음으로 문을 통과한 그들은 홀연히 저녁 하늘에 펼쳐져 있는 다홍 구름을 올려다보고 모두들 '와아!' 하고 탄성을 질러댔다. 이 순간이야말로 이틀간의 꽃놀이의 정점이고, 이 순간의 희열이야말로 작년 봄이 지나가버린 이후 1년 내내 고대하던 것이었다. 그들은 '아아, 정말 다행이다!' 하고 올해도

꽃이 만개한 시기에 때맞춰 잘 왔다고 안도의 한숨을 내
쉬면서 내년 봄에도 다시 이 꽃을 볼 수 있기를 바랐다.[4]

교토를 못 본 사람은 많지만, 한 번만 본 사람은 없을지
모른다. 그럴 것이다. 내 말은 아니다.

철학의 길, 제국의 길

'철학의 길'은 은각사 옆구리에 붙어 있다. 나는 그 길을
걷기 위해 은각사를 찾았다. 은각사에게 괜히 미안했다.
다시 훑어보니 이병주의 대하소설『지리산』에는 분명히
철학의 길 같은 건 나오지 않는다. 그렇다면 내가 식민지
시대를 배경으로 장편소설『국경』을 쓸 때 어디선가 정보
를 얻었음이 틀림없다. 아직 젊었던 나는 한 번도 가보지
못한 그 길을 소설에 옮겨놓을 만큼은 씩씩했다. 이왕이면
벚꽃이 흐드러지게 피는 봄날로 하지, 뭐. 나는 등장인물
중 한 명인 교토의 명문 제3 고등학교 학생 최홍규로 하여
금 그 길을 걷게 만들었다. 화창한 봄날, 그것도 토요일 한
낮인데 상춘객은커녕 동네 행인도 드물었다. 개천 양쪽으
로 관병식 하듯 늘어선 벚나무들은 바야흐로 꽃망울을 활

짝 터뜨리고 있었다. 눈이 시리도록 환한 벚꽃 터널이었다. 그 속에서 꽃잎들이 눈송이처럼 펄펄 날렸다. 바닥이 보이는 맑은 물 위에는 연분홍과 하양의 꽃잎이 어지럽게 떠갔다. 조선의 청년은 눈앞에 펼쳐지는 장관에 저도 몰래 흠칫 몸을 떨었다. 그리고 어느 순간, 그는 자신이 마치 그 길의 주인공 교수처럼 뒷짐을 진 채 걷고 있다는 걸 깨달았다. 걸음을 옮길 때마다 구두창 밑에서 자갈이 바삭바삭 비스킷 소리를 내며 부서졌다.

이립에 쓴 소설을 살쩍이 허연 나이에 꺼내 읽자니 부끄러움이 금세 귓불을 달군다. 하나는 봄날 교토의 벚꽃에 대한 욕심이 지나쳐 도무지 있을 수 없는 장면을 꾸몄다는 것. 벚꽃이 그토록 화사한데 사람이 없다고? 이번에 가서 확인하니 지나가는 개도 웃을 망상이었다. 또 하나는 이름. 그때, 그러니까 1932년 상하이 사변 직후, 그 길은 아직 '철학의 길'이라는 이름을 얻지 못했다. 물론 그때 사람들은 이미 그 길이 교토 제국대학 철학과의 니시다 기타로 교수가 사색을 하며 즐겨 걷던 길임을 알고 있었다. 그렇더라도 오늘날처럼 선명한 이름으로 확정되는 것은 훨씬 훗날(1972)의 일이었다.

그러나 그 정도 욕심과 오류라면 그저 한 번 낯이 뜨겁고 말면 될 터이지만, 돌이켜보건대 실은 훨씬 부끄러운

철학자 니시다 기타로가 즐겨 산책했다는 '철학의 길'.
'절대무' 사상이 여기서 탄생했다.

만용을 부렸던 것이다. 젊은 작가는 소설에서 니시다 교수
의 철학하는 자세를 높이 평가했다. 어디선가 궁극의 철학
적 진리를 붙잡고자 악전고투했다는 소리를 귀동냥한 모
양이었다. 문제는 그가 붙잡은 사유의 실체에 대해서는 정
작 건드리지도 못했다는 사실이다. 지금이라고 그의 철학
을 제대로 이해하는 것도 아니지만, 적어도 철학자로서 그

를 등장시키려면 그 핵심이 무엇인지, 어떻게든 건드렸어야 했다. 하지만 소설에는 그런 것이 아예 없다. 도대체 뭘 사색한 철학자인지 알 수가 없다. 그저 평생 쾨니히스베르크를 시곗바늘처럼 맴돌았다는 칸트처럼 그를 떠받드는 데 급급했을 뿐.

더 중요한 건, 그때는 아직 드러나지 않았지만, 궁극적으로는 그의 철학적 사유가 천황제 파시즘이며 대동아공영권론을 논리적으로 뒷받침하게 된다는 역사적 사실이었다. 물론 처음 그의 철학은 악머구리처럼 달라붙는 생의 온갖 번뇌를 어떻게 극복해낼까 하는 순전히 개인적인 차원에서 출발했다.[5] 틈나는 대로 선방에 들어가 용맹정진했던 것도 그 때문이었다. 그는 누구나 선망하던 도쿄 제국대학에 입학했다. 그러나 선과생이었다. 그처럼 여린 심성의 소유자에게 그건 차라리 저주에 가까웠다. 당시 교육제도하에서 선과생은 모든 면에서 멸시를 받았다. 정신적 차별만이 아니었다. 가령 본과 3학년이 되어도 선과생은 도서관 서고에 들어가 책을 찾는 일조차 허용되지 않았다. 그런 니시다가 결혼 후에는 딸 둘을 한 해에 잃는 참척의 슬픔까지 겪었다.

"지금까지 귀엽게 말하거나 노래하거나 뛰놀던 한 아이가, 돌연 사라지고 호리병의 백골이 되었다."

당연히 철학은 그에게 경이가 아니었다. 비애를 관통하고 죽음의 보편성을 읽어내야 하는 절박한 자기 구원의 통로였다.

　　니시다는 이성이 작동하기 이전의 순수 경험을 유일한 실재로 간주하는 철저한 관념론자였다. 그는 독특한 '장소' 개념을 이용해 자신의 사유를 밀고 나갔다. 그가 말하는 장소란 어떤 특수한 사물이나 사건을 그것으로 존재하게 해주는 근거 같은 곳이다. 예를 들어 "개는 포유류다"라고 할 때, '포유류'라는 보편이 개라는 특수를 감싸는 바로 그 장소 역할을 하는 것이다. 문제는 이때 '포유류'라는 보편이 '개'라는 특수로 스스로를 한정해야 한다는 사실이다. 즉 개는 개를 개로서 성립시키고 있는 포유류가 스스로를 개로서 한정하고 특수화할 때만 비로소 개일 수 있다는 입장이다. 주어가 술어를 한정하는 게 아니라, 술어가 주어를 한정한다. 포유류에는 쥐나 고래도 포함되어 있지 않은가. 이렇게 볼 때 보편은 특수를 포섭하고 현전시키는 장소인 바, 니시다는 그것을 '무의 장소'라 부른다. 그것도 유에 대립하는 상대적인 무가 아니라 '절대무'의 장소. 완전히 보편적인 장소는 그 영역의 존재를 보증하는 초월적인 요소를 필요로 하지 않기 때문이다. 불교에서 말하는 공空과 흡사하다. 이로써 일체의 사물은 이 절대무의 장소에 있게 된다. 당연히 그것은 개체가 지니는 자기동일성과 모순되는데, 다만 이 고유성은 절대무의 장소에서 자기부정을 거침으로써 획득된 것이기에 일체의 대립성을 끊어버린 모순, 즉 '절대모순'이 되는 것이다. 니시다는 이를 만물의 '절대모순적 자기동일성'이라 부른다. 이런 논리적 귀결로 이제 '색즉시공'이요 '공즉시색'이 된다. 마찬가지로 '일즉다一即多'와 그 역 또한 성립한다.

문제는 이러한 관념적 사유를 역사 세계로까지 확장할 때 발생하는 파열이다.[6] 그게 의외로 심각하다. 예컨대, 하나의 생명현상이 향유했던 이러한 절대적 자기 한정이 역사철학으로 이전했을 때를 생각해보자. 실제 역사에서 스스로 자기 한정을 하는 민족도 있겠지만, 거꾸로 일방적으로 자기 한정을 당하는 민족도 있게 된다. 이 경우, 강자가 약자의 존재를 무시하고 타자성을 박탈하는 비극이 초래될 수 있다. 사실 개와 포유류 사이라면 얼마든지 자기 한정의 논리를 전개할 수 있겠지만, 현실에서, 더군다나 제국주의와 군국주의 파시즘이 맹위를 떨치던 20세기 초반의 역사 현실에서는 '나'의 자기 한정이 때로는 타자에게 폭력이 될 수도 있었던 것이다.

나아가 메이지 이후 일본이라면 특수와 보편을 통일시키는 절대무의 장소가 어디이겠는가. 그것은 봉건 막부의 권력을 '원래의 자리'로 돌려주는 대정봉환大政奉還(1867)을 계기로 역사가 된 신화, 즉 천황일 수밖에 없다. 사실 쇼군들의 시대에는 어디에도 없던 천황이 그때부터는 어디에나 있게 된다. 그 지고의 존재 앞에서 과연 한 사람의 관념철학자가 어떤 태도를 보일 수 있겠는가.

1941년 12월 일본이 진주만을 기습 공격함으로써 태평양전쟁이 발발했다. 그리고 전쟁이 한창이던 1943년, 그는 쇼와 천황의 부탁을 받고 어전에서 역사철학을 강의했다. 나아가 일본 군부는 당대 최고의 철학자에게 이른바 '대동아공영권'의 철학적 정당성을 구성해달라고 요청한다. 그는 주저하지 않았다. 왜냐하면 그에게 태평양전쟁은 자신의 철학을 역사 현실에서 구현할 이른바 '세계사적 순간'이었기 때문이다. 당연히 일본만이 새로운 세계사, 즉 '세계(사)적 세계'를 끌고 갈 정당성을 지니고 있었다.

오늘의 세계적 도의는 기독교적인 박애주의도 아니고 중국 고대의 이른바 왕도라고 하던 것 따위도 아니다. 각 국가 민족이 자기를 뛰어넘어 하나의 세계적 세계를 형성하는 것이라고 하지 않으면 안 되며, 세계적 세계의 건축자가 되라고 일컫는 것이어야 한다. 우리 국체는 그저 이르는바 전체주의가 아니다. 황실은 과거 미래를 감싼 절대현재로서, 황실이 우리의 세계의 시초이자 끝이다. 황실을 중심으로 하나의 역사적 세계를 형성해왔던 바에 만세일계의 우리 국체의 정화가 있다. 우리 나라 황실은 단순히 하나의 민족적 국가의 중심일 뿐은 아니다. 우리 황도皇道에는 팔굉위우八紘爲宇의 세계 형성의 원리가 포함되어 있다.[7]

이제 신화와 역사가 그의 철학 속에서 자연스럽게 통합되는 것이다. 니시다는 동아시아 여러 민족이 세계사적 사명을 수행하기 위해서는 서양에 맞서 대동아공영권을 구성해야 하는데(팔굉위우), 이때 당연히 만세일계의 황실을 유지해온 일본만이 구심점을 형성할 수 있다고 주장했다. 그것이 그가 오랜 악전고투의 철학적 방랑 끝에 스스로 내린 매우 '명쾌한' 결론이었다.

당시 도조 내각은 니시다가 써낸「세계 신질서의 원리」를 받아들였다. 1943년 11월 도쿄에서 열린 이른바 대동아회의에서는 중국, 만주, 태국, 필리핀, 버마 등의 대표자들도 참가한 가운데 이를 상당 부분 반영한 '대동아공동선언'을 채택했다.

고은 시인은 이렇게 말한다.

지금도 니시다가 오고 가던 거리는 '철학의 거리'로 명명하는 교토 시내의 그 철학 분위기가 결국 일본 군국주의의 혓바닥이 되고 만 셈이지. 그 규모의 차원은 좀 다르지만 한국 현대 철학의 대명사이기도 했던 박종홍이 박정희 유신 체제의 특보로 된 봉건적 출사\(\text{ ⊞⊞}\)도 엇비슷한지 모르겠네.[8]

교토 학파와 '어두운 그림'

제국대학 시절, 교토 대학은 두 갈래 측면에서 일본 사상운동의 중추였다. 1937년 중일전쟁이 계기였다. 1938년 11월 고노에 수상은 이른바 '동아신질서' 수립을 선언했다. 번드르르한 말의 성찬이었다. 동아시아는 지역의 운명 공동체로서 서구, 특히 미국의 침략 야욕에 맞서 함께 싸워야 한다는 것이었다. 고노에의 사설 자문기관이던 쇼와 연구회가 이를 이론적으로 뒷받침하고 나섰다. 특히 니시다의 수제자이며 한때 사상운동으로 투옥된 경력도 있는 미키 기요시는 당시 사상계의 총아답게 동아협동체론을 들고 나와 주목을 끌었다. 하지만 중국 대륙은 이미 통일전선의 열기로 뜨겁게 달아오르고 있었다. 동아시아에 내재하는 공동체적 가치로 한데 힘을 합치자는 제안은 공소한 메아리일 뿐이었다. 그나마 그게 당대 일본의 지식인들이 보여줄 수 있는 가장 진보적인 태도였다.

니시다의 제자들로 구성된 이른바 교토 학파 중 우파는 천황제 파시즘을 옹호하는 사상전에 더욱 노골적으로 뛰어든다. 즉 고사카 마사아키(서양 근대 철학), 니시타니 게이지(종교철학), 고야마 이와오(역사학), 스즈키 시게타카(서양사)와 같은 학자들은 단순한 어용학자의 차원을 넘어 국가 이데올로기의 비굴한 메가폰이기를 자처했다. 태평양전쟁 발발 이후 '세계사적 입장과 일본'(1941. 11.)[9]과 '근대의 초극'(1942. 7.)이라는 저 악명 높은 두 번의 좌담회를 주도한 것도 교토 학파였다.

제법 철학적인 주제를 내걸고 시작한 좌담은 곧 참혹한 파탄을 드러낸다. 하다못해 이런 식이었다.

고사카: 지금 대동아공영권은 기존의 민족이라는 관념으로는 아무래도 한계가 있기 때문에 민족에 대한 협소한 사고방식을 넘어선 새로운 형태의 민족 이론이 요구된다는 것을 보여줍니다. 조선 민족도 광의의 일본 민족이 됨으로써 진정한 역사성을 획득할 수 있어요.[10]

니시타니: 문 속에 무의 정신이 있고 무 속에 문의 정신이 있는 문무혼일의 정신이 이제 또다시 확립되지 않으면 안 됩니다. 그것이 전시와 평시의 근저를 일관하는 부동의 생활 정신, 새로운 문화 정신이 되어야지요. 하가쿠레葉隱, 목숨을 초개와 같이 여기는 무사도 정신적인 죽음의 정신이 그러한 정신으로 발전되어도 좋겠지요. 그 정신이 지니는 비상시적인 치열함, 그것을 잃지 않고 일상의 '전시' 생활과 연결시킬 때 무와 문, 비상非常의 정신과 평상심이 하나가 됩니다.[11]

이것이 스스로 "우리 자신이 근대이며 근대의 초극이란 곧 우리 자신의 초극"이라 자신만만하게 주장했던 일본 지식인들이 가닿은 사상의 종점이었다. 패전 이후, 정치학자 마루야마 마사오는 일본에서 근대적 사유가 초극은커녕 진정으로 획득된 적조차 없다고 단언했다.[12]

단, 교토 제국대학에는 그들만 있던 게 아니었다.

다른 한편에서는, 그러니까 지하에서는 일군의 청년들이 앞이 보이지 않는 미래, 아니 승부가 너무나 뻔한 미래를 향해 부나방처럼 달려들었다. 교토 제국대학 출신의 노마 히로시가 종전 이후 그들을 『어두운 그림』이라는 소설에서 다시 불러냈다. 소설에 등장하는 청년들은 플랑드르

의 농민 화가 브뤼헐(브뤼겔)의 그림처럼 맹인이 맹인에게
길을 안내해주는 중세적 현실을 완강히 거부했다. 고노에
내각의 이른바 '동아신질서' 건설은 어떤 미명을 내걸더라
도 침략 전쟁에 불과했다. 따라서 제목의 '어두운 그림'은
그 부당한 전쟁에 동원될 암울한 청춘들의 자화상이기도
했다.

피터르 브뤼헐, 〈맹인들의 우화〉.
맹인이 맹인에게 길을 안내해주는
중세적 현실에 대한 알레고리.

그 십자가를 보라구. 브뤼헐의 그리스도는 일그러진 무
표정한 얼굴을 하고 있군. 이건 농부의 얼굴이야. 결코
라파엘의 그리스도같이 후광을 그려 넣거나 하지 않는
다구. …밑으로부터의 그리스도인 거야. 진흙을 묻힌 진
흙투성이의 그리스도야. 그리고 이 화면 인물의 점묘도
정말 대단해. 브뤼헐은 인간을 결코 하나하나 떼어놓고

파악하질 않아. 반드시 무리로서 다수로서 민중으로서 파악하고 있어.[13]

어느 날 밤, 주인공 후카미 신스케는 그 화집을 빌려온다. 그는 함께 어두운 밤길을 나선 동지 기야마 쇼고의 얼굴이 브뤼겔의 그 진흙투성이 그리스도 같다고 생각한다. 쇼고는 헤어질 때 신스케에게 다짐하듯 말한다.

"난 할 거야."

신스케는 그가 '결행'할 것을 알았다. 쇼고는 그렇게 속마음을 드러냄으로써 스스로 퇴로를 차단했던 것이다.

세월이 흘렀다. 후카미 신스케가 속한 교토 대학 반전운동 그룹의 구성원들은 자기들 나름대로 결행을 시도했다. 기야마 쇼고는 태평양전쟁 발발 직후 삐라를 뿌렸다가 체포되어 옥사했다. 나가스기 에이사쿠는 대학 졸업 무렵 검거되어 전향을 거부한 채 옥사했다. 하야마 준이치는 대학 졸업 후 입영했다가 군에서 체포되어 본국으로 송환되었고, 결국 육군 형무소에서 옥사했다. 단 한 사람, 후카미 신스케는 3년간의 군 생활 후 검거되었고 전향 후 출옥했다. 그는 군수공장에서 일을 하다가 종전 소식을 듣는다. 그러므로 소설은 전적으로 그의 기억에 의존한다.

철학의 길을 빠져나와 교토 대학으로 가는 길 어디쯤에,

아지트를 빠져나온 후카미 신스케와 기야마 쇼고가 헤어졌던 은각사 시영 전철 종점이 있었을 것이다.

"난 할 거야."

지금은 흙이 된 지 오래일 청년의 목소리가 이명처럼 윙윙 울렸다. 그가 꼭 소설 속에서만 산 건 아니라고 생각했다.

일본에 그런 역사도 있었다.

금각사, 미와 힘

금각을 감상한다는 말은 처음부터 성립하지 않는다. 로쿠온지의 정문을 지나 입장권 대신 부적을 차례대로 받아드는 순간부터 관람객들은 애고 어른이고, 남자건 여자건, 일본인이건 외국인이건 갑자기 조리를 신은 게이샤처럼 오종종 밭은 걸음으로 움직여야 하기 때문이다. 자유의지를 발휘할 공간과 시간은 주어지지 않는다. 밧줄이 만든 금줄만 따라가야 한다.

그래도 어쩌랴.

금각이 번쩍 눈앞에 나타나면 순식간에 질서가 무너진다. 사람들은 너나없이 스마트폰을 치켜든다. 경배의 손들이다. 마음에 앞서 손이 경배한다. 연못 저만큼 가장 적당한 거리에서 경배를 받는 건 잡티 하나 없는 황금이다. 금박이든 금괴든 상관없이, 순수한 황금 그 자체다. 숨이 막힌다. 움직여야 할 앞사람들이 움직이지 않는다. 더러 감상을 포기한다. 눈을 감는 사람들도 있다. 어쩌면 그들이 현명한지 모른다. 그렇게 함으로써 금각은 영원한 아름다움으로 남을 수도 있기 때문이다.

아름다움은 욕망이다. 폭력이다.

미시마 유키오를 읽는 일은 그래서 괴롭다. 주지하다시피, 그의 소설은 화려한 문장의 옹성이다. 군더더기는 용납하지 않는다. 소설가로서도 질투가 날 만큼 대상에 대해 세밀하고 적확하고 아름다운, 그리고 지극히 감상적인 묘사를 끝도 없이 이어나간다. 그러면서 논리적이다. 그러나 그의 문장들이 『가면의 고백』에서도 확인되듯이 고귀한 퇴폐, 위악, 타락 따위를 묘사하다가, "젊음에 대한, 생명에 대한, 우월에 대한 탄성"을 서술하다가, 결국에는 힘과 피, 순결, 번식, 수렵, 번제 의식, 땀 냄새, 질서, 제복과 군복, 태양의 신 따위로 매듭질 거라는 '정치적 사실'을 확인해야 하는 순간의 당혹스러움이라니! 더불어 그의 지극히 인공적인 소설을 읽는 것은, 그리하여 나로서는 처음부터 끝까지 빽빽한 긴장감을 유지한 채 문학에 거는 저 도저한

금각.

열정부터가 턱없이 미치지 못한다는 질투 이면에는, 마치 타인의 몽정을 훔쳐보는 듯한 불쾌감도 있었다.

나는 서서히 손을 여자의 옷자락에 밀어 넣었다.

그때 금각이 나타났다.

위엄으로 가득한, 우울하고 섬세한 건축, 벗겨진 금박을 여기저기에 남긴 호사의 주검 같은 건축, 가까운가 싶으면 멀고, 친하면서도 소원하고 불가사의한 거리에 언제나 선명하게 솟아 있는 그 금각이 나타난 것이다.

그것은 나와 내가 지향하는 인생 사이를 가로막고 서서 처음에는 미세화처럼 조그맣던 것이 점차로 커지면서, 그 정교하고 치밀한 모형 속에 거의 전 세계를 감쌀 듯한 거대한 금각의 대응이 보였듯이, 나를 둘러싼 세계의 구석구석까지 메우고 이 세계의 치수를 꽉 채울 정도가 됐다. 웅장한 음악처럼 세계를 채우고, 그 음악만으로 세계의 의미를 충족시켰다. 때로는 그토록 나를 소외시키고 나의 외부에 우뚝 서 있는 것처럼 여겨지던 금각이, 지금 완전히 나를 감싸 그 구조의 내부에 내 자리를 허용하고 있었다.[14]

이럴진대, '나'에게 금각은 결국 부처였다. 금각 앞에서 한없이 작고 피로감부터 느끼던 나는 마침내 스스로 부처가 된다. 부처를 만나면 부처를 죽이고, 나한을 만나면 나한을 죽여라. 부모를 만나면 부모를 죽이고…. 그 '나'는 1950년 6월 한국에 동란이 터졌다는 소식을 듣는다. "세계가 확실히 몰락하고 파멸하리라"는 그의 예감은 사실이 되었다. 그는 마침내 '감행'한다.

소설이 1950년 7월 2일 실제로 금각을 불태운 방화범 하야시의 실화에 바탕을 두고 있다는 사실은 잘 알려져 있다. 미시마 유키오는 재판 과정에서 나온 그의 진술 중에서 '미에 대한 질투'라는 말을 창작의 실마리로 붙잡았다. 추남에 말더듬이라는 신체적 '결함'이 강요한 그의 고독은 미에 대한 질투로 이어진다.

자기 앞에 군림하는 미!

실제로 금각 앞에 서면 누구라도 그런 생각을 갖게 마련이다. 미는 절대적인 권력, 완벽한 힘이었다.

절에서 기숙하며 불교 대학에 다니던 '나'는 절의 제왕 노스승의 이면을 목격했다. 말 그대로 추악한 이면이었다. 나는 생각한다. 설사 그를 죽인다 하더라도 끝이 아니다. 무력한 악은 계속하여 무수히 어둠의 지평선에서 나타날 터였다.[15]

'인간처럼 필멸하는 것들은 결코 근절되지 않는다. 반면

95

에 금각처럼 불멸의 것은 소멸시킬 수 있다.'

'나'는 다소 해학적인 기분에 휩싸여 방화가 가져올 교육적인 효과에 대해서도 생각한다.

'단지 그냥 지속되어왔던, 550년 동안 연못가에 계속해서 서 있었다는 것이 아무런 보증도 되지 않는다는 사실을 배우기 때문이다. 우리들의 생존을 떠받치고 있는 자명한 전제가 내일이라도 무너지리라는 불안을 배우기 때문이다.'

미시마 유키오의 미학은, 이렇듯 인간에 관한 한 그 어떤 것도 자명하지 않기 때문에 '인간 너머'를 지향할 수밖에 없었다. 거기, 불완전한 인간 따위는 파고들 자리가 없었다. '일―'과 '다多'가 통일되는 근원으로서, 니시다 기타로가 말하는 '절대무의 장소'만이 덩그러니 있을 뿐이었다.

하지만 세상은 달라졌다. 일본은, 전쟁에 패배한 일본이었다. 그러니 아무도 선뜻 '그곳'으로 가려 하지 않았다. 불에 데어도 된통 덴 터였다. 게다가 일본인들은 이미 다른 소설가 사카구치 안고의 말을 들어버린 후였다.

천황제니, 무사도니, 내핍의 정신이니, 오십 전을 삼십 전으로 깎는 미덕이니 하는 그런 온갖 거짓된 옷을 벗어

던지고 알몸이 되어 여하튼 우선 인간이 되어 다시 출발
해야 한다. 그렇지 않으면 우리는 다시 어제의 기만의
나라로 되돌아갈 뿐이다. …미망인은 연애를 하고 지옥
으로 떨어지라. 복귀한 군인은 암거래상이 돼라. 타락
자체는 나쁜 것임에 틀림없지만 대가를 치르지 않고 진
실을 찾기는 어렵다.[16]

사람들은 다자이 오사무와 이시카와 준과 더불어 그를
무뢰파無賴派라고 불렀다. 한마디로 이제 일본 문학사에도
'꼰대'들의 말발이 안 먹혀 들어가는 무뢰한들의 시대가
열린 터였다.

미시마 유키오는 악착같이 '전후'를 부정했다.

저 유명한 도쿄 대학 강당에서의 강연을 통해 전후 "일
본인의 안심해버린 눈 속에서 뭔가 불안을 읽어내려"[17] 한
자신의 시도가 헛된 욕망임을 확인한 미시마 유키오는, 그
이듬해인 1970년, 자위대원들 앞에 섰다. 함께 궐기하여
천황제 국가를 재건하자고 외쳤다. 그가 믿었던 육상 자위
대원 어느 누구도 그에게 동조하지 않았다. 오히려 야유가
터져나왔다. 그는 미리 준비한 절차에 따라 할복을 감행했
다. 소설 「우국」에서도 '경험'한 바였지만, 그동안 보디빌
딩으로 다진 근육들을 찢는 일은 몹시 고통스러웠다. 그렇

지만 절대무의 장소, 그 보이지 않는 중심을 향한 그의 집념은 대단했다. 불가능한 육체의 확장을 꿈꾼 그다운 최후였다.

현해탄 건너에서, 김지하가 그 죽음에 답했다.[18] 그 죽음, 별것 아니라고, 조선놈 피 먹고 피는 국화꽃이라고, 빼앗아 간 쇠그릇 녹여버린 일본도라고, 아주까리 신풍, 역사의 죽음 부르는 옛 군가라고.

가모가와 강변에서

아들은 침대에 누운 채 스마트폰을 꺼내 다시 확인해주었다. 케이한 본선을 타고 데마치야나기 역에서 내려 2번 출구로 빠져나가면 된다고 말했다. 걸어서 5분. 나는 얼른 노트를 꺼내 적을 것들을 적었다.

날은 더 없이 쾌청했다. 밤새 귓전을 때리던 태풍이 언제 그랬냐 싶게 지나간 것이었다. 이른 아침, 게스트하우스가 자리 잡은 시장 안은 조용했다. 부지런한 상인들이 더러 꽃집과 채소 가게 문을 여는 중이었다. 모든 게 깨끗하고 깔끔했다. 공동체에 대한 배려 없이는 불가능한 풍경이었다. 그 속으로 까만 스타킹을 신은 여학생이 바삐 걸어갔다. 멀쑥한 양복 차림의 청년도 어깨에 무거운 가방을 멘 채 아홉 시 방향으로 골목을 꺾어 나갔다.

전철을 갈아타고 데마치야나기 역까지 오는 것은 크게 어렵지 않았다. 다만 산조에는 역이 두 곳이라는 사실을 염두에 두지 않아 조금 당황했을 뿐이다. 산조 역과 산조 케이한 역. 일본의 기차 시스템은 여전히 혼란스러웠다. 데마치야나기는 산악 지대에서 교토 분지로 흘러 들어온 두 강물이 Y자 꼴로 합쳐져, 말하자면 비로소 가모가와가 제 이름을 얻으며 시내를 적시게 되는 시발점 같은 곳이었다.

내 목적지도 그 한쪽 강변에 있었다.

시모가모 경찰서.

1943년 7월 사촌지간인 윤동주와 송몽규는 며칠 상관으로 각기 체포된다. 거기서 둘은 이듬해 후쿠오카 형무소로 이감될 때까지 인신을 구속당한다.

나는 누가 쫓아오는 것도 아닌데 카메라를 꺼내 얼른 몇 장 찍었다. 스파이처럼. 과거의 흔적 같은 건 어디서도 찾아볼 수 없었다. 말끔한 2층 건물이었다. 주차장에는 만화 영화에 나올 법한 승합차가 눈에 띄었다. 아무도 들어가지 않았고, 아무도 나오지 않았다. 세로로 된 막대기형 네온보드 속에서는 시민들의 교통안전을 당부하는 메시지가 끊임없이 돌아갔다.

윤동주(위, 오른쪽)와 송몽규(아래, 가운데).

교토 시내 한복판을 흐르는 가모가와강.
짧았던 청춘의 한때,
조선에서 온 두 청년은 이 강변을 걸으며
시와 사랑과 시대에 대해 이야기를 나누었을 것이다.

얼마 후, 나는 길을 건너 강변으로 내려가 경찰서 바로 앞쪽 어디쯤에 자리를 잡고 앉았다. 여전히 이른 아침이었다. 태풍이 쓸고 지나간 하늘은 동서남북 어디고 푸르렀다. 강변의 집들은 양옥이든 화옥이든 별장 같았다. 강변길을 따라 산책하는 사람들이 띄엄띄엄 눈에 띌 뿐, 이곳이 대도시라는 사실이 믿기지 않을 만큼 고즈넉했다. 다만 간밤의 태풍에 불어난 강물이 제법 거친 소리를 내며 흘러갈 뿐이었다.

언젠가도 꼭 이랬을 것이다.

한바탕 폭우가 퍼붓고 태풍이 씻은 듯 지나간 다음 날, 혹시 그 물소리를 들었을지 모른다. 혹시 바람결에 언뜻 묻어오는 꽃향기를 맡았을지 모른다. 혹시 쇠창살 사이로 운 좋게 벚꽃 이파리 한 장 날아오기를 간절히 바랐을지 모른다. 동주는 몽규와 함께 뛰어놀던 만주 용정의 진달래 언덕을 꿈에 보았을지 모른다. 몽규는 대륙을 향해 고향을 떠나기 전날 마음 여린 동주가 입가에 지어 보인 엷은 미소를 기억했을지 모른다. 어쩌면 둘은 연희전문학교 시절 기숙사 핀슨홀에서 나눠 먹던 호떡 맛이라든지, 어두운 밤 도서관을 함께 빠져나오던 그림자들을 떠올렸을지 모른다. 그런 밤, 어쩌면 "소학교 때 책상을 같이했던 아이들의 이름과, 패, 경, 옥 이런 이국 소녀들의 이름과, 벌써 애

102

교토 도시샤 대학 구내의 윤동주 시비.

기 어머니 된 계집애들의 이름(「별 헤는 밤」)"을 너 하나 나 하나 꼽아봤을지 모른다. 그리고 또 어쩌면 5분 거리 하숙 집을 각기 빠져나와 가모가와 강변을 함께 걷던 어느 날의 눈부신 햇살을 기억하고, 마침내 그 햇살이 자꾸 감기려는 눈꺼풀 속으로 밀려오는 행복에 마음이 푸근해졌을지 모른다.

그러다가, 그렇게, 그들은 숨을 거두었다.
교토, 아름다운 천년 고도에서.

인생은 살기 어렵다는데
시가 이렇게 쉽게 씌어지는 것은
부끄러운 일이다.

육첩방은 남의 나라
창밖에 밤비가 속살거리는데

등불을 밝혀 어둠을 조금 내몰고
시대처럼 올 아침을 기다리는 최후의 나

 —「쉽게 씌어진 시」에서

태풍이 물러간 서쪽 하늘에 하필이면 무지개까지 떠서,
나는 기어이 눈시울을 붉히고 말았다. 가모가와 강변에서.

3

중국이 세계였을 때

상하이

친애하는 선생! 선생은 제가 지금 무슨 말을 하는지 정확히 아실 겁니다! 폭풍의 눈이 유럽이 아니라 극동에 있다는 사실을요. 정확히 말하자면 상하이에 있다는 걸 말입니다.

— 가즈오 이시구로, 『우리가 고아였을 때』에서[1]

다시 와이탄에서

중국 남방항공의 작은 동체는 인력거처럼 몹시 흔들렸다. 그러나 얼마 후에는 상하이 푸동공항에 무사히 나를 내려주었다.

푸동 지구의 37층 호텔 방에 짐을 풀었다. 오후 4시밖에 되지 않았지만, 창밖은 저녁 이내라도 낀 듯 어둑신했다. 제대로 뻗지도 못한 채 뚝 끊어지는 시정 거리로 스모그의 농도를 짐작할 수 있었다. 서울도 경보를 발동하고 출퇴근 시간대 대중교통 무료 이용제를 실시할 만큼 미세 먼지가 심했는데, 상하이는 훨씬 심한 느낌이었다. 도쿄에서 따로 날아온 아들이 익숙한 듯 마스크를 건네주었다. 아들은 이 도시와 인연이 깊다. 동아시아 근대사를 전공하는데 석사 학위를 상하이 조계 연구로 땄고, 학부 시절에는 상하이 동제대학에서 1년간 교환학생으로 지낸 경험도 있었다. 그 동제대학은 식민지 시대 한글학자 물불 이극로가 다닌 대학이기도 했다.

첫날 저녁, 황푸 강변 와이탄을 찾았다. 그림엽서에서 빼낸 것 같은 저 유명한 야경은 여전했다. 처음 접했을 때의 감동이 새삼 떠올랐다. 황금빛 잔잔한 조명이 주변의 뿌연 어둠하고도 잘 어울렸다. 가로등의 노란 불빛, 신호등의 푸른 불빛도 풍경 밖으로 빠져나가지 않았다. 반식민지 조계 시절의 유럽풍 건물 옥상마다 오성홍기가 힘차게 펄럭거렸다. 강 건너 푸동의 옛 모습이 어땠는지는 전혀 기억나지 않았다. 동방명주가 없었던 건 분명하다. 떠나오기 전에는 솔직히 그 동방명주 때문에 기가 좀 죽을 줄 알았는데, 짙은 스모그 속에서는 스카이라인마저 맥을 못 추었다.

동아시아의 주요 도시들은 저마다 다른 처지에서, 또 저마다 다른 방식으로 근대를 맞이했다. 가장 먼저 근대를

어둠 속에서도 와이탄 거리의 유럽풍 건물마다
오성홍기가 힘차게 펄럭거린다.

맞이한 것은 과거와 가장 명징한 단절을 선택한 도쿄였다. 가장 명징한 단절을 선택했기에 가장 먼저 근대를 맞이했는지도 몰랐다. 그때까지 존재조차 희미했던 천황이 '얼굴'을 지닌 현인신現人神으로 역사의 전면에 등장하자, 과거는 일시에 무너져 내렸다. 사무라이는 칼을 놓았고, 중들은 절에서 쫓겨났다. 도쿄는 스스로 탈아입구脫亞入歐의 슬로건을 내세웠다. 동아시아의 다른 도시들은? 베이징과 서울과 하노이는 완강히 빗장을 걸어 잠갔다. 칼과 창 몇 자루와 자존심으로 군함과 대포를 상대하려 했다. 분투했고, 장렬했다. 결과는 우리가 모두 알다시피 처참한 능욕이었다. 강제로 당한 탈아입구.

그러나 동아시아의 어떤 도시도 상하이처럼 극적인 방식으로 근대를 맞이한 도시는 없었다. 절망도 극적이었지만, 희망도 극적이었다. 그리고 그 절망과 희망 모두 중국사를 넘어 세계사적 의미를 지닌다는 사실이 장차 분명해질 터였다.

사람들이 너나없이 동방명주를 배경으로 사진을 찍는 그곳 강변이 죄 상하이 최초의 유럽식 공원 황푸 공원이다. 지난 시절 '개와 중국인은 출입 금지'라는 모욕적인 팻말이 붙어 있다고 해서 악명이 높았던 바로 그 공원. 외백도교 쪽 끝자락에는 인민영웅기념비가 우뚝 솟아 있다.

1925년의 5·30 사건과 1927년의 4·12 정변 등, 상하이에서 고고의 성을 울린 중국 공산당이 직간접적으로 관여한 혁명운동 과정에서 희생당한 영웅들을 기리는 기념물이다. 말하자면 상하이의 절망과 희망이 그렇게 가까이 붙어 있었다.

상하이, 환멸의 도시

"난 상하이가 정말 싫어. 저 외국인들도 싫고, 대형 상점의 말만 번지르르한 점원도 싫고, 인력거꾼도, 전차 매표원도, 전대인轉貸人도 싫고, 큰길가의 시멘트 위에 서서 여자들이나 쳐다보고 있는 저 부랑배들도 다 싫다고…. 정말, 왠지 모르겠어. 온 상하이가 다 나의 적이 되어버리다니, 생각만 하면 화가 치밀어!"[2]

상하이에 온 지 고작 2년 밖에 안 된 여대생 후이는 첫 장면 첫 줄부터 다짜고짜 이렇게 말한다. 옛 동창 징이라고 상하이가 좋다고는 말하지 못한다. 다만 떠나온 시골의 그 고루함과 우매함, 그리고 죽음 같은 정적이 너무 싫기 때문에 어쩔 수 없이 참고 지내는 것이라고 대답한다. 과연 「환멸」이라는 제목을 내건 소설답다. 그러나 작가 마오둔은 그 도시에 관한 한 더 노골적인 저주마저 서슴지 않는다. 『자야子夜』(1933), 즉 '칠흑같이 어두운 밤'을 뜻하는 제목의 장편소설은 첫 장부터 우 나리가 물길로 200리 고향을 떠나 상하이에 도착한 바로 그날 숨을 거두는 장면을 천연덕스럽게 배치한다. 배에서 내려 아들의 집까지 가는 동안 그의 눈에 비친 상하이는 말 그대로 악마의 소굴이었다.

> 기계들의 소음, 자동차의 매연, 네온사인의 붉은 빛, 여인들의 몸에서 나는 향기 등 모든 게 우 나리에게는 악마 같은 도시의 혼령처럼 여겨졌다. 이런 것들이 가혹하게 우 나리의 낡고 약한 마음을 압도하여, 끝내는 눈이 어지럽고 귀가 울리며 머리가 혼란스러워졌다.[3]

아들 우쑨푸의 대저택 문턱을 넘자 더욱 끔찍한 마귀들이 한꺼번에 달려들었다. 우 나리는 손아귀에 힘을 주어 도교 경전 『태상감응편』을 더 꼭 쥐어보지만, 상하이는 애초 그런 호신부護身符 따위로 감당할 수 있는 도시가 아니었다.

> 붉고 푸른 전등, 네모꼴, 원통형, 다각형의 가구들, 방

안의 모든 남녀들이 금빛 속에서 뛰고 돌고 있었다. 분
홍색 옷차림의 쑨푸의 부인, 풋사과빛 옷차림의 한 여
인, 옅은 노란색 옷을 입은 또 한 여인, 모두가 그곳에서
미친 듯이 뛰고 있었다. 그녀들의 몸은 얇은 비단옷으로
싸여 있어서 불쑥 솟은 젖가슴, 옅은 홍색의 유두, 겨드
랑이 털과 온몸의 윤곽이 선명히 드러나 보였다. 우 나
리의 눈에는 불쑥 솟은 채 출렁거리는 무수한 젖가슴들
이 방 안 가득히 떠다니며 춤추는 것 같았다. …갑자기
우 나리는 이 출렁이며 난무하는 젖가슴들이 화살같이
무수하게 자신의 가슴 앞으로 날아오는 것을 보았다.[4]

결국 그는 허망하게 숨을 거두고 만다. '출렁이며 난무
하는 젖가슴들'이 그를 죽인 셈이었다. 상하이 경제계의
실력자 우쑨푸의 대저택에 식객으로 와 있던 한 시인은 노
인이 작고했다는 소식에 이렇게 말한다.

"하나도 이상하게 여길 것 없어. 우 나리는 시골에서도
이미 '늙은 시체'였어. 사실상 시골은 어두침침한 무덤
이나 똑같지. 그 무덤 속에서 시체는 썩지 않을 뿐. 지금
은 현대적 대도시인 상하이에 왔으니 자연히 즉시 '풍
화'된 거야. 가라지! 늙어빠진 사회의 시체여! 가거라!

나는 오천 년이나 썩은 시체인 구중국이 신시대의 폭풍
우 속에서 재빠르게 풍화되는 것을 보았노라!"5

   무덤 속 시체와 다름없던 옛 중국이 이렇듯 허망하게 풍
화되는 대도시 상하이.
   그러나 당시 그 도시의 역사는 채 100년이 되지 않았
다. 아편전쟁 이후 난징조약(1842)에 따라 개항지가 되었
을 때만 해도, 황푸 강변의 작은 포구가 그처럼 거대한 국
제도시로 변모하리라고는 아무도 상상할 수 없었다. 처음
에는 유럽인 선원들이 모처럼 밟은 모래톱을 느릿느릿 걸
어 다니며 오랜 항해의 여독을 달랬을 것이다. 그러나 그
때 이미 세계 도처에 식민지를 두고 있던 영국은 어떻게
하면 그 땅을 대륙 진출의 교두보로 만들 수 있는지, 충분
한 야심과 노하우가 있었다. 그들은 황푸강과 쑤저우하가
만나는 지역, 와이탄을 주목했다. 그리하여 1845년 제1차
'토지장정'이 고시되자 그곳을 중심으로 최초의 조계를 설
치했다. 4년 후인 1849년에는 프랑스 조계가, 다시 1863년
에는 영국 조계와 미국 조계를 합쳐 공동 조계가 설치되었
다. 그때부터 도시는 폭발적으로 성장했다. 구미를 오가는
정기항로가 개설되고, 도로가 종횡으로 뻗어나갔으며, 은
행과 극장 건물들이 용립했다. 영국인이 가는 곳에는 경마

장하고 교회가 있다는 말마따나 경마장과 교회도 어김없이 들어섰다. 다만 도시에 대한 구상은 영불이 크게 달랐다. 영국은 황푸 강변에 런던을 연상케 할 양행洋行 건물들을 짓는 것을 시작으로, 그 뒤쪽 난징로를 따라 번화가를 구축하는 데 여념이 없었다. 미국도 그런 도시 구상에 기꺼이 동참했다.

프랑스는 화이하이로를 중심으로 상대적으로 차분하게 거리를 조성해나갔다. 상하이 도서관 근처 우캉로를 비롯해서 창수로, 용캉로, 안푸로, 형산로, 쓰난로 등지에 여전히 그 흔적이 짙게 남아 있다. 조용한 주택가와 띄엄띄엄 나타나는 예쁜 카페들, 특히 파리 샹젤리제 거리를 본떠 심었다는 플라타너스 가로수들이 세월 저편의 기억을 고스란히 끌어안고 있는 듯싶다. 우캉로 모퉁이에 서 있는 붉은 벽돌의 우캉 빌딩은 마치 삼각형 모양의 치즈를 모서리 부분만 부드럽게 다듬은 듯한 특이한 모양으로 눈길을 사로잡지만, 그조차도 주변의 풍경을 전혀 해치지 않는다.

1870년이면 유럽까지 해저 케이블로 전신이 가능하게 되어, 상하이는 바야흐로 국제도시로서 그 면모를 갖추기 시작한다. 유럽과 상하이를 잇는 우편 증기선이 일주일에 네 차례 운행하며 각종 간행물과 승객을 실어 날랐다. 19세기가 다 가기도 전에 벌써 몇 차례나 상하이에 들른 영국의 작가 이사벨라 버드 비숍은, 런던이나 뉴욕에 못지않은 훌륭한 도서관과 대형 서점이 조계 주민들의 지적 욕구를 채워준다고도 썼다.[6] 그러나 조계는 엄연히 제국주의의 역사적 유산이었다. 와이탄에서 난징로를 거쳐 징안사까지 십리양장十里羊場이 아무리 화려해도, 우캉로와 헝산로의 프랑스 조계가 아무리 차분하면서도 이국적인 풍경을 꾸며내더라도, 그 거리들을 밝히는 가로등 불빛들은 필연적으로 모순과 혼돈, 그리고 그에 따른 환멸을 전원으로 삼을 수밖에 없었다.

상하이의 근대는 그렇게 시작되어 소리 없이 20세기의 문턱을 넘었다.

강남에서 유럽까지

춘원 이광수가 상하이에 나타났다.[7]

그것이 1913년 연말, 그가 아직 고주孤舟라는 호를 쓸 때였다. 그는 일엽편주, 말 그대로 외로운 배 같은 신세였다. 정주 오산학교를 자의 반 타의 반으로 그만두었고, 그저 착하기만 한 아내와는 기약도 없이 헤어졌다. 압록강 강변에서 그가 올라탔던 배가 어느덧 황푸강 강변에 모습을 드러냈을 때, 사실 그는 국제도시 상하이에 어울리는 인상과 차림이 전혀 아니었다. 값싼 청복에서 번진 푸른 물 때문에 모가지며 손이며 온통 퍼렇게 물이 들었는데, 그나마 배를 탄 일주일 동안 한 번도 갈아입지 못해 퀴퀴한 제 몸 냄새에 제가 먼저 코를 돌릴 정도였다. 어쨌거나 그는 궁상스러운 보통이를 들고 황푸 부두에 내렸다. 그런 다음 곧 안개 속에 잠긴 상하이의 시가, 강에 뜬 각국 병선과 상선, 뚜벅뚜벅 다니는 양인들과 헬레헬레 떠들기만 하는 청인들, 그 속으로 들어갔다.

그 이후 이광수가 상하이에서 어떻게 지냈는지, 지금 길게 이야기할 것은 없다. 그는 미리 소개를 받은 대로 법조계(프랑스 조계)의 어느 조용한 롱탕^{弄堂}의 길게 늘여 지은 셋집의 한 채, 문패라고는 없고 오직 No. 22라는 집 호수가 붙었을 뿐인, "이러니까 도망꾼이 숨어 살기에는 십상"이라고 스스로 중얼거릴 수밖에 없던 집에, 아주 어렵사리 기어들게 된다는 사실만 먼저 말해두자. 당시 백이부로라고 불렸던 그 길은 원래 프랑스인들이 뤼 폴 보^{Rue Paul Beau}라고 부르던 길로, 지금은 다시 중칭중로로 이름이 바뀌었다.

이광수가 찾아간 그 집은 장차 『임껵정』을 쓰고 신간회를 주도할 벽초 홍명희가 다른 조선인 망명자들과 함께 살던 셋집이었다. 이광수가 고주라는 호를 썼던 것처럼 홍명희도 그때는 가인假人이라는 호를 썼다. 가인은 굉장한 독서가였는데, 그러느라 바깥에는 자주 나가지 않았다. 실은 다섯 사람이 모자 둘을 가지고 번갈아 써야 했고, 게다가 외투와 동복이 없으니 나가봤댔자 가까운 불란서공원까지밖에는 출입을 못 했을 거라는 해석도 있다.

그런 전설 같은 이야기들을 떠올리다 보면, 그 시절 어떤 이유로든 조선을 떠나온 그들은 우리가 지금 말하는 상하이가 아니라 우리로서는 짐작도 할 수 없는 전혀 다른 도시 '상해'에서 살았을 거라는 생각마저 든다.

제1차 세계대전은 상하이 조계의 세력 판도를 바꾸어놓았다. 패전국 독일과 오스트리아는 치외법권을 상실했고, 1917년 혁명을 성공시킨 소비에트 러시아도 입지를 잃었다. 서구 열강의 청년들은 참전을 위해 대거 귀국했다. 그 힘의 진공을 새롭게 채운 것은 일본이었다. 대전 중이던 1915년에 일본인 거류민은 이미 1만 1,000명을 넘어 영국을 제치고 최다 국민의 지위에 올랐다. 참, 그 속에 식민지에서 건너온 조선인은 포함되는지 모르겠다. 그 무렵이면 고주와 가인은 이미 상하이를 떠났을 터이지만.

상하이는 일본인의 여행지로도 각광을 받았다. 나가사키에서 배를 타서 한나절 반이면 상하이에 도착했다. 당시

기차로 도쿄에 가는 것보다 빨랐다. 게다가 상하이는 당시 일본인이 여권 없이 갈 수 있는 유일한 외국이었으니, '나가사키 현 상하이 시'라는 말까지 심심찮게 나돌 정도였다.

　일본 근대문학의 기틀을 다지는 데 기여한 두 소설가 나가이 가후와 다니자키 준이치로도 초기 여행자들이었다. 그들은 상하이를 근대 일본어가 아니라 한문의 문맥으로 읽었다. 그런 만큼 그들이 올라타도 시소는 어느 한쪽으로 크게 기울지 않았다. 그렇다고 그들의 시선이 당대 중국을 제대로 보고 있었다고 장담할 수는 없다. 그들에게 중국은 말 그대로 고전 한문의 세계였을 뿐이다. 예컨대 다니자키 준이치로는 1919년 첫 번째 중국 여행에서 난징을 출발해 쑤저우를 거쳐 상하이까지 가고, 거기서 다시 항저우까지 가는 운하 여행을 시도했다. 그 여행을 통해 그가 발견한 것은 어렸을 때부터 그토록 그리던 수향水鄉으로서의 강남江南이었다. 중국이든 지나든, 그에게는 그 이상의 의미가 없었다. 풍류, 혹은 '지나 취미'라고 할 딱 그 지점에서 그의 관심은 멈추었다. 그는 자기가 욕망한 세계만을 보았을 뿐이다. 가라타니 고진의 어법을 빌리자면, 중국에 관한 한 그는 아직 풍경을 발견한 것도 아닌 셈이었다. 강남은 '풍경'이 아니라 '산수'였으니.

그는 평소 꿈꾸던 유럽에 대한 갈망도 상하이 조계지에서 상당 부분 해소했다. 그러다 보니 조계 성립의 원인이나 과정 따위는 아예 살필 틈조차 없는 황당한 몰역사적 역사 인식마저 자랑스럽게 드러낸다.

다이쇼 7년(1918)에 내가 중국으로 떠나 그곳에서 빈둥댔던 것은 이 채워지지 않는 이국취미를 조금이라도 위로하고 싶어서였는데 그 여행은 내가 도쿄를 더욱 싫어하고 일본을 더욱 싫어하도록 만들었다. 왜냐하면 중국에는 아직 청나라 시대의 여운을 느낄 수 있는 평화스럽고 고즈넉한 도회지와 시골 마을이라는, 영화에서 봐왔던 서양의 그것에 조금도 뒤지지 않는 상하이나 톈진 같은 근대도시가 옛것과 새것이 조화를 이루며 어깨를 나란히 한 채 공존하고 있었기 때문이다.
과도기의 일본은 그 하나를 잃고 다른 하나를 얻으려 발버둥치던 시절이지만 자신의 나라에 조차지라는 '외국'을 가진 중국에서 이 둘은 서로 침범하는 일 없이 양립하고 있었다. …특히 상하이는 당시의 도쿄나 오사카보다 훨씬 더 발전된 많은 시설을 갖추고 있어 이미 십자로에는 교통 순사가 서 있었고, 최근에야 교토에 생긴 무궤도전차가 이미 달리고 있는 데다 새로 넓히고 있는 외곽 쪽에는 콘크리트가 깔린 자동차 도로와 나란히 말굽이 망가지지 않도록 부드러운 흙을 깔아놓은 마차 도로까지 있었다. 여행에서 돌아온 나는 일본을 업신여기며 열렬한 중국광이 되었고 또 열렬한 서양광이 되었다.[8]

그래도 1926년 두 번째 중국 여행에서는 전과 다르게 상당히 나쁜 인상을 받았다고 고백한다. 어쩌면 당연한 귀결이었을지 모른다. 세월은 흘렀고 상하이도 변했지만, 무엇보다 그 역시 첫 경험에 설렐 나이는 아니었으니까.

다니자키 준이치로의 권유로 중국 여행을 떠나게 되는 소설가 아쿠타가와 류노스케는 처음부터 기울어진 시소에 올라타고 있었다. 그 역시 일본 문단에서 지나 취미의 애호가로 알려져 있었지만, 그건 어디까지나 고전 중국의 영역이었다. 그리고 1921년 그가 처음 방문하게 되는 상하이는 이미 강남도 아니었다. 그건 그가 메이지 유신이 선사한 '위생'이라는 안경을 쓰고 상하이를 보았기 때문이었다.

부두에 내리자마자 달려드는 인력거꾼들은 불결함 그 자체였고, 기껏 올라탄 마차도 움직이자마자 제멋대로 뛰면서 길모퉁이 벽돌담을 박았는데, 마차는 당장이라도 뒤집어질 것 같았다.[9]

아쿠타가와는 이렇게 생각했고, 그 생각을 고스란히 기록으로 남겼다.

상해에서는 죽음을 각오하지 않고서는 마차도 무심히 탈 수 없는 것은 아닌가.[10]

그는 겨우 호텔에 들어갔는데, 그 호텔이 마침 홍종우가 김옥균을 암살한 동화양행이었다. 하지만 주인이 보여주는 방은 형편없었다. 벽은 그을린 듯하고 커튼은 낡고 의자조차 만족스러운 게 하나도 없었다.

그는 또 이렇게 생각하고, 그 생각을 고스란히 기록으로 남겼다.

김옥균의 유령이라면 모를까 그 누구도 편히 쉴 수 있는 방이 아니로다.[11]

그의 중국, 그의 상하이가 어떤 모습일지 능히 짐작하리라.

연못을 향해 유유히 오줌을 갈기는 변발의 사내, 초자연적인 불결함을 갖춘 거지, 일순 강도로 돌변하는 인력거꾼, 여인의 귀고리를 빼앗으려고 귀를 찢는 강도, 야치野雉라 불

홍종우가 김옥균을 암살한 상하이의 호텔 동화양행.

리는 거리의 창녀들, 공공연히 아편을 피워대는 남녀, 그리
고 (어느 덴마크 인에 의하면) 두 번이나 들려왔다는 시간屍姦
소식까지, 결국 아쿠타가와에 이르러 상하이는 "중국 제
일의 악의 도시"로 전락하고 만다. 100보를 양보하더라도
'강남'은 결코 아니었다.

상하이 중국몽

나는 학교를 그만두고 들어간 첫 직장에서 리영희 교수가 번역한 『중국백서』(1982)[12]를 편집했다. 그때는 아직 '리'씨 성을 고집하지 않던 교수가 워싱턴은 한사코 '와싱톤'이라고 써야 한다고 해서 출간 직전까지 애를 먹은 기억이 생생하다. 책은 1945년을 전후한, 급변하는 중국 정세에 대해 미국 국무부가 의회에 보내는 보고서였다. 말이 그렇지, 실상은 미국이 공식적으로 정리한 '중국 혁명사'와 다름없었다. 그때 이미 『전환시대의 논리』(1974)와 『8억인과의 대화』(1977)를 통해 조금은 맛본 내용이었지만, 『중국백서』는 마치 첩보 영화처럼 숨 가쁘게 돌아가는 상황 전개가 압권이었다. 전통문이 와싱톤에서 상해로, 다시 난징에서 와싱톤으로 쉴 새 없이 날아다녔다. 미국은 장제스에게 진작 학을 떼었지만 뒤늦게 어찌할 도리가 없었다. 천문학적으로 쏟아부은 그 엄청난 군사원조는 어디로 가버렸는지! 미국 합동군사고문단의 한 장군은 구제불능의 중국 상황에 대해 패배는 탄약이나 장비 부족으로 인한 것은 한 건도 없다, 모든 책임은 전적으로 국민당군 고위 군사 지도자들의 졸렬함과 군대 사회를 속속들이 좀먹고 있는 부정과 부패에 있다고 비판했다.

반면 옌안의 어두컴컴한 토굴을 빠져나온 홍군은 불가사의한 마력으로 가는 곳마다 농민과 노동자, 학생 들의 마음을 사로잡았다. 붉은 깃발이 거대한 중국 대륙을 덮을 날은 시간문제였다. 그로부터 또 얼마 후 나는 말로만 듣던 에드거 스노의 『중국의 붉은 별』과 해리슨 솔즈베리의 『대장정』을 직접 읽을 수 있게 되었다. 그 두 책은 『삼국지』 못지않게 흥미진진하면서도, 그때까지 내가 반평생 접한 것들 중에서 가장 감동적인 드라마를 선보이고 있었다. 특히 장제스의 국민당군에게 쫓긴 홍군이 대도하를 건너고 대설산을 넘는 장면은 인류 역사상 가장 위대한 휴먼 드라마였다. 그들은 동지들을 위해 기꺼이 '시체의 산'이 되었다. 나아가 에드거 스노와 이혼하기 전 님 웨일스가 쓴 『아리랑』을 읽고서는, 또 더 훗날 백구은白求恩, 즉 닥터 노먼 베순의 감동적인 일대기까지 접하고서는, 그 중국을 내 눈으로 직접 보고 싶다는 열망에 잠 못 이루는 날도 없지 않았다.

마침내 기회가 와서 그 중국 땅을 밟았다.

그때만 해도 정보란 게 변변치 않았다. 양국이 국교를 수립한 게 1992년이었으니, 기자들은 아직까지 '죽의 장막을 가다'와 같은 자극적인 제목의 방문기를 쏟아내고 있었다. 그런 만큼 하루라도 먼저 본 사람의 말이 곧 성문법 같은 권위를 지니던 시절이었다. 우리가 첫 기착지를 칭다오로 잡은 것도 그 때문이었다. 문단의 한 선배가 그 무렵 칭다오의 한국계 공장에서 '바지사장' 노릇을 하고 있었다. 그 선배는 심약한 우리 일행을 만나자마자 고량주부터 잔뜩 먹여놓은 뒤 마치 우리가 죽을 데를 찾아온 듯 또 잔뜩 겁을 주었다.

"어떡하니? 내가 따라가주면 모르겠지만, 보다시피 여기 일이 워낙 바빠야지. 아무튼 조심하고 또 조심해. 엊그제도 한국인 한 명이 칼로 푹…. 뭐, 여기도 다 사람 사는 데니까 어디 매일이야 그러겠어? 그래도 아무튼 조심하고 또 조심해서 나쁠 일은 없겠지."

심약한 우리 일행은 그 선배가 끊어준 상하이행 비행기 표를 물리고 차라리 돌아가고 싶을 정도였다. 이제 믿을 곳은 상하이에서 우리를 기다려줄 후배밖에 없었다. 전화를 걸었다.

"네? 아니, 그게 아니라요, 형님. 아이고, 내가 어떻게 형님을 무시하겠습니까? 그게 아니라… 아, 네. 알겠습니다. 갈게요. 가서 기다리겠습니다."

그때 난징 대학 유학생으로 있던 후배는 과연 약속을 지켰다. 잠 한숨 자지 못한 퀭한 눈으로, 댓 발은 나온 입으로. 알고 보니 지도에서 새끼손가락 한 마디도 안 되는 것처럼 보였던 상하이와 난징 사이 거리가 우리로 치면 서울에서 부산 거리보다도 멀었다. 그제야 우리는 우리가 그 후배에게 무슨 짓을 한 것인지 깨달았다. 후배는 전화를 끊자마자 온갖 '꽌시(관계)'를 동원해 부랴부랴 없는 기차표를 끊어 새벽같이 상하이 공항까지 심약한 선배들을 마중 나온 것이었다. 손수 쓴 '환영' 팻말까지 들고서.

그렇게 밟은 상하이에서 수십 년이 지난 지금까지 잊히지 않는 가장 인상적인 장면이 있다. 한 이틀을 상하이에서 잘 지낸 우리는 이제 그 후배와 함께 난징으로 떠나기로 일정을 정했다. 거기서 후배의 행장을 채근한 다음 그를 앞세워 본격적인 실크로드 대탐방을 시도하는 것, 그것이 우리의 장쾌한 목표였다. 하지만 기차를 타기 위해 상하이 역에 내린 순간, 심약한 우리는 또다시 충격에 빠졌다. 보고도 도대체 눈을 믿을 수 없었다.

전시도 아니고!

상하이 역 광장은 마치 피난민들로 가득 찬 6·25 때 서울역 같았다. 광장 시멘트 바닥에 아무렇게나 누워 있는 게 다 '승객'들이었다. 그들은 저마다 커다란 짐 보퉁이 하나씩을 꿰차고 있었는데, 이미 어둑어둑 찾아오고 있던 땅거미 속에서는 움직일 때마다 마치 커다란 누에가 꿈틀거리는 것처럼 보였다. 후배가 앞장서고 심약한 우리 선배들이 새끼 오리처럼 졸졸 뒤를 따랐다. 자칫 발이라도 헛디디면 곤하게 잠든 '누에'들을 깨울지도 모르는 일이었다. 그렇게 되면 칭다오에서 들은 대로 갑자기 휙 칼이…. 물론 그런 일은 일어날 수도 없었고 일어나지도 않았다. 우리는 오리엔탈리즘의 편견을 깨고 무사히 역사 안으로 들어갔고, 또 무사히 루안쭈어軟座 객실에 올라탈 수 있었다. 행색이 아무리 남루해도 우리는 짐 보퉁이가 아니라 배낭을 멘, 그 시절로는 아직 흔하지 않던 외국인 여행자들이었다. 어딜 가도 외국인 요금을 따로 내야 했다. 최소 세 배에서 많게는 열 배쯤. 그래서 그런 건 아니겠지만, 우리가 열차에 올라탈 때까지 열차 공안은 시종 친절한 미소를 잃지 않았다.

한 가지 장면 묘사가 빠졌다. 우리가 타기 직전, 개찰구가 열리자마자 중국인 승객들은 마치 경주라도 하듯 열차를 향해 달려갔다. 놀라운 일이 속속 벌어졌다. 출입구를 포기한 일부 승객들은 아예 차창으로 기어올랐다. 밑에서는 엉덩이를 받쳐주었고, 위에서는 어깨를 끌어당겼다. 이쪽에서 "우" 하면 저쪽에서 "와" 했다. 참다못한 공안은 비장의 무기를 꺼내 들었다. 빨랫줄을 걸 때 바지랑대로 쓰면 딱 좋을 긴 대나무 막대기였다. 그는 뭐라 사나운 욕설을 성조도 없이 퍼부으면서 마구 그 '무기'를 휘둘렀다. 그러나 노련

128

"중국몽은 나의 꿈."

한 승객들은 그런 정도의 위협에 크게 움츠러들지 않았다. 질서는 열차 출발 시각이 다 되어서야 저절로 잡혔다.

나는 아들을 앞세워 부러 상하이 역을 찾았다. 세월의 흔적은 어디에도 남아 있지 않았다. 광장에는 앉아 있을 공간 자체가 많이 줄어들었다. 그런 만큼 앉아 있는 사람들조차 드물었다. 서너 명이나마 농민공이 쭈그리고 앉아 있어 오히려 반가울 정도였다. 승객들은 철제 통로를 따라 질서 있게 역사로 들어갔다. 그들의 머리 위 커다란 전광판에서는 끊임없이 '중국몽'을 알리는 빨간 글씨들이 지나갔다.

　중국몽 아적몽中國夢 我的夢13

　'중국몽'은 시진핑 주석이 2012년 18차 당 대회에서 총서기에 오른 직후 처음으로 내세운 슬로건이었다. 그것은 덩샤오핑 전 주석이 제시한 '도광양회韜光養晦', 즉 '빛을 감추고 은밀히 힘을 기른다'는 대외 정책의 원칙과 결별하겠다는 선언이었다. 그 후 중국은 그동안 쌓은 경제력을 바탕으로 중국에 이익이 된다면 떨쳐 일어나 무엇이든 할 일을 하겠다는 뜻의 '분발유위奮發有爲'를 실천했다.

　이런 점에서 중국몽은 곧 중국 굴기崛起였다.

　발길을 돌리면서, 나는 아들에게 내가 본 상하이가 마치 꿈결인 듯하다고 말했다. 실은 그 시절을 오늘과 비교하는 것은 무의미했다. 가령 내 기억에 그때는 지하철이 한 노선도 없었다. 그런데 지금 상하이의 땅속을 누비는 지하철 노선은 무려 열일곱 개나 된다. 언제부턴가 당은 지하철을 건설하기로 결심했고, 그러자 그 결심은 일사불란하게 최단기간에 실현되었다. 어디 지하철뿐이랴. 중국은 이미 기본적인 의식주 문제를 걱정하지 않는 원바오溫飽 사회를 지났고, 2020년까지는 모든 국민이 복지 생활을 누리는 이른

바 샤오캉小康 사회를 건설하겠다는 원대한 꿈에 바짝 다가
서 있다. 거대도시 상하이가 앞장서 그 꿈을 이끌고 있다
는 사실도 부정하기 어렵다.

그렇지 않더라도 상하이는 이미 역사가 오랜 어떤 중국
몽의 진앙이었는데, 그 꿈은 바로 '혁명'이었다. 모든 것을
송두리째 뒤집어버리는.

혁명 상하이

베이징이 봉건과 매판의 찌꺼기 군벌에게 볼모로 잡혀
옴짝달싹 못 하던 동안에는, 상하이가 어떻게든 낡은 체제
에 균열을 내고자 몸부림쳤다. 광둥과 난징, 그리고 홍콩이
저항의 불씨를 보듬었지만, 아무래도 잉걸불은 상하이에
기대할 수밖에 없었다.

1919년 일본의 산둥성 할양 등 21개조 요구에 맞서 베
이징의 대학생들이 항의의 불씨를 당기자, 상하이는 즉시
그 화염을 키우는 데 앞장섰다. 그 5·4 운동의 결과 쑨원
은 광둥에서 민국 정부를 수립할 힘을 비축했다. 1921년
상하이 프랑스 조계에서는 마오쩌둥이 주도하는 중국 공
산당이 창립 대회를 개최했다. 단 열세 명만이 참가했지만,

그것이 전국의 모든 공산주의자들을 대표하는 제1차 전국 대표대회였다. 바야흐로 인구와 영토에서 타의 추종을 불허하는 거대한 중국 대륙이 굴종의 역사를 박차고 스스로 역사의 주체로 우뚝 서는 순간이었다. 그러나 민국 정부든 중국 공산당이든 그들 앞에는 과거 어느 때보다도 훨씬 험난한 여정이 기다리고 있었다.

1925년 5월 중순 상하이의 일본계 방적 공장에서 파업이 일어났다. 회사 측은 협상을 거부하고 힘으로 파업을 진압하려 했다. 그 과정에서 노동자 한 명이 숨을 거두는 일이 발생했다. 공동 조계의 행정 당국인 공부국工部局은 발포한 일본인 회사 간부를 기소하는 대신 거꾸로 노동자들을 체포했다. 격분한 중국인 노동자들과 학생들은 즉각 총파업에 돌입했다. 시위는 상하이 전역으로 급속히 번져나갔다. 마침내 5월 30일 영국 경찰은 시위대를 향해 발포했고, 시위대 열세 명이 목숨을 잃었다. 사건의 파장은 엄청났다. 그날을 계기로 공장 파업은 중국 대륙 전체를 들끓게 하는 거대한 반제 운동으로 비화되었다.

일본 작가 요코미쓰 리이치의 장편소설 『상하이』는 이 사건을 정면으로 다룬다. 은행원이던 일본인 주인공 산키는 상사와 불화를 빚고 해고되는데, 친구 고야의 도움으로 그의 형이 간부로 있는 방적 회사에 취직한다. 소설에서는 바로 그 형의 발포가 빌미가 되어 5·30 사건이 터지게 되는 것이다. 산키는 시위 도중 경찰에게 체포당할 위기에 처한 중국인 여공 방추란을 구해준다. 그런데 방추란은 사실 중국 공산당 당원으로 파업을 주도한 인물이었던 것.

주인공 산키는 그 사건을 바라보는 작가의 시선을 일정하게 반영한다. 그것은 가령 산키가 아무리 휴머니즘을 지지한다고 해도, 방추란이 언급하듯, '동양주의자' 혹은 '아시아주의자'의 한계를 결코 벗어나지 못하는 일본인이라는 사실이었다. '일본의 군국주의야말로 동양에서 백인의 위협을 막아주는 유일한 무기'라는 그의 친구 야마구치의 인식과 크게 다르지 않았다는 뜻. 산키는 자신이 일본을 사랑하는 것은 방추란이 중국을 사랑하는 것과 똑같은 이치라고 말한다. 그러자 방추란은 이렇게 반박한다.

"하지만 저희들에게는 당신이 조국을 사랑하는 것이 아니라 그저 조국의 편을 들고 있을 뿐이라고 생각되는군요. 만일 당신이 진정으로 조국을 사랑하고 계신다면 당신의 조국에 있는 프롤레타리아를 사랑하실 게 틀림없다고 생각합니다. 저희들이 일본에 반항하는 건 일본의 프롤레타리아에 대해서가 아니에요."[14]

방추란은 수천 년 중국 역사 어디에도 없던, 전혀 새로운 유형의 근대인이었다. 그들, 새로운 중국인들은 더 이상 정신 승리법을 믿는 '아Q'도 아니었고, 사람들이 자기를 잡아먹으려 한다는 강박관념에 시달리는 '광인'도 아니었다. 그들은 겉으로는 잔인해 보일지 몰라도 물에 빠진 미친개는 더욱 거칠게 두들겨 패야 한다는 사실을 그동안의 투쟁 경험을 통해 체득한 신세대였다. 말하자면 그들은 모두 루쉰의 제자 혹은 아이들인 셈이었다.

센다이 의학전문학원에서의 저 유명한 환등기 사건 이후, 루쉰은 의학을 포기하고 사람을 구하는 다른 길을 선택한다. 그것은 바로 문학이었다. 그러나 길은 쉽게 보이지 않았다. 일본에서 돌아온 루쉰은 지인의 배려로 베이징의 교육부에 취직했지만, 그가 매일같이 하는 일은 종일 마른 나무처럼 앉아 무료하기 그지없는 시간을 보내는 일뿐이었다. 퇴근하면 그동안 수집한 고전과 낡은 비문을 필사하는 것으로 저녁 시간을 보냈다.[15]

적막감은 하루하루 자라더니 마치 큰 독사처럼 그의 영혼을 칭칭 감아버렸다. 그의 생명은 암암리에 소멸되어가고 있었다. 어쩌면 그것이 그의 유일한 바람인지 몰랐다. 모기가 극성이던 여름밤, 부들부채로 부채질을 하며 홰나무 아래에 앉아서 무성한 나뭇잎 사이로 반짝이는 푸른 하늘을 보고 있노라면, 늦게 깬 홰나무 벌레 유충이 섬뜩하게 머리와 목에 떨어지기도 했다.

어느 날, 『신청년』의 편집인으로 있는 벗 진신이가 그를 찾아왔다. 루쉰은 그날도 옛 비문을 베껴 쓰고 있었다.

벗이 물었다.

"자네 이런 것들 무엇에 쓰려고 베끼나?"

"아무 데도 쓸데없네."

"그렇다면, 자네는 무슨 생각으로 그걸 베끼는 건가?"

"아무 생각도 없네."

벗은 그런 루쉰에게 글을 써볼 것을 권했다. 루쉰은 이때 저 유명한 쇠로 만든 방 이야기를 꺼낸다.

"가령 말일세, 쇠로 된 방인데 창문도 전혀 없고 절대로 부술 수도 없는 것이라 하세. 안에는 많은 사람들이 깊이 잠들어 있네. 오래지 않아 모두 숨이 막혀 죽겠지. 그러나 혼수상태에서 죽어가므로 결코 죽음의 비애 같은 걸 느끼지 못할 걸세. 지금 자네가 크게 소리를 지른다면 비교적 정신이 돌아온 몇 사람은 놀라서 깨어날 걸세. 자네는 이 불행한 소수의 사람들에게 구제될 수 없는 임종의 고통을 받게 하는 것이 미안하지 않다고 여기나?"

"그러나 몇 사람이 깨어 일어난다면, 이 쇠로 된 방을 부술 수 있는 희망이 없다고는 말할 수 없을 걸세."

루쉰은 그때부터 쇠로 된 방에서 잠들어 있는 중국인들을 깨우는 데 온 힘을 기울였다. 제자와 동지가 늘어났다. 그런 만큼 적들도 늘어났다. 루쉰은 수시로 몸을 피하지 않으면 안 되었다. 그러면서도 특히 젊은이들의 요청이 오면 강연이든 글이든 편지 답장이든 어떻게든 답을 해주려고 노력했다.

루쉰은 1927년 마침내 혁명의 열기로 들끓던 상하이로 들어왔다. 자베이 지역의 징윈리 어느 3층짜리 롱탕이었다. 같은 골목 건너편에는 마오둔의 집도 있었다.

그 주변에는 일본인들이 많이 모여 살았다. 오늘날에도 그 흔적이 여전히 남아 있는데, 가령 현재 헹방로橫浜路로 불리는 거리는 한때 요코하마 거리로 불렸을 것이다. 현재는 그 지역이 우리의 서촌이나 연희동 같은 카페 거리처럼 예쁘게 정비되어 있는데, 그렇더라도 곳곳의 건물에는 '우수역사건축'이라는 팻말이 붙어 있다. 성당 건물을 중심으로 형성된 작은 삼거리 광장도 아기자기한 맛을 선사한다. 거기 서면 아무 데나 카페에 들어가 커피 한 잔을 마시고 싶은 기분이 절로 들 것이다. 둥헹방로와 만나는 뒤룬로는 '문화명인거리'로 유명하다. 징윈리 등 근처 롱탕에 살던 많은 작가들, 즉 루쉰을 비롯해 마오둔, 궈모뤄, 예성타오 등이 활동하던 곳으로, 특히 1930년대 중국 거리의 모습을

136

한때 일본인들이 집단으로 거주했던 뒤룬로.

꽤 많이 간직하고 있어 더욱 정감이 간다. 그 거리 바깥에
는 멀지 않은 곳에 루쉰이 상하이에 오자마자 일부러 찾아
갔던 우치야마 서점이 있다. 그 후 루쉰은 그 서점에서 책
을 1,000권 이상 샀다고 한다. 자연히 서점 주인 우치야마
간조와는 국적을 뛰어넘어 매우 친한 사이가 되었다. 루쉰
은 신변에 위협을 느낄 때면 종종 그의 도움을 받곤 했다.

루쉰이 자주 찾았던 일본계 우치야마 서점.

현재 그 서점은 사라졌다. 그가 쓴 『내 친구 루쉰』이라는 책을 사려던 계획도 수포가 되어 그저 아쉬운 발걸음을 돌릴 수밖에 없었다.

아들과 함께 본격적으로 루쉰의 흔적을 찾아다녔다. 발품을 파는 만큼 소소한 기쁨을 얻을 수 있었다.

루쉰은 상하이에서 세 번 집을 옮겼다. 첫 번째가 바로 징

루쉰이 상하이에서 처음 머물렀던 징윈리 룽탕.

윈리 룽탕 23번지 우거였다. 1930년 루쉰은 우치야마 간조의 소개로 베이스촨로北四川路(현 虹口区 四川北路 2093号)에 있는 라모스 아파트로 이사를 간다. 거기서 제자이자 아내인 쉬광핑은 아들을 낳는다. 1933년 루쉰은 다시 산인로(虹口区 山阴路 132弄9号)에 집을 얻는데, 그곳이 상하이에서 그의 세 번째이자 마지막 거처가 된다. 상하이

루쉰의 산인로 옛집.
상하이에서 세 번째이자 마지막 거처가 된다.

시정부는 특히 루쉰의 마지막 옛집을 '문물보호단위'로 지정해 각별한 보호의 손길을 뻗고 있었다. 1936년 루쉰은 바로 그 세 번째 집에서 숨을 거둔다. 그의 유해는 가까이에 있던 당시의 만국공원, 현재의 루쉰 공원에 안장된다.

'루쉰 선생 묘'.

상하이 루쉰 공원과 루쉰의 묘.

그뿐이었다. 구구한 말머리나 설명이 없어서 오히려 장
엄했다. 글씨는 마오쩌둥의 친필이라 했다.

예전 기억에는 공원 한쪽에 루쉰 기념관이 있었는데, 이
번에 가보니 자취조차 없었다. 나중에 알았지만, 공원 근처
에 따로 건물을 구해 그의 장서를 보존하는 장서실을 운영
하고 있었다.

현재 루쉰 공원으로 이름이 바뀐 홍커우 공원의 매헌.
윤봉길 의사의 의거 현장이다.

루쉰 공원은 우리에게도 익숙한 바로 그 '홍커우 공원'이다. 1932년 매헌 윤봉길 의사가 일본군 상하이 파견군 사령관 시라카와 대장을 폭살한 현장에는 윤 의사의 사적 전시실을 설치했는데, '매원梅園'이라는 이름을 붙여 따로 잘 관리하고 있었다. 매원의 매梅는 당연히 윤봉길 의사의 호 매헌梅軒에서 따왔을 것이다.

절망과 희망, 그리고

앞서 말한 마오둔 소설의 '자야'라는 제목은 말 그대로 한밤중을 가리킨다. 끝 갈 데 없이 탐욕의 촉수를 뻗는 제국주의와, 부패와 전횡을 숨 쉬듯 거듭하는 봉건 군벌이라는 이중의 압제 속에서 마치 바람 앞의 촛불처럼 간들거리는 민족 자본의 운명이 꼭 그 꼴이었다. 주인공 우쑨푸는 미국 자본과 결탁한 매판 자오 보타오에 맞서 공장주들과 연합해 자금을 모으는 등 나름대로 저항을 시도하지만 끝내 실패한다. 우쑨푸는 제 소유 공장의 노동자들로부터도 격렬한 도전을 받는다. 소설에서 그 싸움의 승패는 아직 분명치 않다. 그러나 작가는 노동자들의 그 새로운 움직임을 통해 '자야'가 한밤중인 동시에 신새벽의 다른 이름일 수도 있다는 사실만큼은 넉넉히 보여준다. 『자야』의 한국어판 번역자가 재판본에서는 제목을 굳이 『칠흑같이 어두운 밤도』라고 바꾼 것도, '도'라는 그 조사 한 글자에 이 같은 첫새벽의 희망을 함께 담아내고 싶었기 때문이리라.

앙드레 말로가 쓴 『인간의 조건』(1932)은 그러한 희망을 품어내기 위해 상하이가 얼마나 끔찍한 절망을 통과해야 하는지를 생생하게 보여준다. 소설의 배경이 되는 1927년의 상하이에서는 또한 그 절망과 희망이 이미 세계사적 의의를 지니고 있었다. 한마디로 그때 중국은 곧 세계였다. 그들이 무엇을 하고 무엇을 하지 않느냐에 따라 세계가 출렁거렸다. 그러나 소설가로서 앙드레 말로의 더 큰 관심은 세계보다는 인간이라는 존재 그 자체였다.

상하이 유산계급의 이익을 대변하는 장제스는 봉건 군벌의 지배를 종식하기 위한 국공합작을 스스로 파괴한다. 결과는 참혹했다. 상하이를 혁명의 근거지로 만들고자 했던 좌파는 탱크의 포신을 돌린 장제스의 국민당군에게 처절하게 짓밟힌다. 앙드레 말로는 바로 그 피의 현장에서 인간이 인간답게 산다는 게 무엇이고 무슨 의미인지, 그 조건에 대해 근본적인 질문을 던진다.

국민당군에게 체포당해 이제 곧 처형당할 주인공 기요에게는 다행히 평소 몸에 지니고 다닌 청산가리가 있었다.

이제 그것을 사용할 순간이었다. 인간은 살아야 하는 게 운명이지만, 바로 그렇기 때문에 어떻게 죽느냐 하는 것도 '인간의 조건'을 구성한다.

그는 자기 시대에서 가장 강력한 의미와 가장 위대한 희망을 지닌 것을 위하여 싸웠다. 그는 자기가 같이 살려고 했던 사람들 사이에서 죽으려는 것이며, 여기 누워 있는 사람들 하나하나가 그렇듯이 자기 인생에 어떤 의미를 주기 위해서 지금 죽어가는 것이다. 그것을 위하여 죽음이라도 받아들일 만한 인생이 아니라면 대체 그런 인생이 무슨 가치가 있을 것인가.[16]

그는 죽음을 스스로 선택할 수 있다는 사실에 안도하며 청산가리를 입에 넣는다. 마지막 장면은 더욱 감동적이다. 이제 곧 산 채로 하나둘 용광로 속에 던져질 동지들을 위해 러시아 출신 혁명가 카토프는 자기 몫의 청산가리를 포기한다. 그는 겁에 질린 동지들에게 그것을 나눠주고 자신은 용광로의 죽음을 선택하는 것이다.

소설의 끝.

아직 죽지 않거나 죽지 못한 동지들이 이제 끌려 나가는 그를 바라본다.

어둠 속의 모든 머리들이 아래위로 움직이며 사랑과 공포와 체념에 사로잡혀 카토프의 발소리를 쫓고 있었다. 마치 모두들 똑같은 몸짓으로 그를 바라보고 있었지만 속으로는 저마다 그 절뚝거리며 떠나가는 그의 모습에서 자신의 모습을 발견이나 하는 것처럼. 마침내 모두들 고개를 든 채로 움직이지 않았다. 문이 다시 닫혔다.[17]

한참 만에 고개를 들었는데, 정작 상하이에서는 아무도 그 책을 읽지 않을 것 같았다. 그로부터 내 눈앞의 상하이는 차라리 그 시절에도 존재했던 마도魔都에 더 가깝다는 생각이 들었다.

4

돌이켜보면 이미

이 도시에 있지 않고

상하이

미세 먼지에게 길을 묻다

　요 며칠 사람들은 끔찍한 공포를 경험했다. 관측사상 최악의 미세 먼지 때문이었다. 유난히 추운 겨울을 보낸 터라 봄을 그만큼 더 기다렸는데, 이럴 테면 차라리 오지 말라 말리고 싶은 수준이었다. 숫제 재앙이었다. 아침에 눈을 떴는데도 아침이 아니었다. 바로 건너편 아파트가 보이지 않았다. 뉴스에서는 더 끔찍한 소식을 전했다. 높이로 따져 세계 3위니 5위니 하는 제2 롯데월드가 통째로 사라졌다고 했다. 숨이 턱 막혔다. 방송국 카메라는 그 밖에도 꽤 많은 것이 사라진 서울을 담아냈다. 북악산, 이순신 장군 동상, 한강, 강변도로, 김포공항 활주로 등등. 가장 끔찍한 것은 우리가 기억하는 봄이 앞으로는 영영 오지 않을지 모른다는 절망감이었다.

　사람들의 시선은 저절로 서쪽을 향했다. 중국이 이 사태에 아주 많은 책임을 져야 한다고 생각했다. 그러나 그런 일이 가능하리라 믿는 사람은 거의 없었다. 화가 나도 어쩔 수 없는 일이라고 지레 포기하는 이들이 대부분이었지만, 기어이 '매우 나쁨' 수준의 댓글을 다는 것으로 소심한 '복수'를 하는 이들도 없지 않았다.

딴은! 나 또한 중국에 관한 한 평균적인 한국인의 생각과 크게 다르지 않다. 만리장성처럼 거대하지만 말이 잘 안 통하는 이웃 아니던가. 미세 먼지도 그렇지만, 사드 또한 만만치 않았다. 대국다운 넉넉한 품 같은 건 애초 기대할 수도 없었다. 베이징에서 눈 한 번 찡끗하니 서울과 제주에서 중국인 관광객들이 거짓말처럼 사라졌다. 한국계 쇼핑센터를 향해 막무가내로 돌진하는 지게차나 무례한 언사를 아무렇게나 내뱉는 외교 수장의 입을 바라보는 것도 속 터지는 일이었다.

그렇다고 새삼 지정학적 숙명론의 오랜 역사까지 들출 일은 아니다. 땅에게 무슨 죄를 물을 텐가. 오도 가도 못하는데. 수교 이후로만 따지는 게 합리적이다. 처음엔 확연한 경제적 격차에 우리로선 제법 젠체할 수 있었다. 그게 딱 20년이다. 서울 올림픽(1988) 이후 딱 그만큼의 시간을 두고 베이징 올림픽(2008)이 열렸고, 이후 상황은 달라졌다. 믿고 싶지 않았지만 경제는 역전되었고, 해가 갈수록 그 격차는 점점 더 벌어졌다. 나 또한 언제부턴가 중국에 관한 한 밴댕이 소갈머리가 되고 말았다. 특히 경제나 과학기술에 관한 뉴스는 보고 싶지도 듣고 싶지도 않았다. 이제는 우리가 중국을 못 따라가는 분야가 수두룩하다지 않은가.

이웃이 논을 사도 너무 큰 논을 샀다!

상하이에서 사업을 하는 지인을 만났다. 푸단 대학 앞이었다. 지인은 평소 그 거리가 얼마나 글로벌한지, 홍대 앞하고는 차원 자체가 다르다고 입에 침 마를 새 없이 설명했다. 하지만 마침 방학이어서 그런지 내 눈에는 뭐 그저 그래 보였다. 그러나 지인이 밥값을 계산할 때부터 동요가 일기 시작했다. 카드를 주고받는 대신 스마트폰을 꺼내 어찌고저찌고하니 그것으로 끝이었다. 음식점을 나와 커피를 마신 후에도 마찬가지였다. 들어는 봤지만, 막상 눈으로 확인하니 문화적 충격이 제법 묵직했다.

25년 전 처음 바다를 건너왔을 때 목격한 중국이 과연이 중국이었나, 쉽게 믿을 수 없었다. 그러니까, 아무 데서나 훌러덩 웃통을 벗은 중년 사내들이 두꺼비처럼 툭 튀어나온 배를 갈퀴손으로 북북 긁어대고, 심지어 만원 기차 안에서도 출렁거리는 비곗살을 버젓이 드러낸 채 카드놀이를 하며, 그러다가 패가 나쁘면 얼른 또 한 모금 담배를 빨아낸 뒤 휴대용 보온병에 담아온 검푸른 녹차를 목젖이 꿀렁이도록 꿀꺽꿀꺽 마셔대던 중국. 또 벚꽃인지 살구꽃인지 어슷비슷한 꽃무늬를 날염한 포플린 홑겹 옷을 단체로 해 입은 듯한 여염집 여자들이 골목 어귀에 모여 앉아 쉴 새 없이 해바라기 씨를 길바닥에 퉤퉤 내뱉으며 수다를 떨고, 또 더러는 정신 사납게 어른들 눈앞에서 얼쩡거리며 다람쥐처럼 뛰어놀던 사내애들의 벗은 등짝을 소리가 나도록 찰싹 내리치며 사성의 욕두문자를 딥다 퍼붓던 중국. 말하자면 그런 필부필부의 필터도 없는 독한 담배나 줄 간 살색 스타킹 같은 전근대적 일상만 중국의 전부인 양 기억에 담고 있던 나는 물론, 불과 몇 년 전 상하이에서 교환학생으로 1년 넘게 지낸 아들도 변화를 쉽게 인정하지 못했다. 침을 한 번 꼴깍했지만, 또 이 정도야, 싶었다.

밤이 이슥했을 때 지인은 우리 자존심 강한 부자를 위해 차를 불러주었다.

"우버 괜찮지?"

말로만 듣던 우버 차량이 금세 우리 앞에 나타났다. 지인은 운전기사에게 스마트폰을 살짝 들어 보였다. 그것으로 결제 끝이었다. 최고급 벤츠 승용차는 조금 넋이 나간 한국인 부자를 싣고 화려한 상하이의 밤거리를 미끄러지듯 빠져나갔다. 거지도 알리바바를 한다더니…. 나는 할 말이 없었다. 길가에는 똑같은 모양의 공유 자전거들이 손님을 기다리고 있었다.

중국은 이미 세계의 공장이던 시절을 통과했다. 짝퉁 국가의 이미지도 사라졌다. 세계 도처의 관광지를 가득 메우는 여행객들만큼, 이제는 군사 굴기, 우주 굴기에 이어 최첨단 과학기술의 측면에서도 세계 최고, 최초의 기록을 부지기수로 쏟아낸다. 슈퍼컴, 고속철, 드론, 5G, AI, 사물 인터넷, 블록체인 기술, 안면 인식 기술 등등.

내가 처음 중국 땅을 밟은 지 25년. 그사이 중국은, 그리고 상하이는 대체 무슨 마법을 부린 것일까.

마도 상하이

사실, 상하이는 오래도록 마도^{魔都}였다. 상하이에 그 별명을 붙여준 일본 작가 무라마츠 쇼후가 처음 상하이에 간 것은 1923년 3월이었다. 그는 약 두 달간 머물렀다. 스스로 밝히듯 변화와 자극이 넘치는 생활을 찾아서 길을 떠난 참이었다. 그리고 그런 목적이라면 상하이는 더없이 좋은 장소였다. 그의 눈에 비친 상하이는 겉만 봐서는 실로 '불가사의한 도회'였다.

그곳은 세계 각국의 인종이 한데 뒤섞여 살고 있었는데, 그래서 모든 나라의 인정이랑 풍속이랑 관습이 어떤 통일도 없이 드러나고 있었다. 그것은 거대한 코스모폴리탄 클럽이었다. 거기에는 문명의 빛이 찬란하게 빛나는 동시에, 모든 비밀과 죄악이 악마의 소굴처럼 소용돌이치고 있었다. 극단적인 자유, 유혹의 손길을 뻗는 화려한 생활, 가슴 답답한 음탕한 공기, 지옥같이 처참한 밑바닥 생활—그런 극단적인 현상이 노골적으로 혹은 은밀히 넘쳐흘렀다. 그곳은 천국인 동시에 지옥의 도시였다. 나는 참새처럼 춤추며 그 속으로 뛰어 들어갔다.[1]

1842년 난징조약에 따라 문호를 연 중국 내 다른 개항장들에 비해서도 상하이의 외화外華는 단연 우뚝했다. 한적한 어촌에 불과했던 상하이가 짧은 기간에 눈부신 성장을 이룬 데에는 몇 가지 원인이 있었다.[2]

무엇보다 중국에서 제일 긴 장강이 바다와 만나는, 그래서 삼각주와 물길 따라 온 데 물산이 쉽게 오가고 모일 수 있는 지리적 입지를 꼽을 수 있다. 또 일찍부터 '강남'으로 일컬어질 만큼 번성했던 문화 전통도 중요한 배경을 이룬다. 상하이에게 유리한(?) 역사적 조건도 적지 않았으니, 예컨대 상하이는 아편전쟁 당시 서구의 영향을 제일 받기 쉬운 곳

상하이 세관 건물(1860).

이었다. 명나라 때 이미 강남에는 천주교 신도가 5만 명 있었는데, 그중 4만 명이 상하이에 있었던 것이다. 조계가 상대적으로 안전한 치안과 자유로운 경제활동을 보장한 점도 매력적인 요인이었다. 그 결과 상하이의 경제는 짧은 시간에 중국 전체를 이끌어나갈 정도로 압도적인 성장세를 보이게 된다. 항일 전쟁 이전까지, 동북 삼성을 제외하면 외국

상하이 뒷골목 롱탕.
특유의 건축 양식인 스쿠먼과 팅쯔젠.

투자 자본의 거의 3분의 2가 상하이에 집중될 정도였다.

그리하여 상하이는 20세기 전반기에 벌써 세계 10대 도시의 반열에 올랐다. 마천루, 서양식 건물, 백화점, 세관, 영화관, 교회, 클럽, 커피하우스, 오락장, 댄스홀, 고급 아파트, 경마장, 그리고 시트로앵이나 뷰익 같은 고급 자동차들이 뉴욕, 런던, 파리 부럽지 않은 풍경을 꾸며냈다. 그러나 그토록 눈부신 상하이의 '부'는 어딘가 수상한 색조와 냄새와 그늘을 감추고 있었다. 멀리 갈 필요도 없었다. 남근처럼 우뚝 솟은 마천루가 쉽게 해를 가리는 뒷골목 롱탕, 그 아무 집이나 스쿠먼石庫門 안쪽으로 한 발짝만 들이면, 거기 햇볕 한 점 들어오지 않는 쪽방 팅쯔젠亭子間들이 바로 추문의 진앙이었다. 상하이는 그곳에서 전혀 다른 면목을 드러냈다. 궁핍, 불륜, 매음, 아편, 심지어 살인까지 아무렇지 않게 일어나는 곳.

사실 상하이가 마도라면 이렇게 해서, 그러니까 빛과 그늘을 동시에 끌어안음으로써 비로소 완성되는 것이었다. 일본 작가 요코미츠 리이치는 어깨를 쳐서 돌아보면 구걸의 손을 내미는 백계러시아인 거지와 아편에 취해 도마뱀붙이처럼 벽에 착 달라붙어 있는 여자들과 찌그러진 밤을 연상시키는 베트남인 병사 따위로 상하이를 묘사했지만, 사실 그런 시선은 일찍이 앙드레 말로도, 뒤늦게 가즈오 이시구로도 크게 다를 바 없었다.

식민지 조선에서 건너간 작가 김광주도 상하이의 화려한 밤이 유지되는 원리를 금세 터득한다.

> 유리창 아래로 내려다뵈는 상해의 밤 ─미칠 듯이 돌아가는 저 붉은 불 푸른 불, 개미 떼같이 몰려들었다가 흐트러지고 흐트러졌다가 몰려드는 저 사람의 물결을 헤치고 나는 또 오늘 밤의 고기 임자를 찾아나서야 하는 것이다.[3]

제목의 '야계夜鶏'는 바로 상하이의 밤을 책임지는 매춘부들을 말한다. 여기 소설의 화자로 등장하는 야계는 '옛날의 이쁜이'였다. 곧 조선 처녀였던 것.

소설가 주요섭은 열여섯 나이에 "열흘씩 굶어서 사람이라도 잡아먹을 듯이 눈이 뒤집힌 아비 어미에게 보리 서말에 팔리어 그때 기근 구제 도로 건축 공사 십장인 어떤 양고자(서양인)에게 처음으로 정조를 깨트리었"던 중국인 처녀 우뽀의 참혹한 현실을 고발했다.

> 그가 사흘인가 앓고 좀 나아서 문밖에 나앉게 될 때 그는 다시 대략 칠 원에 팔리어 어떤 양복 입은 신사를 따라 같이 팔려가는 수십 명 먼 동리 가까운 동리 처녀들

과 함께 백 리나 되는 길을 걸어나와 생전 처음 보는 기차를 타고 상해까지 와서 또다시 얼마엔지를 모르나 지금 같이 있는 뚱뚱 할미에게로 팔려와서 이래 3년을 하루같이 하룻밤에도 서방을 적어도 넷다섯씩 많은 때는 한 더즌씩까지 갈아대게 되었다.[4]

이런 '야계'의 수가 1920년에 6만, 1935년에 10만 이상이었다고 한다.[5] 상황이 이러니, 어지간한 묘사로는 상하이의 밤을 리얼하게 그려낼 수도 없었다. 요코미츠 리이치가 『상하이』에서 도처에 널린 시체를 거둬들여 해부 실습용으로 파는 일본인 거간을 등장시킨 것도 무조건 자극적인 소재주의라고 몰아붙일 일만은 아니었으리라.

앞서 살폈듯이, 마오둔은 그의 대표작 『자야』의 첫머리에 어쩔 수 없이 시골을 떠나온 노인이 상하이라는 거대한 문명 앞에 속절없이 쓰러지는 장면을 배치했다. 무스잉은 한 발 더 나아가 상하이가 아예 '지옥 위에 만들어진 천당'이라고 선언하는 것으로 소설을 시작한다. 무스잉이 그 상하이를 그려내기 위해 즐겨 동원한 배경은 댄스홀이다. 그리고 그때 그 댄스홀은 1930년대 상하이의 꿈틀거리는 욕망과 좌절의 드라마 같은 대비를 드러내기에 가장 적합한 공간이었다. 「상하이 폭스트롯」에서 아들과 젊은 새엄마의 뜨거운 욕망이 여과 없이 드러나는 곳도 카바레였다.

> 아들이 어머니의 귀에 대고 속삭였다. "왈츠를 추어야만 할 수 있는 말이 아주 많아요. 당신은 너무나 훌륭한 왈츠 파트너예요. 그런데 롱주, 당신을 사랑해요!"
> 귀밑머리에서 가벼운 입맞춤을 느끼고 어머니는 아들의 품 안으로 파고들며 나지막하게 웃었다.[6]

무스잉의 또 다른 소설 「나이트클럽의 다섯 사람」은 제목 그대로 나이트클럽에서 만난 다섯 사람의 운명을 짧지만 인상적으로 추적한다.[7] 한때 상하이의 주식시장을 주름잡았지만 이제는 빈털터리가 된 증권왕, 짝사랑 여인에게 버림받고 머리가 하얗게 센 대학생, 젊은 시절 뭇사람의 시선을 끌어모으던 미모를 세월에 빼앗겨버린 여배우, 책꽂이에 『햄릿』을 일·독·불·노, 심지어 터키어 번역본까지 각종 판본으로 가득 꽂아놓고도 "나는 무엇이고 너는 무엇인지" 알 수 없다며 입술만 깨무는 철학자, 아무런 이유 없이 하루아침에 쫓겨난 실직자. 그들 다섯 사람은 "법관도 죄를 짓고 싶어지는" 토요일 밤에 한데 어울려 춤을 추지만, 새벽이 찾아오자 그중 한 사람 증권왕이 권총 자살을 선택한다. 소설은 그의 사체를 목격한 나머지 네 사람이 발인에 참가하는 것으로 끝을 맺는다. 이 소설이 처음 실린 작품집 제목 또한 『공동묘지公墓』(1933)였다.

무스잉은 중일전쟁 기간 중에 암살당했다. 그에게는 왕징웨이 정권의 한간漢奸이라는 소문이 따라다녔다. 1934년에는 중국 국민당의 도서 검열 기관에서 일했는데, 그때 루쉰을 포함해 많은 좌익 작가들로부터 원성이 자자했다. 훗날 그는 공식적으로 중국의 문학사에서 사라졌다. 반공주의를 내세운 타이완의 문학사는 그를 언급했지만, 정치적 비판은 신랄했다.

"그는 재능은 있었지만 민족의 대의를 몰랐다. 그의 죽음은 당연한 징벌이다."[8]

장아이링, 상하이 스캔들

그 상하이가 봉쇄되었다.

1937년 7월 일본은 중국 본토에 대한 침략을 노골화했다. 곧, 중일전쟁이었다. 일본군은 베이징과 텐진을 쉽게 점령한 뒤, 8월 9일에는 상하이까지 진출했다. 장제스가 이끄는 중국군이 일본군에 맞서 완강히 저항했지만, 마침내 11월 상하이는 함락되고 말았다.

장아이링은 그때 그 봉쇄가 상하이 사람에게 무슨 뜻일 수 있었는지, 독특한 방식으로 기억의 회로를 작동시킨다.

종이 울렸다. '딩 링 링 링 링 링' 각각의 '링'자는 차가운 점이 되어 한 점씩 한 점씩 선으로 이어져 시간과 공간을 끊어버렸다.[9]

외부와 단절된 상하이. 퇴근길 전차에 탄 회사원 뤼쭝전은 아내의 심부름으로 만두를 사서 가는 중이다. 그는 자기가 싫어하는 조카가 한 차에 탄 것을 보고 얼른 자리를 피했다. 그러나 조카는 뤼쭝전을 알아보고 손을 흔들었다. 뤼쭝전은 공연히 자기가 못된 사람이라고 알려주기라도 할 양 전혀 처음 보는 여자 곁에 가 앉았다. 그녀는 그를 취한으로 여겼을지 몰랐다. 그러면서도 이렇게 말했다.

"이 봉쇄가 언제 끝나죠? 정말 싫군요!"

둘은 어느새 대화를 나누고 있었다. 전혀 엉뚱한 대화. 뤼쭝전은 자기가 사랑하지도 않은 아내와 결혼해서 맞이한 불행에 대해 이야기했다. 그렇더라도 사랑하는 딸이 있어 이혼할 수는 없다고 말했다. 대학의 영어 강사인 취앤앤은 자기도 모르게 뤼쭝전의 말에 빨려 들어갔다. 그녀는 아름답지만 윤곽이 뚜렷하지 않아 쉽게 기억나지 않는 얼굴인데, 뤼쭝전은 망설임 끝에 그녀의 전화번호를 물었다. 취앤앤은 잠시 망설이다가 전화번호를 말해주었다.

이윽고 봉쇄가 풀렸다. 대체 무슨 일이 있었던 것일까. 뤼쭝전은 새로 올라탄 사람들 사이로 사라진다. 마치 아무 일도 없었던 것처럼. 취앤앤은 그가 내렸다고, 이제 더 이상 그와의 인연은 없을 거라고 생각한다. 그러다가 문득 뤼쭝전이 저 앞자리에 앉아 있는 것을 발견한다. 취앤앤은 눈을 질끈 감는다.

그녀는 그의 뜻을 알아차렸다. 봉쇄 시간 안에 있었던 모든 것은 발생하지 않았던 것과 같다. 상하이 전체가 졸았고 도리에 맞지 않는 꿈을 꾸었다.[10]

집에 돌아온 뤼쭝전은 뤼쭝전대로 봉쇄 상황에서 만난 여자의 얼굴을 기억해보려고 애썼다. 잘 기억나지 않았다. 그뿐이었다.

장아이링은 상하이 출신이다. 그녀는 누구보다 상하이를 사랑했다. 그러나 그녀가 사랑한 상하이는 어딘가 비현실적이었다. 마치 봉쇄된 상하이에서 꾸는 한바탕 몽롱한 꿈처럼. 혹은 도리에 맞지 않는 꿈처럼. 그래도 장아이링은 그 꿈을 소홀히 여기지 않았다. 그녀는 그것이 헛된 꿈이라는 사실을 잘 알았지만, 그것마저 없었다면 훗날 자신이 기억할 상하이가 얼마나 초라할지도 너무나 잘 알고 있었던 것이다.

그녀는 순진했다. 그녀는 누구보다 모던한 문장으로 성실하게 상하이를 기록했다. 하지만 최후의 봉쇄가 끝나고 1949년 이후 등장할 '붉은 중국'이 자신을 거부할 거라고는 생각하지 않았다. 1944년 그녀는 훗날 영화《색계》(리안, 2007)의 주인공으로 등장하는 왕징웨이 정권의 특무 밑에서 일했던 후란청과 결혼했다. 그리고 그로 인해 '문화 한간'으로 비판을 받게 되지만, 신중국 건설의 몇 년 동안 상하이를 떠나지 않았다.

어쨌든 그녀는 먼 훗날 상하이를 일종의 노스탤지어로 기억하는 것이 유행할 때 극적인 방식으로 다시 소환된다. 그때는 이미 혁명이라는 기표로 상하이를 읽어나가는 게 오히려 낯설게 된 즈음이었다. 사람들은 장아이링이 상하이와 중국을 바라본 절묘한 시선을 새삼 기억해냈다. 그건 그녀의 오랜 친구 옌잉이 그려준 증정본『전기傳奇』의 표지 그림에도 드러난 시선이었다.[11] 방 안에는 옛날 복식을 한 여자가 마작을 하고 있고, 그 옆에는 변발한 아기를 안은 유모가 앉아 있다. 사람들뿐만 아니라 산수가 그려진 둥근 유리 탁자, 찻잔과 주전자, 꽃병, 난간까지 무엇 하나 '모덩

장아이링과 그 친구 옌잉이 그려준 증정본 『전기』.
봉건의 시대에 머물러 있는 방 안을 들여다보는
비정상적으로 큰 여자의 상반신이 인상적이다.

摩登' 즉 '모던'과는 거리가 있다. 문제는 그 방 안을 들여다
보는 비정상적으로 커다란 여자, 이목구비도 없는 귀신 같
은 여자의 토르소였다. 시간마저 늘 고여 있을 것 같던 방
안의 평온은 그녀의 존재를 의식하는 순간 돌연 흔들린다.
　장아이링은 그 그림에 손뼉을 쳤다고 한다.

"이게 바로 내가 원하던 분위기였어!"

그녀는 어쩌면 죽은 평온보다는 상하이의 동요를, 불안을, 스캔들을 사랑했던 것인지 모른다.

상하이, 일본인들의 고해성사

훗날 소설가가 되는 다케다 타이준은 중일전쟁 개전 직후인 1937년 10월 소집 명령을 받고 꼬박 2년간을 중국 대륙에서 보냈다. 도쿄 제국대학 문학부 지나문학과를 다니던 그는 좌익 활동을 하다가 투옥되는데, 출옥 후 대학을 그만둔다. 이후 그는 같은 과 후배 다케우치 요시미가 만든 저 유명한 '중국문학연구회'의 주축 멤버로 활동한다. 누구보다도 중국을 잘 알고 또 사랑했던 그였기에 종군 경험은 혹독한 시련일 수밖에 없었다. 살아 돌아온 그는 '중국 대륙의 M군'에게 이렇게 편지를 썼다.

내가 처음 본 지나의 가옥은 포탄의 흔적이 무시무시한 벽만 남은 집이었고, 내가 처음 본 지나인은 부패한 채 아무 말이 없는 시체였습니다. 학교에는 넘어진 책상 위로 진흙으로 더러워진 교과서가 널려 있었고, 도서관에는 호가 누락된 『신청년』과 『역사어언연구소집간』 따위가 비를 맞고 있었습니다. 그것은 슬프고도 허무한 문화의 파멸처럼 보였습니다. …우리들이 열심히 연구한 고전도 지금에 와서는 한 푼의 가치도 없는 물건처럼 내버려져 있었습니다. 동양문고의 서고에도 없을 법한 명간본明刊本도 산더미 같은 말똥에 깔린 채였습니다. 문화란 이렇게도 무력한 것일까? 그때 나는 수만 마리의 까마귀가 무리를 지어 날고 있는 하늘을 바라보고 영원히 탁하게 흐르고 있는 무언의 강물을 내려다보며 탄식했습니다.[12]

다시 일본 땅을 밟은 그의 눈앞에서 일본 학계의 중국 열풍은 상상 이상으로 뜨겁고 화려했다. 그러나 그는 곧 그 열풍에 딱 한 가지 '인간'이 빠져 있다는 사실을 깨닫는다. 예컨대 그 무수한 중국 관계 출판물 속 어디에도 중국의 현대 문학에 대한 관심 같은 건 거의 보이지 않았다. 이때 현대 문학에 대한 관심이란 좀이 슨 전적이 아니라 당연히 살아 숨 쉬는 인민에 대한 관심이었다. 그는 절망했다. 그리고 그런 절망감을 『사마천』(1943)에 고스란히 담아냈다. 그것은 궁형의 굴욕이 오히려 『사기』를 쓰게 만든 가장 근본적인 원동력이었다는 사실을, 2,000년 후 스스로 증명해보인 작업이었다.

그는 아직 전쟁이 끝나지 않은 1944년 다시 상하이로 건너갔다. 징용을 피하자는 명목으로 중일문화협회 동방문화편역관에 취직한 것이었다. 그리고 거기서 종전을 맞이했다. 그는 무소불위의 정복자에서 졸지에 패전국의 국민이 된 자신을 목격해야 했다.

다케다 타이준은 중편 『심판』에서 고통스러운 참전 체험 끝에 스스로 약혼을 파기하고 이어 귀국마저 포기하는 일본인 청년 지로를 내세워 그 당혹스러운 심정의 일단을 드러낸다.[13] 기독교 집안에서 자라난 지로는 전장에서 두 차례 살인을 저질렀다. 따지고 보면 전혀 불필요한 살인 행위였다. 그중 첫 번째는 집단으로 발포 명령을 받아 수행한 것이라고 쳐도, 두 번째는 완전히 지로 자신의 의지로, 한 인간 대 인간으로 행한 명백한 살인 행위였다. 그는 폐허가 된 마을에서 오갈 데 없이 앉아 있던 노부부를 발견한다. 남편은 장님이고 아내는 귀머거리였다. 지로는 그들이 어차피 전쟁 통에 살아남을 수 없다고 생각했고, 명령에 따라 큰 죄의식 없이 "해치울" 수 있었다. 문제는 그가 제대한 후에도 그 기억들을 털어낼 수 없었다는 점이다. 마침내 그는 결단을 내렸다. 그것은 솔직하게 '이야기하는 것'이었다. 그는 전장에서 무슨 일이 있었는지 약혼자에게 들려주었다. 그리고 물었다. 이래도 나를 사랑할 수 있느냐고. 약혼자는 충격을 받았지만 사랑에는 변함이 없다고 대답했다. 하지만 상황은 이미 돌이킬 수 없었다. 지로는 제쪽에서 약혼을 파기한다. 그러나 그것은 슬픔만 남기는 행위가 아니었다. 오히려 그는 어떤 주체적인 자각이 생겼다. 곧 '죄'에 대한 분명한 자각이었다. 그는 차라리 기뻤다. "죄의 자각, 끊임없이 달라붙는 죄의 자각만이 나의 구원"이라고 생각했기에. 그것조차 잃어버리면 자신은 어떻게 되는가, 그 불안이 더 강했다.

지로가 그런 뜻을 약혼자의 아버지에게 밝히자, 그는 그러면 이제부터 어떻게 할 작정인가 물었다.

나는 중국에 머물 작정이라고 대답했습니다. 일본에 돌아가, 다시 어제 그대로의 매일매일을 보낸다고 한다면, 다시 나는 자각을 잃어버리겠지요. 바다 하나의 거리만은 아닙니다. 자각이 사라진 일상생활이 거기에 오기를 기다리고 있기 때문입니다. 나는 내 범죄의 장소에 남아 내가 죽인 노인의 동포들 얼굴을 보면서 살고 싶습니다. 그것은 어쨌든 무뎌지기 쉬운 자각을 시시각각 일깨우는 데 도움이 되겠지요. …그런다고 해서 죄가 용서된다고는 생각하지 않습니다. 그러나 그렇게라도 하지 않

으면 견딜 수가 없습니다. …나와 같은 생각으로 중국에
남는 일본인이 한 명 정도는 있어도 좋지 않겠습니까.[14]

우리에게는 장편소설 『고야』로 알려진 소설가 홋타 요
시에도 그런 '고백하는 일본인'의 유형에 속한다. 1945년
3월 중국에 건너가 외무성 관계의 준 국책 기관인 국제문
화진흥회 자료실에서 근무했던 그도 다케다 타이준과 마
찬가지로 상하이에서 패전을 맞이했다. 상하이에서는 8월
11일부터 사실상의 패전을 예감했다. 그때부터 그는 다른
무엇보다 일본에 협력했던 중국인들의 운명에 대해 신경
이 쓰였다.

특히 나 자신 정말이지 일면식도 없었지만, 대동아문학
자대회에 참석했던 리우위성이랑 타오캉더 등 침략자
였던 일본 측에 협력했던 문학자들의 운명을 걱정했다.
…그래서 나는 천황이 대체 아시아 전역의 일본 협력자
들의 운명에 대해 무엇을 말할지, 뭐라고 인사할지, 나
는 오직 그것만을 주의해서 듣고 있었다. 이른바 '종전
칙어'를 그런 식으로 들은 것은 정말이지 기묘했을지 모
른다. 그리고 그런 식으로 들은 일본인의 수는 어쩌면
그렇게 많지 않았는지도 모르겠다.

하지만 그때 천황이 뭐라고 인사를 했던가. 졌다거나 항복했다고 말하지 않은 것도 애초 미심쩍었지만, 그런 협력자들에 대해 "유감의 뜻을 표하지 않을 수 없다"고 하는 이 아니꼬운 이중부정, 그것뿐이었다. 그밖에는 짐이, 짐이, 짐의 충량한 신민이 그것이 가애하다는 말뿐이었다. 그 박정한 가감加減, 에고이즘, 그것이 젊은 나에게는 뼈에 사무쳤다. 방송이 끝나자 나는 노골적으로 "뭐라는 놈이야. 뭐라는 인사야. 당신이 할 말이 그것뿐이야? 그것으로 일이 끝난다고 생각하는가"하고 내뱉으며, 분노인지 슬픔인지 뭐라고도 할 수 없는 감정에 몸을 떨었다.[15]

홋타 요시에는 원래 이데올로기에 크게 관심이 없던, 말하자면 예술지상주의파에 속한다고 할 작가였다. 그런 그가 아직 전쟁 중이던 상하이에서 목격한 사건이 그를 전혀 다른 인간으로 변화시켰다.[16] 그는 프랑스 조계에서 한 중국인 새색시를 우연히 목격했다. 그녀는 눈처럼 하얀 면사포를 쓰고 마침 집에서 나오던 참이었다. 그때 어디선가 완장을 찬 일본군 세 명이 나타나더니 다짜고짜 신부를 만져대기 시작했다. 그녀가 비명을 지르자 그들은 화를 내며 복부를 가격했다. 창졸간이었다. 홋타는 거의 본능적으로 달려들었다. 일본 군인들은 그를 사정없이 두들겨 팼다. 이

상하이 둬룬로의 문화명인거리 입구.

저명한 문인들을 새긴 문화명인거리의 벽화.

사건으로 그는 '영용한 황군'의 정체를 정확히 파악할 수 있었다.

상하이는 이렇듯 드물지만 어떤 일본인들에게는 처절한 고백의 장소이자, 곧 관습적 '국민' 혹은 '신민'으로부터 이탈하는 남상濫觴이었던 셈이다. 전후 일본의 양심을 대표하는 중국학자로 명성을 얻는 다케우치 요시미도 1943년 출정 명령을 받았다. 그 역시 중국행이었다. 떠나기 전, 그는 필생의 원고 『루쉰』을 다케다 타이준에게 넘긴다. 한치 앞의 운명도 점칠 수 없던 순간, 『루쉰』은 어쩌면 유서와도 같은 의미였으리라. 그의 벗 다케다 타이준은 능히 그 유서를 맡을 자격이 있었다.

일본인들이 많이 모여 살던 자베이 지역 어느 예스러운 카페에서 카푸치노 한 잔을 마시니, 창밖 상하이가 한층 정겨워 보였다.

왕안이의 다른 상하이

다시 마도로 돌아가자.

상하이 사람에게도 상하이는 예사로운 도시가 아니었다. 1945년 말, 일본이 투항했지만 도시의 진정한 주인이 누구인지 아직 불분명한 그 시기에도, 상하이는 제 운명을 크게 걱정하지 않았다. 상하이 출신의 또 다른 작가 왕안이의 말마따나 "이 도시는 낙관적이어서 무엇이든 다 좋은 쪽으로 보았으므로 나쁜 일도 전부 좋은 일로 바꾸어놓았던 것"[17]이다. 소설 『장한가』(1994)의 주인공 왕치야오도 마찬가지였다. 평범한 여학생이던 그녀는 친구와 함께 영화 촬영 현장을 구경 갔다가 전혀 새로운 세계에 발을 들여놓게 된다. 우연찮게 잡지 『상하이 생활』의 표지 모델이 된 것이다. 상하이는 그녀의 치명적인 매력을 단박에 알아차린다. 그녀는 곧 사진가 청 선생의 권유로 미스 상하이 선발 대회에 나가 '미'에 당선된다. 그런 그녀에게 정체를 정확히 알 수 없는 중년의 사내, 그저 '리 주임'이라고 불리는 사내가 접근한다. 말하자면 그녀의 후원자가 되겠다는 뜻. 그녀는 그의 접근을 피하지 않았다. 잘은 몰라도 언젠가 그런 때가 오리라 예상했던 그 순간을 그녀는 의외로 담담히 맞이했다. 리 주임이 얻어놓은, 장안쓰에 있는 앨리스 아파트에서였다. 사실 두 사람은 모두 위로가 필요했는데, 다만 "왕치야오는 평생 동안 위로받기를 원했고 리 주임은 그저 일부만을 원했다"는 차이가 있을 따름이었다. 1948년 봄, 왕치야오는 앨리스 아파트에 입주했다. 그 아파트는 "이 범속한 세상에서, 실로 특이한 곳"이었다.

앨리스의 사람들은 모두 쌍을 이루고 있다. 그림자도 쌍을 이루고 있고, 즐거움도 짝을 이루고 있으며 적막도 짝을 이루고 있다. 무엇이나 다 두 개인데 하나는 실체이고 하나는 허상이며 하나는 진짜이고 하나는 가짜이다.[18]

왕치야오는 자신이 그중 어느 쪽에 속하는지 잘 알고 있었다. 그러나 그녀는 그 생활을 포기하지 않았다. 리 주임, 본명이 쨩빙량이라는 국민당 쪽 사내가 베이징발 상하이행 비행기 추락 사고로 죽을 때까지.

상하이는 넓다.

왕치야오는 그 넓은 상하이 어딘가에서 다시 생을 이어간다. 그런데 왕치야오가 숨어든 곳은 화려함과는 전혀 거리가 먼, 상하이에 100개는 넘을 그저 그런 골목 핑안리였다. 하지만 신분을 숨긴 채 '주사 아줌마'로 살아가는 왕치야오에게는 더 없는 은신처였다. 미래는 그곳에 어울리지 않는 단어였다. 하지만 세월은 흘러, 마침내 상하이에도 새로운 혁명이 찾아왔다. 1966년의 그 혁명(문화대혁명)은 과거의 그 어떤 것과도 다른 독특한 혁명이었다.

그것은 확실히 모든 것을 쓸어낼 기세였고 또 사람들의 영혼을 건드리는 특징을 지니고 있었다. 그것은 이 도

175

시의 가장 은밀한 내부를 꿰뚫어 더 이상 감추고 숨기고 막고 가릴 수 없게 만들었다.[19]

청 선생, 왕치야오로 하여금 '다른 상하이'가 존재한다는 사실을 보여주던 그 예술가도 끝내 자신을 숨길 수 없게 되었다. 그는 몰래 감추고 있던 다락방을 들켰고, 그로 인해 부르주아의 잔재로 낙인찍혔다. 그리고 며칠 후 마침내 청 선생은 텅 빈 작업실을 뒤로 한 채 새처럼 텅 빈 몸뚱이를 날렸다. 황푸강에 달빛이 눈부신 밤이었다. 그때, 처음 왕치야오를 본 순간부터 그녀를 사랑했으면서도 한 번도 드러내지 못했던 그의 속마음도 영영 사라지고 만다.

그러나 왕안이가 상하이를 대표하는 작가라면 『장한가』의 왕치야오만으로는 어딘가 부족한 느낌이다. 왜냐하면 무스잉도 장아이링도 결국 그런 상하이의 빛과 그늘의 대비만큼은 충분히 보여준 셈이었으니까.

왕안이는 거기서 멈추지 않는다. 『장한가』의 화려한 상하이가 또 다른 장편 『푸핑』(2000)에서는 그다지 비중을 지니지 못한다. 이제 아무도 상하이를 마도라고 부르지 않는 시대였다. 작가는 대신 고향을 떠나온 사람들이 꾸려가는 성실한 삶의 현장으로서 상하이를 차분하게 꺼내 보인다. 거듭 말하지만, 왕안이의 새 주인공 푸핑이 선택한 상하이는 치명적인 마도가 아니었다. 물론 번화한 화이하이로도 등장하지만, 거기서 푸핑은 자기 삶의 결정권을 갖지 못한 한낱 식모일 뿐이었다. 같은 집에 있던 마음씨 좋은 또 다른 식모 할머니는 푸핑에게 당신의 착한 손자를 소개해준다. 그러나 푸핑은 끝내 그 결혼을 거부한다. 독자들은 그때까지 그녀의 마음을 읽을 길이 없어 당혹스러울 뿐이다. 상하이의 작가 왕안이의 속셈 또한 알 리 없다. 그녀는 자신의 새 주인공 푸핑으로 하여금 전혀 새로운 상하이, 가령 예전에 쓰레기 처리장이었던 자베이의 메이자차오를 스스로 선택하게 만든다. 그게 작가의 의도였다. 푸핑은 그 낯선 상하이를 찾아가, 매일매일 배로 쑤저우하의 분뇨와 쓰레기를 운반하는 외숙네에서 더부살이를 한다. 그러다가 우연히 한 할머니의 짐을 들어주었고, 그렇게 해서 만난 소아마비 수리공 청년과 결혼한다.

그렇다면 푸핑의 새 삶, 푸핑의 새 상하이는 어떠한가.

홍수가 나자 외숙은 푸핑네 집이 물에 잠길까 걱정이 들었다. 그래서 잠시 자기네 쪽으로 와 있게 권하며, 아이들을 보내 이사를 돕게 했다. 물난리 속에 벌어지는 이사 장면이 모든 것을 말해준다.

아이들은 미리 배 한 척을 빌려 가장 가까운 강가에 정박

해두었다. 하지만 그래도 거리 몇 줄기를 가로질러야만 했다. 다행히 사람이 많지 않은 덕분에 운반할 물건은 그리 많지 않은 편이었다. 그 젊은이의 다리는 쓸모없을지 모르지만, 목발을 짚자 걷기의 빠르기는 누구에게도 뒤지지 않았다. 게다가 그는 등에 두 개의 보따리를 X자로 걸머지고 있었다. 하나는 옷 보따리이고, 다른 하나는 전기용접기와 전자시계 등의 보물단지였다. 몸이 젖는 거야 상관없었다. 비 오는 날에는 옷이 비에 젖는 법이니. 그들은 길을 걸으면서 이야기로 웃음꽃을 피웠다. 길을 가던 이가 걸음을 멈춘 채 이 기이한 행렬을 멀거니 쳐다보았다. 그들은 그 사람을 바라보며 웃음을 지었다. 그들의 웃음에 어색했는지, 그 사람은 고개를 돌려 길을 갔다. 마침내 배에 올랐다.[20]

아편전쟁 이후, 상하이 사람의 이런 웃음을 본 기억이 대저 몇 번인지!

다른 많은 상하이들

상하이를 한두 편의 글로 정리하겠다는 의욕은 결국 오만이었다. 주제를 좁혀도 상황은 달라지지 않는다. 예컨대 죽을 때까지 읽어도 다 읽지 못할 상하이가 있다는 사실을 확인했으니까.

맥없이 돌아갈 채비를 하는데, 문득 임시정부 청사를 빼놓았다는 데 생각이 미쳤다. 사실 그동안 우리에게 상하이는 단 하나의 기표였다. 고유명사 상하이가 아니라 보통명사 상해. 독립운동의 성지. 나는 아들을 앞세워 서둘러 마당로로 향했다. 청사 앞에는 의외로 많은 '조선의 청년'들이 와 있었다. 그중 더러는 22세기도 목격하게 될 어린 학생들이었다. 고맙구나, 임시정부로부터 무려 100년 아닌가!

하지만 상하이는 이제 단일한 어떤 기표로 표상되기에는 너무나 크고 복잡하고 왕성하고 거칠고 화려하다. 아마 1,000가지쯤 형용사를 붙일 수도 있으리라. 사실, 누가 어떤 눈으로 상하이를 보든 무슨 상관이랴. 그러나 한때 이런 눈길을 던진 이들도 있었던 모양인데, '지식의 모험'에 대해 관심이 있는 이라면 한 번쯤 기억해둘 필요도 있으리라.

1968년 혁명의 여진이 채 가시지 않은 1974년, 프랑스를 대표하는 일단의 좌파 지식인들이 중국을 방문한다. 텔켈 그룹, 소설에서는 멩트낭 그룹이다. 그들은 혁명의 대안을 찾겠다는 희망을 버리지 않았다. '붉은 중국'은 최적의

179

모델이었다. 그들은 중국 당국이 짜준 일정대로 여기저기 새로운 중국몽의 현장들을 찾는다. 보여주고 싶은 것만 보여주는 쪽과 보고 싶은 것만 보려는 쪽 사이에 금이 생긴다. 처음의 열기도 차츰 식는다. 지친 브레알(롤랑 바르트)은 일행이 베이징에서 명나라 황제들의 무덤을 관람하는 동안 버스에 남아 있겠다고 말한다.[21]

"나는 버스 안에 남아 있겠어. 이곳이 더 잘 보여."

그는 버스에 남아 무엇을 본 것일까.

그는 꿈을 꾼다. 상하이 대학의 한 극장이다. 연극을 보는데, 브레알은 한 순진한 청년을 동성애로 희롱한다. 그러면 그는 어떻게 될까. 그는 인민재판에 넘겨진다. 브레알은 스스로 『적과 흑』에 나오는 줄리앙 소렐처럼 자신에 대한 변호를 구상한다. 이윽고 사회주의를 모독한 '줄리앙의 쾌락주의'에 대해서 판결이 내려진다. 5월 7일 학교에 입교해서 1년간 재교육을 받는 것. 물론 실제로 그런 일은 일어나지 않는다. 순전한 몽상이었으니까. 그러나 브레알의 이 몽상이 어쩌면 중국 기행을 함께 떠난 멤버들이 지니고 있던 보편적인 생각이었을지 모른다.

중국에서 돌아온 올가(쥘리아 크리스테바)에게 동료들은 책을 쓰라고 했다. 그런데 그녀를 지원한 이들(베르나데트의 급진 여성주의 그룹)에게 중국은 당연히 '모계사회'여야

했다. 그들은 올가가 그런 중국을 가져와서 보여주기를 원했다.[22]

"우리는 여권주의적 책을 기다리고 있어. 남성의 지배를 물리치고 학자들이 우리에게 감추고 있는 인류의 행복한 기원을 재발견하는 마침내 자유로워진 여성들의 찬가를 말이야!"

출판 직전 마지막 보고회에서, 올가가 자기에게는 그런 기대를 충족시킬 권한이 없다고 말하자 베르나데트는 윽박지른다. 올가는 '현실'을 이야기한다. 모권제 사회 같은 건 없다고. 공산주의 사회가 되었어도 현실은 여전히 유교적 지배였노라고. 그러자 베르나데트가 화를 낸다.

"유교든 아니든 간에, 그랬잖아! 그건 나쁜 이미지를 만들어. …결론적으로, 너는 여자들을 진정으로 사랑하지 않고 있는 거야. 그 증거로 너의 낡아빠진 책에는 여자들끼리 사랑을 하면 맞아죽거나 자살을 하게 된다고 나와 있어."

올가는 반박한다. 그러자 당장 비판이 쏟아진다.

"남자들의 선전이야! 너는 가부장 제도에 오염됐어!"

어디 그들뿐이랴.

동서양의 많은 지식인들이 중국을, 또 상하이를 이런 식으로 '편리하게' 보고 또 재구성했을 것이다. 그러고 보니 사반세기 전 처음 중국에 왔을 때 그들보다 내가 더 '사회주의적'인 것 같아서 조금 실망했던 기억마저 새삼스럽다.

호텔로 돌아오는 길, 상하이는 심지어 지하철이 통과하는 터널 속 짙은 어둠마저 그냥 놔두지 않았다. 창밖 어둠 속에, 달리는 지하철과 똑같은 속도로 홀로그램 광고가 따라붙었다. 좋은 술 왕창 드세요. 해외로 폼 나는 여행을 떠나세요. 멋진 아파트 싸게 구입해두세요. 눈과 뇌가 도무지 쉴 틈이 없었다. 서울에서도 도쿄에서도 보지 못했던 최첨단 기술과 자본의 찰떡궁합이었다. 중국몽이 도처에 있었다.

대체 나는 어떤 상하이를 그렸던 것일까. 왕안이의 말마따나, 돌이켜보면 상하이는 이미 이 도시에 있지 않을지 모른다.[23]

분명한 건, 상하이는 안타깝게도 끝내 맑은 하늘을 보여주지 않았다는 것뿐.

5

세 작가의 도쿄,

세 개의 근대

도쿄

난생 처음, 탈아입구

　명인에게,
　베를린이다. 그 베를린.
　지하철 출구를 잘못 빠져나와 두리번거리다 보면 건물 벽 기념 명판이 눈길을 확 잡아끌지. 거기 적혀 있으되, "여기 한때 G.W.F. 헤겔이 살았다, 1819~1831년" 운운하는 도시. 천하의 그 헤겔은 도시 한복판 공원묘지에 요한 고틀리프 피히테, 디트리히 본회퍼, 하인리히 만, 안나 제거스, 허버트 마르쿠제와 나란히 묻혀 있는데, 묘지하고 담장을 맞대고 있는 건물은 브레히트 기념관이다.
　브레히트는 생전에 이렇게 편지를 썼다네. 출판사 주어캄프의 바로 그 페터 주어캄프에게.

　나는 지금 쵸씨슈트라세에 살고 있네. 프랑스 묘지 바로

185

옆이지. 거기엔 위그노파 장군들, 그리고 헤겔과 피히테가 잠들어 있네. 내 방 창들은 죄다 묘지를 향해 나 있다네. 뭐, 즐거운 측면이 없는 건 아닐세. …적어도 120년쯤 된 집과 가구들 속에서, 말하자면 훗날 주변이 사회주의적으로 될 때까지는 초기 자본주의적인 환경 속에서 살아보는 것도 괜찮겠지.[1]

참, 브레히트도 죽어 아내 헬레네 바이겔과 함께 거기 묻혔다네. 헤겔을 마주보는 자리인데, 그들이 밤마다 거기서 무슨 토론을 할지 모르지. 어쩌면 부부가 이따금 몰래 옛집에 들어갈지도 모르고.

브레히트하고는 도무지 맞는 구석이 없었던 죄르지 루카치도 베를린에 있었다는데 굳이 찾아보진 않았네. 하늘에 떠 있는 별을 보고 길을 찾을 수 있던 시절이라니, 그래, 그런 시절은 행복했겠지. 『소설의 이론』 첫 장을 펼치면 나타나는 그 문장에 가슴 설레던 청춘이 꿈처럼 아득하네. (사방 천지에 두려움만 가득하던 그 시절에 그의 문장은 얼마나 큰 위안이었던지!) 그래도 훔볼트 대학에는 부러 걸음을 했다네. 정문 안으로 들어가서 다시 본관 한복판의 문을 열면 정면에, 그러니까 2층으로 올라가는 중간 계단 벽에 써 있다는 글을 직접 보려고 말일세.

베르톨트 브레히트와 헬레네 바이겔의 묘지.

철학자들은 지금까지 여러 가지 방법으로 세계를 해석
해오기만 했다. 그러나 중요한 것은 세계를 변혁시키는
것이다.
— 카를 마르크스

세상을 바꾸기 위해 역사의 한복판으로 뛰어들었던 로
자 룩셈부르크는 잔인한 테러에 두개골이 으깨진 채 란트
베어 운하에 내던져졌지만, 베를린은 아직 그녀를 기억한

다네. 로자 룩셈부르크 거리로, 또 광장으로.

케테 콜비츠도 마찬가지라네. 그녀의 박물관이야 당연히 관람 목록 제1호이지만, 커다란 실내 한복판에 오직 그녀의 조각 작품(〈아들의 주검을 껴안은 어머니〉) 하나만 덩그러니 배치한 노이에 바헤도 지나칠 수 없다네. 그건 역사를 어떻게 기억해야 하는지 일러주는 침묵의 교실이라네. 베를린을 대표하는 건축가 카를 프리드리히 싱켈이 처음 기획했을 때에는 프로이센 왕실 경비대 겸 전승 기념관이었으나, 이제는 모든 전쟁 희생자를 위한 추모관이지. 높다란 천장에 뻥 뚫린 구멍으로 환한 빛다발이 쏟아져 내리면 참으로 감동이라네.

그 건너편 광장, 나치의 전위대 청년 학생들이 '비독일적'이라는 이유로 하인리히 만, 토마스 만 형제와 에리히 케스트너 같은 작가들의 책을 불태운 그 베벨 광장에는 땅을 깊이 파서 '텅 빈 도서관'을 만들어놓았네. 두고두고 무엇을 채우라는 뜻이겠지. 아니면 혐오와 편견을 그처럼 비우든가. 거기서 머잖은 곳에 콘크리트 기둥만 하염없이 세워놓은, 그래서 더 막막한 유럽 유대인 희생자 기념 조형물이 있는데, 그 옆길에는 아이히만 재판을 참관하고 나서 '악의 진부함'에 대해 말한 철학자 한나 아렌트의 이름을 붙여놓았다네.

노이에 바헤에 설치된 케테 콜비츠의 조각 작품.
역사를 어떻게 기억해야 하는지 일러주는 침묵의 교실이다.

이런 식의 기억 여행이라면 도대체 얼마나 많은 시간이 필요할지 모르지. 베를린이니까. 하지만 어떤 경우에도 발터 벤야민을 뺄 수는 없겠네. 특히 그의 『1900년경 베를린의 유년시절』. 서울에서 그 책을 처음 읽을 때 머릿속으로만 그리던 티어가르텐과 전승 기념탑은 광화문·남대문처럼 수시로 지나친다네.

오 갈색으로 구워진 전승 기념탑이여
어린 시절 겨울철 설탕 눈으로 뒤덮인 티어가르텐[2]

1932년 그는 나치를 피해 정든 베를린을 떠났고, 1940년 피레네 산맥에서 스스로 목숨을 끊었고, 2018년 나는 뒤늦게 그의 베를린을 찾아온 것일세.

아는 척을 더 해봐야 소용없지. 자네가 아들 영우와 함께 직접 차를 몰고 베를린을 찾았던 게 정확히 언제였던지, 기억이 안 나네. 다만 베를린 장벽은 진작 무너졌고, 아무리 한 시절 우리 가슴을 뜨겁게 달구던 이들의 무덤을 찾아가본들 그게 무슨 의미일까, 그렇게 말했지. 대신 짊어졌던 남의 짐을 내려놓듯 슬쩍. 『잠들지 못하는 희망』이던가, 오기 전 새삼 꺼내 읽은 기행문집 속 자네가 말일세.

나는…

하필이면 봄, 눈부신 봄날이었네.

도착한 다다음 날, 3개월간 내가 적을 둘 베를린 자유대학을 주소만 적어 든 채 혼자 지하철을 타고 찾아갔네. 어린 시절 수원에서 인천까지 오가던 협궤 열차처럼 폭이 좁은 전철 안에서, 왠지 주눅이 들어 눈길을 어디에 두어야 할지 몰라 허둥거리면서. 다렘도르프, 다렘도르프. 자유대학 이름을 단 역도 있는데 왜 다렘도르프에서 내리라고 했을까, 슬쩍 겁을 먹은 상태였지. 마침내 그 다렘도르프에서 내려 계단을 올랐지. 그리고 역사를 빠져나간 순간, 아, 내 눈앞에는 믿을 수 없는 풍경이 펼쳐졌다네.

그러니까 '그런 풍경'이 실재했다는 말이지. 어린 시절 누나들의 방에 달려 있던 한 장짜리 달력 속 풍경이 고스란히. 무슨 수사가 더 필요하겠나. 그저 그게 서양이었네.

내 서양, 아름다운!

토니오 크뢰거는 학교에서 만난 동급생의 이름을 이렇게 중얼거리지.

잉게, 금발의 잉게보르그-홀름.[3]

난생 처음 아시아 대륙을 떠나온 나 또한 하마터면 그렇게 중얼거릴 뻔했지. 그러나 잠시 후 정신을 차린 내가 떠올린 건 나쓰메 소세키의 소설 속 한 장면이었다네. 물론 그 책 역시 이번에 나와 함께 일곱 시간의 시차를 견뎌내야 했지.

이런 얼굴에 이렇게 허약해서야

　한때 일본은행권 지폐에도 초상이 새겨질 정도였으니 나쓰메 소세키는 분명 일본의 '국민 작가'이겠다. 1907년 그는 도쿄 제국대학 교수직을 사임하고 『아사히 신문』 전속 작가로서 첫발을 내딛는다. 그리고 이듬해 가을 『산시로』를 연재한다. 소설은 대학에 입학하러 구마모토에서 갓 올라오는 '촌놈' 산시로의 기차 맞은편 자리에 수염 난 중년 사내를 함께 태우는 것으로 시작한다. 정확히 말하자. 사실 그 전날 밤에는 기차 앞자리의 젊은 여자와 어어 하는 사이에 한 여관에 묵게 되었고 한 모기장 안에서 잠을 자게 되었는데, 아무 일도 없었다. 산시로가 한 일이라곤, 자기는 신경이 예민한 사람이라서 남의 이불에 자는 것을 싫어한다며 시트의 가장자리를 여자가 누워 있는 쪽으로 돌돌 말아 요의 한가운데에 하얗고 긴 경계선을 만들어놓고 잠을 잘 잤던 일뿐이었다.

　아침에 헤어질 때 여자는 히죽 웃으며 이렇게 말했다.

　"당신은 참 배짱이 없는 분이로군요."

　배짱이 없는 산시로는 도쿄는 아직 멀었는데 또다시 주눅 들 일을 겪는다. 어느 정거장에 멈춰 섰을 때 놀랍게도 서양인 서너 사람이 열차 앞을 오락가락하고 있었던 것이다. 산시로는 평생 서양인이라곤 네다섯 명밖에 못 본 처지였으니 그건 분명히 '사건'에 속할 일이었다. 여자로는 선교사 한 명만 알고 있었는데, 그마저 상당히 뾰족한 얼굴로 보리멸이나 꼬치고기를 닮았다. 그러니 방금 제 눈으로 목격한 서양인 여자의 미모는 굉장한 충격이 아닐 수 없었다. 불쌍한 우리의 주인공은 또 이렇게 생각한다.

'서양에 가서 저런 사람들 틈에 섞인다면 필시 주눅이 들 거야.'

그때 수염 난 사내가 "아아, 아름답군" 하고 말한다. 이어 곧 서양인은 아름답다고, 주어까지 챙겨 마치 정언명제처럼 말을 보탠다.

이제 사내는 산시로에게 '탈아입구'에 대해서 강의를 시작한다.

"우린 참 가련하지."

수염 난 사내가 말을 이었다.

"이런 얼굴에다 이렇게 허약해서야, 아무리 러일전쟁에서 이겨 일등 국가가 되었다고 해도 틀려먹은 거지. 하기야 건물을 봐도, 정원을 봐도 모두 얼굴과 상응하는 거지만 말이야…. 자네, 도쿄가 처음이라면 후지산을 본 적이 없겠군. 곧 보일 테니까 잘 봐두게. 그게 일본

제일의 명물이니까. 그것 외엔 자랑할 만한 것은 하나도 없지. 그런데 그 후지산은 옛날부터 있던 천연의 자연이라 어쩔 수 없는 거지. 우리가 만든 게 아니니까."

사내는 이렇게 말하고 다시 실실 웃고 있다. 산시로는 러일전쟁 이후에 이런 사람을 만나게 될 줄은 생각도 하지 못했다. 아무래도 일본인이 아닌 것 같다.[4]

"이런 얼굴에다 이렇게 허약해서야."

나쓰메 소세키는 수염 난 사내의 입을 통해 이렇게 말하고 있는데, 얼굴은 그렇다 치고, 당시 일본인의 평균 신장은 지금보다 훨씬 작았을 테니까 그런 표현도 가능했을 것이다. 그렇더라도 아(亞)와 구(歐)를 이토록 극명하게 비교하는 작가의 심정은 무엇이었을까.

나쓰메 소세키는 1900년 6월 문부성으로부터 '영어 연구'를 위해 2년간 영국에서 공부하고 오라는 명을 받는다. 소세키는 외국 유학에 크게 뜻이 없었지만 '특별한 이의'를 제기하지 못한 채 9월 8일 요코하마를 출발했고, 파리를 거쳐 10월 28일 런던에 도착한다. 그는 곧 런던탑을 비롯해 시내 여기저기를 구경하러 나서는데, 길도 잘 모르는 데다 마차와 궤도전차, 지하철, 기차 따위 온갖 탈것들이 수많은 인파와 함께 뒤섞여 있는 대도시에 잔뜩 주눅이 든다.[5]

『산시로』의 배경이 된 산시로 연못.
구마모토 촌놈 산시로가 입학한 도쿄 대학 구내에 있다.

세계 제일의 대도시 런던은 소심한 나쓰메 소세키하고 천성적으로 맞지 않았다. 우선 사람들이 달라도 너무 다르다는 게 참으로 피곤한 일이었다. 훗날 산시로가 기차 창밖으로 보게 되는 '아름다운' 서양인들이 거기 떼로 우글우글 있었으니까.

밖으로 나와 보니 만나는 녀석들마다 모두 키가 무척 크다. 게다가 애교 없는 얼굴뿐이다. 이런 나라에서는 인간의 키에 조금 세금을 물리면 조금은 검소한 조그마한 동물이 생길 거라고 생각하지만, 그것은 소위 지기 싫어하는 놈이 말하는 것이고, 공평하게 말해서 이쪽 사람들이 아무래도 훌륭하다. 어쩐지 내가 주눅이 드는 기분이 든다. 건너편에서 보통 사람들보다 키가 작은 녀석이 왔다. 잘됐다,라고 생각하고 스쳐 지나가며 본즉, 나보다 두 뼘 정도 크다. 이번에는 맞은편에서 이상한 얼굴색을 한 조그만 꼬맹이가 오는구나,라고 했는데 그것은 즉 내 그림자가 거울에 비친 것이었다. 어쩔 수 없이 쓴웃음을 지은즉, 거울 속에서도 쓴웃음을 짓는다.

— 「런던 소식」에서

런던에서 그는 쇼윈도 거울에 비친 제 모습을 보며 쓴웃음을 지을 수밖에 없었다. '이상한 얼굴색을 한 조그만 꼬맹이'는 도쿄에서 최고 학부를 나온 수재라고 이마에 써 붙이고 다닐 수도 없었다. '탈아입구'를 그토록 외쳤지만 땅을 떼어 유럽에 갖다 붙이지는 못했다. 도쿄는 여전히, 어쩔 수 없이, 아시아의 저 먼 끝자락에 붙어 있었다. 나아가 그는 일본인인 자기가 아무리 열심히 영문학을 파고들어도 한계가 분명하다는 사실에 절망한다. 유학 초기 그는 케임브리지 대학에서 공부를 해보려고 했지만 곧 단념하고 런던 대학에 청강 신청을 했다. 그러나 거기서도 현대 영문학 같은 건 아예 가르치지 않았다. 어느 대학이건 영문학과에서 하는 공부란 게 거의 대부분 고대 그리스 로마의 고전이나 기껏해야 중세 영문학뿐이었다. 아시아의 변방에서 영문학을 한답시고 허겁지겁 달려온 이방인이 짧은 기간에 쉽게 감당할 수준의 공부가 아니었다. 그는 결국 대학 청강도 단념한 후 크레이그 선생에게서 셰익스피어를 중심으로 개인 지도를 받았다. 그러나 그마저 1년 후에는 손을 들고 말았다.

그는 '문학'에 대한 생각마저 이쪽과 저쪽이 그토록 차이가 난다는 사실을 비로소 깨달았던 것이다. 사실 그때까지 그의 문학은 한학漢學의 그것이었다. 그는 메이지 시대를 살고 있었지만 심정적으로는 여전히 에도 시절의 분위기에 많이 이끌렸다. 라쿠고(만담)와 하이쿠는 그의 소소한 위안거리였다. 그런 그가 영문학을 한다고? 그래 봐야 세금을 물리고 싶을 만큼 불공평하게 키 큰 그들을 이길 방도는 애초 없었다. 그는 시간마저 다른 개념으로 살고 있었는데, 스스로 메이지 유신 1년 전에 태어났다는 자의식이 짙었다. 그에게 19세기니 20세기니 하는 서양의 시대 구분은 크게 의미가 없었다. 1899년은 메이지 33년, 1900년은 메이지 34년일 뿐, 시대는 단절되지 않았던 것이다.[6] 그런데 영문학을 제대로 하기 위해서는 이 모든 '현상 유지 정책'을 뒤바꾸지 않으면 안 되었다. 결국 그는 신경쇠약에 걸렸고, 소문을 들은 문부성은 그에게 귀국 명령을 내린다.

영국 유학이 그에게 절망만 안긴 건 아니었다. 어떤 면에서는 오히려 각성의 계기가 되었다. 무엇보다 그는 문학에 대해서 진지하게 다시 생각하기 시작했다. 그 결과 장차 영어로 셰익스피어보다 뛰어난 작품을 써서 세계를 놀라게 하고 싶다던 자신의 예전 생각이 얼마나 터무니없는 발상이었는지 깨닫는다. "서양인이 '이것은 훌륭한 시다' 혹은 '어조가 매우 좋다'고 해도 그것은 그 서양인의 시각인 것이고, 참고할 수는 있겠지만 내가 그렇게 생각하지 않는다면 받아들일 수 없는 것"[7]이라고 생각하는 것이다.

그가 말하는 '자기 본위'의 사상이 이렇게 해서 탄생했다.

나는 이 '자기 본위'라는 말을 내 손에 쥐고 나서 매우 강해졌습니다. 그들이 별거야, 라는 기개가 생겼습니다. 지금껏 망연자실하고 있던 나에게 이러한 관점에서 이 길로부터 이렇게 가야한다, 라고 하는 신호를 준 것은 실로 이 '자기 본위'라는 네 글자인 것입니다. 고백하면 나는 그 네 글자로부터 새롭게 출발한 것입니다. …그때 확실하게 터득한, 내가 주인이고 다른 사람은 손님이라고 하는 신념은 오늘의 나에게 대단한 자신과 안심을 제공했습니다. 나는 그 연속으로써 오늘 더욱 살아갈 수 있는 것 같은 생각이 듭니다.

— 「나의 개인주의」에서

이로써 나쓰메 소세키는 일본 근대문학의 선구가 될 자격을 갖춘다.

자기 본위든 타인 본위든 도대체 무슨 본위를 말할 계제조차 되지 못하는 우리 불쌍한 산시로에게 돌아가자. 그는 도쿄행 기차에 여전히 앉아 있는데, 일본은 "틀려먹은 거"라고 말하는 수염 난 사내에게 은근히 부아가 나서 이렇게 말한다.

"하지만 일본도 앞으로 점점 발전해나가겠지요."

그러자 사내는 대뜸 이렇게 말을 받는다.

"망하겠지."

산시로는 제 귀를 의심했다. 무슨 말을 들었는가 싶었다. 자기가 살던 구마모토 같으면 도무지 입에 담을 수도 없는 말이었으니. 당장 몰매를 맞고, 잘못하면 매국노 취급을 당한다. 입이 떡 벌어진 산시로에게 사내는 태연히 또 말을 잇는다.

"구마모토보다 도쿄가 넓네. 도쿄보다는 일본이 넓고, 일본보다⋯."

사내가 여기서 잠깐 말을 끊고 산시로의 얼굴을 보니 산시로는 귀를 기울이고 있다.

"일본보다 머릿속이 넓겠지."

사내가 말을 이었다.

"얽매이면 안 되네. 아무리 일본을 위한다고 해도 지나친 편애는 도리어 손해를 끼칠 뿐이니까."

이 말을 들었을 때 산시로는 정말 구마모토를 떠났다는 걸 실감했다. 동시에 구마모토에 있을 때의 자신은 굉장히 비겁했다는 것을 깨달았다.[8]

산시로는 그날 밤 도쿄에 도착했다.

구리고 고리고
무어라고 형언할 수 없는 불쾌한

그 도쿄 어느 구석에 조선에서 온 문학 소년이 있었다. 아직 콧수염도 제대로 돋지 않은 열다섯 나이였지만, 자의식만큼은 스물 서른이라고 해도 뒤지지 않을 터였다. 흔히 무엇에 자신을 빗대보고 미치지 못하면 분해 속울음을 삼키는 성격이었다. 그가 바로 나중에 춘원이라는 호를 갖게 되는 이광수였다. 아명인 이보경으로도 불렸는데, 굳이 그때 쓰던 호를 대라면 '외로운 배' 고주였다.

그가 하숙집에서 외롭게 거울을 들여다보았다. 이리도 보고 저리도 보았다. 그러나 아무리 열심히 들여다보아도 신이 나지 않았다. 솔직히 말하면, 비참했다.

양인(洋人)의 누런 머리 터럭과 무엇이 달라? 어째해 양인의 머리 터럭에서는 기름이 도는데 내 것은 이렇게 거칠거칠해? 양인의 가른 머리는 깨끗하고 향내 나고 위엄이 있어 보이는데 내 것은 왜 이 모양이야. 왜 이렇게 껍진껍진하고 퀴퀴하고 부스스해?[9]

그는 성이 나서 제 손가락을 갈퀴처럼 해서 머리가 얼얼하도록 긁어댔다. 그러다가 두 손의 냄새를 맡아보니, "구리고 고리고 무어라고 형언할 수 없는 불쾌한 구토 나는 냄새"가 났다. 제 코로 맡아도 구토가 날 정도였으니, 나쓰메 소세키가 런던에서 느꼈다는 열패감은 열패감도 아니었다. 그게 조선이었다. 아비도 죽고 어미도 죽고 여동생도 덩달아 죽어버리는 나라. 아버지는 쥐통(호열자, 즉 콜레

201

라)으로 죽었다. 어머니는 그 아버지의 송장을 타 넘으면서 "나허구 언년이허구 다려가시우. 그리구 도경이('나'의 아명. 실제는 보경)허구 간난이(여동생)허구 오래오래 잘 살게 해주시우(「나」)" 하면서 소원 아닌 소원을 빈 끝에 아흐레 뒤 기어이 숨을 거두었다.

사고무친, 세상 천지에 아무도 없다.

캄캄하다.

나라가 있지 않은가.

나라는 개뿔, 제 앞가림도 못 하는 나라.

다행히 어려도 그는 영민했다. 일진회 유학생으로 도일할 기회를 잡는 데 성공했다.

이른바 '한일수호조약' 이후 조선 정부는 1881년 일본에 신사유람단을 파견했는데, 유길준과 윤치호를 비롯한 그중 일부가 귀국하지 않고 머물러 학업을 시작했다. 말하자면 그들이 한국의 제1기 '동경 유학생'들이었다.[10] 제2기는 갑오개혁을 계기로 1895년 게이오 의숙에 입학한 200여 명의 정부 파견 유학생들. 제3기는 1904년 11월, 그때는 대한제국이 된 황실에서 파견한 50명의 유학생들이었다. 국비 혹은 관비 유학생은 그들이 마지막이었다.

1905년, 이광수가 도일할 무렵에는 유학생이 폭발적으로 늘어난다. 이제 도쿄에서는 문명 개화의 사명을 떠안은 조선의 준재들을 어디서나 쉽게 볼 수 있었다.

이광수가 목욕탕에 갔을 때 탕 안의 웬 사내가 아무래도 조선 사람 같았다.

"저, 혹시 조선 사람 아니시오?"

"그렇소만 내가 조선 사람인 줄 어떻게 아셨소?"

"이마에 허연 줄이 필시 망건을 쓰던 자국이겠거니 생각했지요."

"하, 그렇소? 여간 아니시오."

두 사람은 벌거벗은 채 수인사를 나누었다.

홍명희는 그 무렵 벽초 대신 가인이라는 호를 주로 쓰고 있었는데, 가인은 당시 일본 학생들 사이에서 크게 유행하던 조지 바이런의 시 「카인」에서 따온 말이었다. 당시 쓴 그 가인假人이 '가짜 인간'이라는 뜻도 지녔다는 건 그가 얼마나 바이런에 심취했는지 알 수 있는 대목이다.[11] 바이런은 이른바 악마주의의 대표자였다. 악마주의는 말 그대로 추악하고 퇴폐적이고 괴이한 것에서 미를 찾으려고 했는데, 바이런 말고도 오스카 와일드, 샤를 보들레르 등 일세를 풍미를 한 시인들이 모두 그 유파였다. 가인은 그 바이런을 마음 여린 꼬마 톨스토이주의자에게 소개했다. 그로부터 정신이 홀딱 뒤집힌 이광수는 한동안 번민과 불면의 밤을 보내기도 한다. 그러거나 말거나 가인은 학교 가는

이광수와 홍명희.

도쿄 시절, 홍명희는 이광수에게 큰 언덕이었다.

것보다 하숙방 구석에 틀어박혀 이것저것 닥치는 대로 책 읽기를 좋아했다. 충청도 괴산의 양반 가문인 그는 집에서 매달 25원씩을 부쳐주고 또 가끔 50원 100원을 따로 보내 주기도 했다. 수업료가 3원 안팎, 하숙비는 9원이나 10원 정도였다. 그런 만큼 홍명희는 원한다면 언제든지 책을 사 볼 수 있었다. 당대 일본의 대표적인 작가들, 즉 나쓰메 소 세키, 시마자키 도손, 다야마 가타이 등은 물론이고, 러시아 작가들의 소설도 꽤 많이 읽었다. 그가 그렇게 읽은 책들을 이광수도 나눠 읽었다.

> 홍군은 예나 이제나 누구에게 무엇을 권하거나 지로指路
> 하는 태도를 취하는 일이 없거니와 홍군은 말없이 책을
> 빌려주는 것으로 나의 지도자가 되었다고 생각합니다.
> —「다난한 반생의 여정」

그 '지도자'는 그렇게 책만 읽고서도 성적이 썩 괜찮았다. 시험만 보면 1, 2등이었다. 1909년에는 학업 성적이 우수해서 그의 이름 석 자가 일본 신문에 나기도 할 정도였다.

도쿄에서 맺은 고주와 가인의 우정은 둘이 각각 춘원과 벽초가 되어서도 꽤 오래 유지된다. 벽초가 상하이에서 힘겨운 망명 생활을 할 때, 춘원은 뜬금없이 세계 일주를 한답시고 떠났다가 목불인견의 꼴로 상하이를 찾는다. 그때 제 몫의 좁고 허술한 침대라도 곁을 내준 벽초에 대해 춘원은 여전히 자기를 예뻐해주었다고 감읍한다.

변발 위에 학생모를 쓰니 후지산이네

산시로는 도쿄역에 내렸을 때 눈이 휘둥그레졌다. 전차에 놀랐고, 마루노우치 빌딩에 놀랐다. 가장 놀란 것은 아무리 가도 도쿄가 끝나지 않는다는 점이었다.

중국 강남땅에서 온 청년 저우수런은 어땠을까.

그는 나중에 이렇게 썼다.

"도쿄도 그저 그런 곳이었다."[12]

「후지노 선생」이라는 산문의 첫 줄인데, 원문은 東京也無非是這樣(無非는 '고작' 혹은 '~에 불과하다'라는 뜻, 這樣은 '이 모양' 정도). 이를 "도쿄도 특별한 건 없었다"라고 푼 역자도 있었다. 아무튼 이렇다면 저우수런, 즉 루쉰이 꽤 콧대가 세구나 생각하기 쉬운데, 하지만 오해가 있었다. 여기서 말하는 도쿄는 산시로의 눈에 보인 그 거대 도시 도쿄 그 자체가 아니었던 것.

루쉰이 처음으로 일본에 온 것은 1902년 난징의 광무철로학당을 졸업한 뒤였다. 그는 관비 유학생으로 도쿄의 고분 학원에서 일본어를 공부했는데, 1903년 잠깐 집에 들른다. 산문 「후지노 선생」은 다시 도쿄에 돌아왔을 때의 감회로 시작하는 글이다.

벚꽃이 만발한 우에노 공원. 상춘 인파로 가득하다.

우에노 공원에 벚꽃이 만발할 때 그것을 멀리서 바라보면 빨간 구름이 가볍게 드리운 듯했다. 그런데 그 꽃 밑에는 언제나 '청나라 유학생' 속성반 학생들이 무리 지어 있었다. 머리 위에 빙빙 틀어 올린 머리채가 눌러쓴 학생 모자의 꼭대기를 불쑥 밀어 올려 저마다 머리에 후지산을 이고 있는 것 같았다. 더러 머리채를 풀어서 평평하게 말아 올린 사람도 있었는데 모자를 벗으면 기름이 번지르르한 게 틀어 올린 어린 처녀애들 머리 쪽 같았다. 게다가 고개를 돌릴 때면 참으로 아름다웠다.

중국 유학생 회관의 문간방에는 책들을 몇 권씩 놓고 팔아서 때로는 한번 둘러볼 만했다. 오전 중에는 안채에 있는 몇 칸의 서양식 방에도 들어가 앉을 만했다. 하지만 저녁 무렵이면 그중 한 칸에서는 늘 쿵쿵 마룻바닥을 구르는 소리가 요란스럽게 울렸고 실내는 연기와 먼지가 자욱했다. 그래서 소식통에게 그 까닭을 물어보았더니, "그건 사교춤을 배우느라고 그러는 거요" 하고 대답했다.[13]

세심한 독서가 필요한 대목이다.

중국에 다녀온 루쉰은 여전히 변발을 한 채 무리를 지어 다니는 제 나라 동료 학생들을 보고 '처녀애 같고 고개를 돌리면 참 아름다웠다'고 썼다. 이게 무슨 뜻인가. 진짜 그들이 그렇게 예뻤을까. 천만에! 전무후무의 '아Q'를 창조할 만큼 풍자 정신이 빼어난 루쉰임을 새겨야 한다. 그는 역설을 말하는 거였다. 기가 막혔으니까. 변발을 돌돌 감아올린 위에 모자를 얹다니, 그 꼴을 어찌 볼 수 있단 말인가. 사실 그는 일본에 온 이듬해 곧바로 변발을 잘랐다. 그

208

무렵 단발은 썩고 고루한 청을 뒤엎고 새로운 근대국가를 건설하겠다는 뜻으로 읽히기도 했다. 결국 루쉰은 이렇게 한마디 던지고 우에노 공원을 떠난다.

"그래, 후지산 같구나. 참 예쁘다!"

유학생 회관으로 갔다. 거기는 많지는 않아도 책을 팔고 있어서 가끔 들를 만은 했다. 안쪽 방에서는 잠시 쉴 수도 있어 좋았다. 그런데 저녁이면 영 딴판이었다. 어디선가 마룻바닥을 쿵쿵 구르고 먼지와 연기가 자욱했다. 알고 보니 춤 연습을 그렇게 열심히들 하고 있다는 것이었다.

인용문 바로 아래, 루쉰은 이렇게 덧붙인다.

다른 곳으로 가보는 것이 어떨까?
나는 센다이의 의학전문학교로 갔다.

군더더기가 없다. 루쉰은 중국에 다녀왔는데도 여전히 정신을 차리지 못한 동료들에게 실망한다. (중국에 가보니 여전히 넋 나간 아Q들 천지였는데 말이다!) 정나미가 떨어진 것이다. 그렇다면 더 이상 미련을 가질 건 무언가. 그는 간단하게 정리한다. 도쿄에 미련은 없다. (마루노우치도, 땡땡거리는 전차도 그를 붙잡지는 못한다. 게다가 아직 소설가 나쓰메 소세키도 등장하지 않았다.) 다른 곳으로 가볼까? 그리고 갔다. 그곳이 바로 그의 인생을 바꾸어놓게 될 센다이 의학전문학교였다.

이렇다면 앞서 인용한 첫 문장은 약간 문제가 있어 보인다.

도쿄도 그저 그런 곳이었다?

루쉰은 도쿄가 그저 그런 곳이라서, 그러니까 뭐 볼 것도 없고 시시해서 그곳을 뜨는 것이 아니었다. 일본 땅에 와 있어도 그의 머릿속에는 이미 중국이 가득 들어차 있었다. 그 눈에, 집에 잠깐 다녀와서 보니, (중국은 물론 형편없었는데) 도쿄도 마찬가지였다. 루쉰에 관한 한 누구보다도 할 말이 많을 저 다케우치 요시미는 이 문장을 "도쿄도 특별한 건 없었다(東京も格別のことはなかった)" 정도로 번역하고 있는데, 이도 정확하다고 말하기 어렵다. 다케우치 요시미와 절친하면서 역시 중국 문학 전문가인 마스다 와타루는 "도쿄도 별로 변하지 않았다(東京も別に変わりはなかった)"라고 번역했는데, '특별'의 뉘앙스가 너무 강한 앞의 번역보다는 괜찮지만, 그래도 마치 도쿄의 외형적인 모습이 변하지 않았다는 뜻으로 오해하기 쉽다.[14] 거듭 말하지만, 루쉰은 머릿속이 복잡했다. 그건 오로지 중국 때문이었다. 중국이 대체 어찌 될 것인지, 그는 그게 걱정이었다. 그런 그의 눈에 우에노 공원의 변발파들과 유학생 회관의 댄

스파들이 어떻게 보였을지, 빤하지 않은가.

결국 문제의 그 첫 문장은 "도쿄에 와도 여전히 그 모양이었다" 혹은, "도쿄 또한 그 모양 그 꼴이었다" 정도로 고쳐 읽어도 좋을 것이다.

중요한 건 땅이 아니었다. 사람이었다. 루쉰은 중국에 있건 도쿄에 있건 사람이 변하지 않으면 아무것도 변하지 않을 거라는 사실을 절감했다. 물론 아직 환등기 사건을 겪지 않았다. 따라서 그의 머릿속 중국 역시 막연한 어떤 것일 수밖에 없었다. 그렇더라도 그 중국은 사람의 피를 묻힌 만두를 뜨거울 때 먹으면 폐병에 직효(단편 「약」)라거나, 의술은 과학이 아니라 워낙 생각인지라 3년 서리 맞은 사탕수수 따위로는 안 되고 새로 짝을 지은, 그러니까 본래부터 한 둥지에 있어서 정조를 잘 지킨 귀뚜라미 한 쌍, 혹은 '패고피환敗鼓皮丸' 즉 낡아빠진 오래된 북가죽으로 만든 환약 정도는 되어야(산문 「아버지의 병환」) 약재로 쓰일 자격을 갖춘다고 해서, 결국 자기 아버지를 죽음에 이르게 한 돌팔이 의사들의 나라여서는 안 되었다. 적어도 그 사실 하나만큼은 명명백백했다.

동아시아 세 작가의 도쿄

영국에서 돌아온 나쓰메 소세키는 도쿄 제국대학 영문과와 제일고등학교에서 교편을 잡았다. 연봉이 각기 800엔, 700엔이었으니 아이가 셋이어도 어떻게 꾸려갈 수는 있었다. 생활 근거지는 당연히 두 학교에서 멀지 않은 혼고였다.

러일전쟁 이후 나쓰메 소세키는 친구의 부탁을 받고 잡지 『호토토기스』에 『나는 고양이로소이다』를 발표했다. 한번 발표하고 말 것이었는데 반응이 좋아 1906년 8월까지 총 11회에 걸쳐 장편으로 완성하게 된다. 이때부터 작가로 살아가도 되겠지 싶었으리라.

자신감을 얻은 그는 1906년 12월 27일, 이른바 '고양이의 집'이라 불리게 되는 혼고 센다기의 집을 나와 같은 혼고의 니시카타마치 10번지 7호(현 文京区 西片1丁目 12-8)로 이사했다. 도쿄 제국대학에서 멀지 않은 뒤편 언덕바지에 자리 잡은 조용한 주택가로, 교수와 학생들이 많이 살아서 '학자촌'이라고 불리던 곳이었다. 그러나 욕탕이 없는 데다 무엇보다 집주인과 집세 문제로 마찰이 있어 채 1년도 있지 못했다.

이광수는 1892년생이니 나쓰메 소세키보다 스물다섯

살이나 연하였다. 이광수가 도쿄에 온 것은 1905년, 나쓰메 소세키가 그때 막 작가로서 출발선에 들어선 무렵이었다. 물론 상대적으로 늦은 나이의 그는 그때부터 딱 10년이 '남은 생'이었다. 그는 마치 그 사실을 알고 있다는 듯 무섭도록 집필에 매진했다. 1906년에만 해도 『나는 고양이로소이다』 연재를 마무리하는 한편, 다시 『도련님』과 『풀베개』와 『이백십 일』을 발표했다.

이광수는 간다의 다이세이 학원에 들어가 본격적인 유학 생활을 시작하지만, 불행히도 천도교의 내분으로 곧 학자금이 끊기고 말았다. 그의 하숙집도 혼고에 있었는데 모토마치였다. 이광수의 생애를 살펴보면 쉽게 드러나는 일이지만, 그는 참 많은 이들로부터 이런저런 도움을 받는다. 일본 유학 초기에 만난 홍명희는 물론이고 호암 문일평, 육당 최남선 등이 대표적이었다. 중인 계급 출신의 육당은 그를 곧 조선 제일의 문사로 만들어줄 물리적 토대를 마련하려 애썼다. 이광수는 중학 시절 특히 나쓰메 소세키의 작품을 애독했다. 그중 『나는 고양이로소이다』는 자기가 직접 돈을 주고 샀으나, 『도련님』, 『우미인초』(1907), 『산시로』(1908)니 『문학론』(1907)이니 하는 책들은 다 벽초가 준 것이라고 밝혔다. 다만 나쓰메 소세키로부터 무엇을 어떻게 배웠는지에 대해서는 뒷날에도 별로 말이 없다.

어쨌거나 벽초, 육당과 더불어 이제 곧 조선의 세 천재로 소문이 날 춘원에게는 시련의 시간이었다. 주변의 도움으로 한두 끼니는 해결하고 책도 빌려 읽는다고 해도 365일 내도록 그렇게 살 수는 없었다. 죽이 되든 밥이 되든 무슨 수를 내야 했다. 1906년 해가 가기 전, 그는 일단 조선으로 철수했다. 그러나 그의 심장은 이미 도쿄에 있었다.

조선 같은 것, 그건 아무것도 아니었다.

몇 년 후, 그는 추운 겨울 압록강을 건너며 대설 바람 속에 결국 이렇게 울부짖게 되지만, 울음은 이때 진작 그의 목울대까지 꽉 차올랐을 것이다.

"아아, 조선아! 조선에 있는 모든 사람아, 모든 물건아! 하나도 남지 말고 죄다 내 기억에서 스러져버려라!"[15]

루쉰 역시 나쓰메 소세키를 읽었다. 센다이에서 의학 공부를 포기하고 돌아온 루쉰은 본격적으로 문명개화운동에 뛰어드는데, 이때 그는 문학이 중요한 의식 계발의 도구가 된다는 점을 확신했다. 뒤늦게 일본에 건너온 아우 저우쭤런과 함께 『역외소설집』을 번역해서 발간한 것이 구체적 행동의 시발이었다. 그는 러시아의 니콜라이 고골이나 폴란드의 헨리크 시엔키에비치 등 주로 슬라브 계통의 작가들을 좋아했지만, 일본에 있을 때에는 특히 모리 오가이와 나쓰메 소세키를 즐겨 읽었다.

재미있는 것은 나쓰메 소세키가 떠나간 지 반년쯤 후인 1908년 4월 바로 그 집에 중국 유학생들이 들어오는데, 거기에 루쉰 형제도 끼게 된다는 사실이다. 다섯 명이 함께 살아서 오사伍舍라는 이름을 얻었다. 지금 그 골목 초입에는 그 사실을 알리는 안내판만 조금은 별쭝맞게 서 있을 뿐이다.

어쨌거나 센다이에서 돌아온 루쉰은 간다의 독일어 전수 학교에 적을 둔 채 '어떤 사람'으로 고국에 돌아갈지, 차분히 준비하고 있었다. 만일 그에게 도쿄가 특별했다면 그런 의미에서였다. 그밖에는 도쿄라도 '특별할 건' 없었다. 어디에 있든, 사람은 누구나 자기 자신의 주인이어야 한다. 그것이 그의 생각이자 또 근대의 명령이었다.

일본과 중국 두 나라 학계에서 루쉰과 나쓰메 소세키, 두 작가를 이런저런 주제로 비교하는 작업은 이제 흔한 일이 되었다. 한국에서도 그런 시도가 드물지만은 않다. 하지만 거기에 이광수를 함께 넣어 동아시아의 문학이 근대를 어떻게 맞이했는지 총체적으로 살피고자 하는 욕망은 짐작하듯 입안에 쓴맛을 남기기 십상이다.

메이지 유신의 적자 나쓰메 소세키는 탈아입구의 지상 과제를 수행해야 하는 운명이었다. 그러나 문명 대국의 수도 한복판에서 그가 본 것은 오히려 자기 자신이었다. 메이지 유신에 대해서도 그는 통렬한 펀치를 날린다.

일본은 30년 전에 잠에서 깨었다고 한다. 그렇지만 종소리 때문에 갑자기 벌떡 일어난 것이다. 그 잠에서 깬 것은 진정 잠에서 깬 것이 아니다. 낭패한 것이다. 다만 서양으로부터 흡수하는 데 급급한 나머지 소화할 틈이 없다. 문학도, 정치도, 상업도, 모두 그렇다. 일본은 진정 반성하지 않으면 안 된다.[16]

결국 그는 '자기 본위' 넉 자를 가슴에 품고 돌아와 『산시로』를 쓴다. 산시로에게 도쿄는 멀다. 넓다. 끝이 없다. 그러나 도쿄보다 더 멀고 넓고 끝이 없는 게 있다. 머릿속이다.

"얽매이면 안 되네. 아무리 일본을 위한다고 해도 지나친 편애는 도리어 손해를 끼칠 뿐이니까."

기차에서 만난(나중에 스승으로 모시는) 사내는 이렇게 말한다.

물론 작가로서 나쓰메 소세키가 자기가 창조한 그 사내의 말마따나 얽매이지 않았는지는 의문이다. 그렇더라도 도쿄에서 태어난 그는 20세기가 시작되자마자 이미 그 도쿄를 어떻게 바라봐야 하는지 제대로 질문을 던졌던 것이다. 그의 도쿄는 처음부터 '도쿄 너머'였다.

루쉰은 세상이 어떻게 돌아가는지도 다 잊고 청나라 변발에 일본의 학생모를 얹어 쓰고 떼 지어 꽃구경을 다니는 동료들에게 지쳐 기어이 도쿄를 떠났다. 결단은 빨랐고, 또 옳았다. 그는, 그리고 세상 사람들은 두고두고 도쿄 이상으로 센다이를 기억하게 된다.

"라이러来了!"

유학을 끝내고 돌아간 그는 "왔다!"고 소리쳤다. 그 소리, 사람들이 진작 많이 듣던 소리였다. 신문 잡지에서도 많이 떠들던 소리였다. 무엇이 왔지? 사람들은 서로 물었지만, 아무도 시원하게 답하지 못했다. 그저 왔다고, 그저 무언가가 왔다고만 겁을 집어먹었다. 그 겁이 다시 남에게 겁이 되었다. 그런데 이번에는 루쉰이었다. 그가 "왔다!"고 소리친 것이다. 쇠로 만든 방 안에 대고! 누구는 그게 인도주의적이지 못하다고 생각할지도 모른다. 가만히 놔두면 자는 듯 마는 듯 고통 없이 죽을 수도 있었을 텐데⋯ 그게 잔인한가, 어차피 죽어갈 사람들을 깨워 죽음의 공포를 새삼 절감토록 한 것이?

춘원 이광수라면 어땠을까.

그가 한번은 현해탄을 건너와 부산역에서 기차를 타려고 하는데, 역무원이 가로막으며 거긴 조선인이 타는 곳이니 일본인이 타는 칸으로 가라고 말했다. 양복 입은 사람이니 일본 사람이겠거니 생각한 것이었다. 춘원은 벌컥 성을 냈다.

"나도 조선인이오!"

그런 다음 그는 조선인들이 타는 칸으로 들어갔다.

때는 삼월이라 아직도 날이 추워서 창을 꼭꼭 닫은 찻간에서는 냄새가 났다. 때 묻은 흰 옷을 입은 동포들이었다. 그때에는 머리 깎은 사람도 시골서는 흔치 아니하였고 무색 옷을 입은 사람은 더구나 없었다. 실로 냄새는 고약하였다. 그리고 담뱃대를 버티고, 자리싸움을 하고, 침을 뱉고, 참으로 울고 싶었다. 나는 이 동포들을 다 이렇지 아니하도록, 그리고 모두 깨끗하고 점잖게 되도록 가르치는 것이 내 책임이라고 생각하였다. 그러고는 내가 할 수 있는 대로는 말로 몸으로 그들을 도우려고 애를 썼다.

ㅡ「나의 고백」

춘원 역시 계몽의 민족 지사였다. 그리고 그때 그에게 도쿄는 문명과 야만을 가르는 가장 분명한 리트머스 시험지였다. 눈물이 나도록 어리석은 저 불쌍한 동포를 저들처럼 개조시켜야 한다는 그의 불타는 사명감은 실제로는 삼랑진에서 불쑥 수해 동포 자선 음악회를 여는 따위(『무정』), 쉽게 이해되지 않고 비현실적인 것이기 일쑤였다. 그래도 그의 곁에 꽤 오래 좋은 벗들이 많았다. 벗들은 그를 아끼고 위했다. 그는 또 톨스토이와 바이런에 심취했지만, 나쓰메 소세키와 루쉰도 읽었다. 하지만 그의 글을 접하다 보면, 그 스스로 짊어진 한국 근대의 개척자로서의 짐은 너무 버거운 게 아니었을까 하는 느낌도 받게 된다.

> 대개 차교此校, 도쿄 제1 고등학교는 천하 수재의 집합처니, 수재는 흔히 신경질이라, 실의라든지, 나게投げ, 투신자살라든지, 인생 문제 등 복잡유현한 철학 문제에 정신을 과로하면 자연히 예민한 신경이 상궤를 탈하기 용이한 것이라. 조선에는 자살자가 희소하니, 차는 자긍할 바가 아니요, 사상 정도의 저低함을 수치하게 여길 것이니, 인류 이하 저급 부분에는 번민도 무하고 자살도 무하니라.[17]

놀랍게도, 일본에 자살자가 많고 조선에는 자살자가 적은 게 문명과 야만을 가르는 또 하나의 지표가 되었다. 그럴 리야 없겠지만 적어도 이 글만 보면, 우리의 춘원은, 동아시아 근대문학의 한 축을 감당해야 할 춘원은, 그야말로 동경東京을 너무나 동경憧憬한 나머지 어서 민족을 개조하고 어서 자살자도 나오고 해서 선진 일본처럼 되자고 외치는 것처럼 읽힌다. 허망하다!

베를린을 떠나며

명인에게,

이 글을 마치고 나면 나는 곧바로 한국행 비행기에 올라 타 있을 것이네. 탈아입구의 3개월이 내게 어떤 의미였을 지는 좀 더 시간이 흘러야 알게 되겠지.

기실 베를린에 와서 내가 한 일은 거의 아시아에 관한 것들이었다네. 어떤 공적인 기관으로부터는 아시아 문학 이 무엇이고 앞으로 그것을 가지고 무엇을 해야 하고 할 수 있을지 전망을 좀 세워달라는 '터무니없는' 부탁도 받 았네. 겸사겸사, 어떤 문학 축제에 초청할 아시아 작가들도 물색해야 했지. 그래, 적어도 이 점에서만큼은 베를린이 꽤 좋은 장소였네. 베를린은 마치 유럽연합의 문화 수도인 것 처럼 잘 굴러가고 있었으니까. 유학이나 망명, 결혼 등 이 런저런 이유로 국경을 넘어온 아시아계 작가들도 많았는 데, 그들은 내가 아시아에 있을 때보다 폭넓은 생각을 할 수 있게 해주었다네. 무엇보다 이제 디아스포라는 예외적인 현상이 아니라 지구가 감당해야 할 상시적인 문제가 되어버렸으니까. 아시아 문학이라는 개념도 크게 다시 생각해볼 필요가 있겠지.

어쨌든 베를린에서 아시아를 생각할 때 가장 먼저 떠오르는 도시가 서울도 아니고 베이징도 아니고, 바로 도쿄였다네. 내가 도쿄에 대한 이 글을 써야 해서만은 아니었겠지.

지난해 난생 처음 도쿄에 가봤고, 올봄 다시 도쿄를 보고 왔네. 그러나 또다시 우에노와 구단시타의 눈부신 벚꽃을 기대했던 내 눈은 때를 못 맞춰서 실망하고 말았다네. 그래도 1년 새 나는 많은 책을 통해 저 아름답다는 일본의 벚꽃을 꽤 많이 가슴에 담을 수 있었다네. 나쓰메 소세키의 『우미인초』, 다니자키 준이치로의 『세설』, 가와바타 야스나리의 『고도』, 그리고 무엇보다 중세 때 작품이라고는 쉽게 믿어지지 않을 만큼 빼어난 열 권짜리 『겐지 이야기』까지.

하지만 벚꽃을 제외하면, 도쿄에 있을 때 나는 (에도는 너무 멀고) 대개 100년 전쯤의 도쿄를 더듬는 일에 흥미를 붙이고 있었다네. 도쿄 대학 구내에서 제국대학 시절의 하수도 맨홀 뚜껑을 찾아냈다든지, 학교 뒤쪽 산시로 연못을 찾아가서 굳이 여긴가 저긴가 산시로가 여주인공 미네코를 처음 보게 되던 장소를 짐작해보는 따위. 그리고 나쓰메 소세키와 루쉰이 공교롭게 함께 거쳐간 니시키타마치의 셋집을 일본어를 하는 아들도 마침 없이, 내비게이션도 없이, 그렇다고 지도도 없이, 다만 번지수 하나만 달랑 종이에 적어 들고 땀 뻘뻘 흘려가며 찾아가는 따위.

　대체 나는 그런 비생산적인 열정을 통해 무엇을 보고자 했던 것일까.

　산시로는 진작 도쿄에 도착했지만, 나는 아직 도쿄에 이르지 못했네.

6

일본의 마음,

텅 빈 중심

———
도쿄
———

도쿄 대학 가는 길

마침 비가 내리고 있었다. 하늘은 찌뿌둥했고, 추적추적 내리는 비도 봄비답지 않았다.

앞장서 성큼성큼 걷는 아들의 발뒤꿈치만 보며 걸음을 옮기는데, 어느 순간 확성기 소리가 발길을 잡아챘다. 작은 사거리 모퉁이에 서 있는 남녀 노인 서너 명이 눈에 들어왔다. 한 노인이 든 노란색 현수막에서 얼핏 '9조 모임九条の会'이라는 글자를 읽어낼 수 있었다. 우리가 가는 쪽 건널목 앞에서도 노인들이 유인물을 나눠 주고 있었다. 나눠 준다기보다는 유인물을 든 채 수줍게 서 있다고 해야 할 것 같았다. 손을 내미는 대신 종종걸음으로 지나치는 사람들이 대부분이었다. 내가 부러 다가가자 노인들의 얼굴이 환히 펴졌다. 몇 마디 물어보고 싶어도 솔직히 아는 바가 별로 없었다. 그저 그런 모임이 있어 일본의 전쟁국가화를 간신

히 막아내고 있다는 사실을 빼고는. 힘내시라는 눈인사만 건넨 채 길을 건넜다.

'9조 모임'은 2004년 노벨 문학상 수상자인 오에 겐자부로를 비롯해서 오다 마코토, 가토 슈이치, 쓰루미 슌스케 등 일본을 대표하는 지식인 아홉 명이 주축이 되어 만든 시민 단체였다. 출범 직후, 일본 평화 헌법의 골간이라 할 헌법 제9조를 수호하자는 데 뜻을 모은 시민들이 자발적으로 지역이나 직능별 모임을 꾸려나갔다. 혼고 사거리의 노인들도 지역 모임 소속이었다.

이 글을 쓰기 위해, 그때 유인물을 다시 꺼내 읽었다. '테러 등 준비죄=공모죄', '우리들은 단호히 반대합니다!' 요지인즉슨, 테러에 대항하기 위해 아베 정권이 추진하는 이른바 '공모죄'가 실은 전후 체제로부터 벗어나 헌법을 유린하고 전전 체제로 회귀하려는 망상의 발로라는 비판이었다. "양심의 자유를 빼앗는 '공모죄'라는 이름의 광포한 무기를 국가와 아베 정권에게 주어서는 안 됩니다"라는 문장이 특히 인상적이었다. 그들은 비단 아베 정권하고만 싸우고 있는 게 아니었다. 일본이라는 국가 체제하고도 얼마든지 맞서겠다는 의기가 역력했다. 유인물은 다가오는 도쿄 올림픽을 정치적으로 이용하지 말 것도 촉구하고 있었다. 테러 대책은 현존하는 법률만으로도 충분하다는 논리였다.

그런데 뭣 때문에? 국가하고 사이가 나쁜 단체나 개인의 사상 신조의 자유를 빼앗으려는 것입니다. 본질을 바로 알고, 탁류에 떠밀려가서는 안 됩니다. 인간으로서 도무지 허락할 수 없는 악법입니다.

'테러 등 준비죄'는 헤이세이平成의 '치안유지법'이다!
'교육 칙어'라는 망령이 꿈틀거리고 있다!

뒷면에는 미국의 항공모함 칼빈슨호가 '북조선'을 견제한다는 명목을 내걸고 '조선 반도' 근해로 향하고 있다는 내용이 적혀 있었다.

사실 그 무렵(2017년 4월)만 해도 한반도 정세는 한 치 앞도 가늠하기 힘들 만큼 위기의 연속이었다. 북한과 미국은 마주보며 내달리는 폭주 기관차들이었다. 언제 충돌해도 이상할 게 없었다. 그러나 우리로서는 할 일이 딱히 없었다. 미사일이 날고 핵실험이 실시되면, 대통령이 NSC를 긴급 소집하고 미국과 공조해 사태의 추이를 면밀히 지켜보고 있다는 대국민 메시지를 내는 게 전부였다. 하도 그러다 보니 위기에도 빠르게 대처할 수는 있었다. 왜냐하면… 핵전쟁이 나면 어디 달아날 데도 없지 않은가! 적응과 자포자기는 한 끗 차이였다.

혼고 사거리의 일본 노인들이 우리보다 더 애를 쓰는 것 같았다. 과연 그들은 한반도 정세가 더 악화되는 것을 막기 위해 나름대로 최선을 다하고 있었다. 그들은 아베 정권이 트럼프의 대결 정책에 동조해 '조선 반도'의 위험을 부추긴다고 성토했다.

유인물의 결론은 당연히 헌법 제9조 수호였다.

【일본국 헌법 9조】① 일본 국민은 정의와 질서를 기조로 하는 국제 평화를 성실히 희구하고, 국권의 발동에 의한 전쟁 및 무력에 의한 위협 또는 무력의 행사는 국제분쟁을 해결하는 수단으로써 영구히 이것을 포기한다. ② 전항의 목적을 이루기 위해서, 육해공군 및 그 외의 어떤 전력도 보유하지 않는다. 국가의 교전권 역시 인정하지 않는다.

이토록 아름다운 헌법이라니!

혼고 사거리의 '9조 노인'들은 몸이 허락하는 한 그 아름다움을 쉽게 포기하지 않을 태세였다.

새삼 소설 『산시로』의 또 한 대목이 떠올랐다.

고향 구마모토를 떠나 도쿄로 가는 기차에서 산시로가 우연히 만난 중년 사내는, 제 친구 중에 빈 술통에 넣어서 떫은맛을 뺀 큼직한 감을 열여섯 개나 먹은 친구가 있는

데, 자기는 도무지 흉내조차 내지 못한다면서 실없는 농담처럼 이렇게 말했다.

"아무래도 좋아하는 것에는 손이 저절로 가는 법이지. 어쩔 수 없어. 돼지는 손을 내미는 대신 코를 내밀지. 돼지는 말이네, 꽁꽁 묶어 움직이지 못하게 해두고 코앞에 맛있는 음식을 놓아두면 몸을 움직일 수 없으니까 코끝이 점점 늘어난다고 하더군. 맛있는 음식에 닿을 때까지 늘어나는 거지. 정말 집념만큼 무서운 것도 없다니까."[1]

산시로는 그저 얼빠진 표정으로 사내를 지켜볼 수밖에 없었다.

"뭐, 우린 돼지가 아니라 다행이지. 그렇게 원하는 것을 향해 코가 무턱대고 늘어났다면 지금쯤 기차도 탈 수 없을 만큼 길어져서 난감했겠지."

이게 무슨 뜻일까.

중년 사내는 돼지와 인간이 달라야 한다고, 이제 막 고등학교를 졸업하고 상경하는 어린 '촌놈'에게 말한 것이었다. 촌놈은 그 말에 웃음을 터뜨렸는데, 사내는 의외로 조용했다. 그런 경우 승패는 쉽게 갈린다. 산시로는 정확히 이유를 댈 수 없었지만 의문의 1패를 당한 느낌이었다.

그로부터 110년 후, 유인물을 나눠주던 '혼고本鄕 유시마湯島 9조 모임'의 노인들은 욕망의 메트로폴리탄 한복판에서 또 이렇게 자문하는지도 몰랐다.

'뭐, 우린 돼지가 아니라 다행이라는 건가?'

그들의 유인물 끝에 날짜가 적혀 있었다.

2017년 4월 11일.

한 가지는 분명했다. 노인들은 비록 몸은 늙었어도 '헤이세이 29년'의 신화를 거부한 채 '2017년'의 역사를 살고 있었다. 정확히 자신들의 의지로.

그날, 봄비는 줄곧 가을비처럼 내렸다. 우리는 곧 저 유명한 아카몬을 지나 도쿄 대학 안으로 들어갔다.

야스다 강당 민주주의

아직 방학이라 교내는 조용했다.

은행나무길을 지나 정면으로 바라보이는 야스다 강당은 지난 시절의 역사를 얼룩처럼 드러냈다. 불에 그슬린 잔해 위로 대학 본부의 시계탑 건물이 첨탑처럼 우뚝 솟아 있었다. 그 잔해가 아무리 왜소하더라도 야스다 강당은 일본 민주주의의 한 절정이었다. 그러나 그치지 않는 빗줄기 속에서 그것은 왠지 마지막 땀 한 방울까지 다 쏟고 탈진한 채 이제 곧 수건을 던지기 직전의 늙은 권투 선수인 양

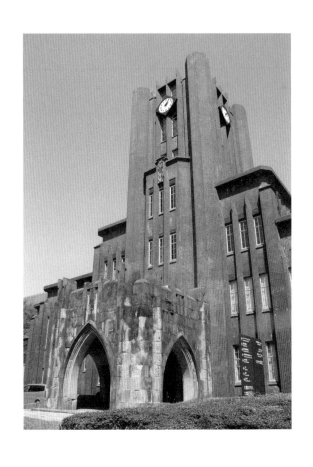

도쿄 대학의 대학 본부. 그 앞에 불타버린 야스다 강당이 보인다.
일본 민주주의의 어떤 절정기를 상징한다.

보였다.

1968년, 일본의 지식인들 역시 전 세계를 휘감은 신좌파적 상상력에 잔뜩 고무되어 있었다. 그해 1월 의학부에서 촉발된 도쿄 대학의 학생운동도 그런 시대적 흐름과 무관하지 않았다. 젊은 의학도들은 의료의 공공성 대신 영리화를 추진하던 후생성과 정면으로 충돌했다. 학생들은 야스다 강당에서 농성을 벌였는데, 대학 당국은 6월 17일 경찰 기동대에 교내 진입을 허용했다. 그 사건은 의대만의 투쟁을 도쿄 대학 전체의 문제로 확산시키는 결정적 계기가 되었다.

학생들은 대학 본부가 있는 야스다 강당을 다시 점거하고 농성을 재개했다. 슬로건으로 '본부 봉쇄'와 '강당 해방'을 내걸었다. 대학 본부를 봉쇄한다는 것은 비단 학내 문제 때문만은 아니었다. 그것은 일본 근현대사에서 도쿄 대학이 지녀온 모든 특권에 대한 최초의 문제 제기이자 부정을 의미했다. 학생들은 스스로 이 점을 돌파하지 않으면 자신들 역시 또 다른 '제국 관료 양성소'와 '참모 본부'에 편입되고 말 것임을 잘 알았다. 1968년의 상황에서, '해방 강당'은 자연스러운 귀결이었다. 파리의 소르본처럼, 캘리포니아의 버클리처럼, 서베를린의 자유 대학처럼.

"그들의 악몽이 우리의 꿈이다"(파리의 낙서)

‘해방 강당’의 학생들은 대학과 사회의 민주주의를 위한 갖가지 실험들을 선보였다.[2] 학생들끼리 자주적인 세미나를 개최하는가 하면, 다른 대학과 계층 사람들에게도 대학을 개방했다. 누구든 ‘개인 삐라’를 만들어 아카몬 앞에서 자유롭게 돌렸다. 권력은 용납되지 않았고, 토론은 장려되었다. 유일하게 허용된 권력은 ‘상상력’이었다.

7월 30일의 자주 세미나에서는 재일 한국인 김희로 사건[3]을 정면으로 다루었다. 포스터는 “체제 내적인 ‘국민’의 일상생활에서는 모습을 나타내지 않는 계급 국가의 폭력적 본질”을 파헤친다고 밝혔다. 같은 날 “흑인 의식의 최첨단에 선 재즈 음악”에 대한 레코드 콘서트 강좌도 기획되었다. 이런 식으로 ‘해방 강당’은 마치 일종의 자유 코뮌처럼 움직였다. 이른바 전공투(전국학생공동투쟁회의)가 결성되는 것도 그 무렵이었다. 일본 공산당이 당시 많은 학생들로부터 외면받은 것과 달리, 전공투는 일약 대중성을 확보했다. 그것은 전체적인 정략, 전략, 전술 같은 것이 전혀 없이, 오히려 제멋대로의 ‘개인’에서 출발했다는 데서 기인하는 역설이었다.

하지만 대학 측은 정권과 손을 잡고 강공책을 구사했다. 해를 넘기자마자 경시청은 기동대 8개 부대를 투입했고, 물대포와 헬리콥터까지 동원했다. 그 결과 1월 19일 야스

233

다 강당은 치열한 공방전 끝에 '함락'되고 말았다. 도쿄 대학은 그해 신입생 모집을 중단했다. 수업은 7월이 되어서야 정상화되었다.

그 사이, 기억할 만한 한 이벤트가 발생한다.

5월 13일, 전공투 학생들이 미시마 유키오를 초청한 것이었다. 장소는 휴교 중인 도쿄 대학 고마바 캠퍼스 교양학부 900번 강당. 미시마 유키오는 도쿄 대학 법학부 출신의 선배나 당대 최고의 소설가로서가 아니라 천황제를 극렬 옹호하는 극우의 상징으로서, 눈빛을 반짝이는, 그러나소변과 지루한 건 도무지 못 참는 800명의 좌파 전공투 학생들 앞에 섰다. 그는 반팔 티셔츠 차림이었다. 태생적으로 몸이 약했던 그는 부단한 노력 끝에 보디빌더 같은 육체를 완성했던 것이다.

미시마 유키오는 제일 먼저 '눈동자 속의 불안'에 대해 말했다.

제군들도 여하튼 일본 권력 구조, 체제의 눈 속에서 불안을 보고 싶었음에 틀림없습니다. 사실 저도 보고 싶습니다. 여러분과는 다른 방향에서. 저는 안심하면서 살고 있는 사람들이 싫기 때문에. …말라르메가 '모든 책을 읽었노라. 아아 육체는 슬프다. 모든 책을 읽었노라'라

미시마 유키오와 전공투 학생들.

고 했을 때, 말라르메의 허리가 휘어 있었는지 곧았는지
는 잊어버렸지만 지식인의 탄식이란 '모든 책을 읽어버
렸다'는 곳에서 나와야 합니다. 하지만 일본에는 탄식하
지 않는 지식인이 너무 많습니다. 모든 책을 읽지 않고
대충 열 권, 백 권의 책을 읽었다고 안심합니다. 여기에
도 안심해버린 눈이 있습니다. 나는 일본인의 안심해버
린 눈 속에서 뭔가 불안을 읽어내려 합니다.[4]

일본 현대사를 대표하는 좌우는 그렇게 만났다. 그들은 내용은 전혀 달랐지만, 형식은 그렇게 동일했다. 전후, 어영부영하는 사이에 '안심해버린 일본'을 받아들일 수 없다는 점에서만큼은 일치했던 것이다. '체제'는 천황의 인간 선언으로 과거에 대한 반성은 끝났다고 편리하게 생각했다. 그런 점에서 '전전'은 전혀 청산되지 않았다. 그것은 전후 세대의 좌파 학생들이라고 피해갈 수 없는 원죄 같은 것이었다. 예컨대 도쿄 대학은 제국대학의 추악한 과거를 전혀 청산하지 못하고서도 그것을 오히려 전통과 권위, 학문의 자유라는 말도 안 되는 클리셰로 호도하고 있었다. 그러므로 적어도 야스다 강당의 전공투 학생들은 스스로 뿌리를 부정하는 데서 새롭게 출발하지 않으면 안 된다는 사실을 자각하고 있었다.

다음과 같은, 지금 보면 지극히 남근주의적인 질문은, 당시 상황에서는 필연적이었다.

전공투 G: 나는 미시마 씨의 작품 같은 건 재미있다고 읽은 적이 없어요. 예를 들어 천황 문제에 대해 듣고 싶습니다만, 아까 당신은 나한테 자고 싶은 여자가 있으면 자지 않나? 라고 답했는데, 만약 천황이 황후 말고 다른 여자한테 반해서 자고 싶다고 생각하면 천황은 어떻게

236

해야 하죠? 그런데 만약 자고 싶다고 해도 지금과 같은 천황의 존재 방식이면 아마도 제약 때문에 못 자는 거 아닌가요?[5]

전공투 학생들과 전혀 다른 의미에서 미시마 유키오는 '전후'를 받아들일 수 없었다. 특히 스스로 인간계로 내려온 천황이라니! 그는 그런 천황이라면 한 터럭도 받아들일 수 없었다. 그가 새삼 다시 정치적인 천황, 통치하는 천황을 원한 것도 아니었다. 그는 "백성의 살림은 풍요로울지니"와 같은 점잖은 말만 늘어놓는 '유교적인 천황', 그리고 그것이 죽 이어져 마침내 「교육 칙어」(1890) 따위를 고리타분하게 발표하는 천황이 아니라, 신화서 『고지키』(고사기) 속 야마토타케루노미코토와 같은 꿈틀거리는 존재, 즉 그 스스로 말하는 바 지극히 '신화적이고 문화적인 천황'을 고대했다.

신화에서 야마토타케루는 아버지 게이코 천황이 점찍은 여자를 함부로 취한 제 형을 현장에서 갈기갈기 찢어 죽여버린다. 소식을 들은 천황은 겁이 나서 그 아들을 멀리 원정 보낸다. 가까스로 임무를 마치고 돌아오면 또다시 위험한 원정에 내보냈다. 결국 그는 병에 걸려 죽고 만다. 그가 죽은 자리에서는 커다란 고니 한 마리가 날아올랐다. 그

후, 민중은 흰 고니를 보면 안타깝게 죽은 야마토타케루를 생각하게 되었다.

미시마: 내가 이 장면을 『고지키』에서 아주 중요한 부분이라고 생각하는 이유는, 바로 여기서 사람들이 말하는 통치자로서의 천황과 신으로서의 천황이 나뉘기 때문입니다. 신인 분리가 이 부분에서 이루어지는 것이 아니냐 하는 것이죠. 내가 말하는 천황이란 통치하는 인간 천황을 말하는 게 아닙니다. 인간 천황이란 통치하는 천황이므로 유교적 원리에, 또 메이지 유신 이후에는 기독교에도 속박되지 않습니까? 일부일처제를 지키고 국민의 도덕규범이 되어 있죠. 이건 인간으로서 아주 부자연스럽습니다. 나는 폐하가 『만요슈萬葉集』 시대의 폐하와 같이 자유롭게 프리섹스를 하는 폐하였으면 좋겠습니다. 뉘앙스를 제대로 살렸는지 모르지만, 내가 인간 천황이라고 할 때에는 통치자로서의 천황, 권력 형태로서의 천황을 의미하고 있는 거죠. 따라서 나는 옛날의 신과 같은 천황이라는 하나의 흐름을 다시 한 번 재현시키고 싶은 겁니다.[6]

미시마 유키오에 기대면, 게이코 천황은 죽은 자기 아들을 신화화시키는 데 동의했다. 그 말은 어떤 면에서 '혁명적인' 자기 아들을 신화의 영역 속에, 즉 '문화적 천황'으로 묶어버려야, 자신이 현실을 통치하는 천황으로 살아가는 데 유리하다고 판단을 내렸다는 뜻이었다.

미시마의 이런 해석에 한 학생이 약간 흥분한 어조로 이렇게 말한다.

전공투 G: 아까 『고지키』의 예에서 보듯이 나도 그런 통이 큰 섹스랄까—하나의 천황제의 이념으로서—그걸 문제 삼고 싶지는 않습니다. 하지만 아까 D군이 말했듯이 그건 완전히 현실과 유리된 천황입니다. 즉 예를 들어 그런 식으로 지금 통 큰 섹스를 즐긴다면 어떻게 될까요? 천황 어쩌구저쩌구하면서 텔레비전 광고에서….

전공투 E: 야, 야, 야! 흥분해서 막말하면 바보 된다, 너! 미시마 유키오한테 천황은… 결국 자기 작품에 지나지 않는단 말이야![7]

고작 두 시간 반 정도 진행된 이날의 토론은 때로 위선·위악적이고 때로 애매모호하며 때로 과도하게 젠체하는 면이 있었지만, 일본의 전후 현대사를 이해하는 데 있어서 꽤

중요한 의미를 갖는다. 그것은 무엇보다 야스다 강당이 확
보한 일본의 그 드문 민주주의의 경험 역시 결국은 '천황'
이라는 '기호'를 어떻게 해석하는가에 따라 그 성패가 크
게 갈라진다는 사실 때문이다.

동물과 속물, 그리고 '최후의 인간'

마르크스주의자에게 역사의 종언은 공산주의였다. '그
날'이 오면, 모든 사람이 자기가 하고 싶은 대로 오늘은 이
일을, 내일은 저 일을, 즉 아침에는 사냥을 하고 오후에는
낚시를 할 거(『독일 이데올로기』)라고 했다.

하지만 제2차 세계대전이 끝나고 고작 3년 후 미국을 방
문한 헤겔-마르크스주의자는 거기서 역사의 종언을 목
격했다.[8] 러시아 출신 프랑스 철학자 알렉상드르 코제브의
눈에 역사 이후의 '계급 없는 사회'는 놀랍게도 가장 계급
적인 미국에서 실현되고 있었던 것이다. 사실, 전후 미국은
풍요로운 '팍스 아메리카나'를 구가 중이었다. 평범한 미
국인들은 필요 이상으로 힘든 노동에 매달리지 않고도 자
신들이 원하는 물질적 풍요를 충분히 누리고 있었다. 코제
브는 미국에 이어 사회주의 소련과 중국을 방문하지만 견

해를 바꾸지 않는다. 소련과 중국이 장차 도달할 역사의 정점 혹은 역사 이후 역시 미국적 생활양식을 크게 벗어나지 않을 거라고 확신했다. 따라서 당시의 소련과 중국은 또 다른 미국, 즉 '아직 가난한 미국'일 뿐이었다.

코제브는 그런 삶의 양태를 '미국적 동물'이라고 불렀다. 그것은 주체의 자주적인 욕망의 자리를 타인의 욕망이 대신하는 삶이었다. 거기에는 생명을 위협하는 '타자성' 같은 건 이미 없었다. 대량 생산과 대량 소비가 유일한 미덕인 사회, 미국인들은 패스트푸드와 헬스클럽과 고급 자동차로 고민을 쉽게 해소했다. 대립과 투쟁을 통한 변증법적 과정을 경과해서 얻는 진정한 행복이라고? 천만에, 그들에게는 즉물적이고 육괴적인 안락함과 편안함만이 중요했다.

그 코제브가 1956년 일본을 방문한다. 그런 다음 미국과는 정확히 반대되는 방향으로 진전된 탈역사적 삶의 양태에 대해 말했다.

탈역사의 일본 문명은 '미국적 생활양식'과는 반대의 길을 걸었다. 아마 일본에는 '유럽적' 혹은 '역사적' 의미의 종교, 도덕, 정치는 존재하지 않았을 것이다. 그러나 거기에는 순수한 상태의 속물주의가 '자연적'이거나 '동물적'인 소여를 부정하는 규율을 만들어내고 있었는데, 이러한 규율들은 전쟁과 혁명의 투쟁이나 강제 노동에서 태어난, 즉 일본과 다른 나라에서 '역사적' 행위를 통하여 태어난 규율보다 훨씬 더 효과적인 것들이었다. 노가쿠能樂나 다도나 꽃꽂이 등이 보여주는 일본 특유의 (이에 필적하는 것은 어디에도 없다) 속물주의의 정점은 상층 계급의 전유물이었고 지금도 그러하다. 그러나 집요한 사회, 경제적 불평등에도 불구하고, 일본인은 예외 없이 철저하게 형식화된 가치에 기초하여, 즉 '역사적' 의미에서 '인간적'인 내용을 완벽하게 박탈당한 그러한 가치에 기초하여 현재를 살아간다.[9]

다시 말해 코제브가 '미국적 동물'에 이어 탈역사의 대표적 주체 형식 중의 하나로 꼽는 '일본적 속물'은 "현실에는 이미 존재하지 않는 부정의 계기들을 형식화해 '가상적으로 세계와 불화'하는 자"를 말한다. 무사도, 혹은 할복은 그 대표적인 사례였다.

그리하여 극단적으로 말하자면 어떤 일본인도 원칙적으로는 이 순수한 속물주의에 의해서 무상의 자살을 행할 수 있다. (고전시대 사무라이의 칼은 어뢰나 비행기로 바

꿸 수 있다.) 이러한 자살은 사회적이거나 정치적인 내용을 갖고 있는 '역사적' 가치에 기초하여 수행되는 투쟁 속에서 맞이하는 생명의 위기와는 무관한 것이다.[10]

전후 일본이라는 눈동자 속에서 '불안' 혹은 '부정의 계기'를 보고자 했던 미시마 유키오는 1970년 11월 할복자살을 감행한다. 야스다 강당에서 전무후무한 1대 800의 대결을 벌인 지 1년 반 만이었다. 그의 죽음은 너무나 극적이어서, 더도 아니고 덜도 아닌, 순수한 속물주의 그 자체라고 말할 수밖에 없었다.

좌파는?

1969년 1월 19일 야스다 강당의 바리케이드는 철거되었지만, 전공투는 요원의 불길처럼 일본 열도 전역으로 번져나갔다. 일본의 주요 국공립대학과 사립대학의 거의 8할에 해당하는 165개 학교가 전공투를 결성하고 바리케이드 봉쇄를 감행했다.

그러나 1970년대에 접어들면 좌파·신좌파는 급격히 몰락의 길을 걷는다. 어쩌면 그들은 처음부터 스스로 감당할 수 없는 모험을 시도했던 것인지도 몰랐다. 예컨대 전공투의 가장 큰 특징은 공산당과 달리 가입 의례도 없고 제대로 된 내부 조직도 없다는 것, 따라서 무명이자 익명인 학생들의 모임이지 누군가가 누군가를 대표하는 관계는 아니었다.[11] 목적이 우선하지 않는 공동체의 가능성[12]을 추구한 셈이지만, 바로 그 때문에 처음부터 질 수밖에 없는 운명을 안고 있었다. 대체 "영속적인 비판"이란 게 현실 세계에서 어찌 가능할 수 있겠는가!

정신없이 앞으로만 치닫는 무개 열차에서 누가 먼저 뛰어내릴 것인가. 비판과 반비판, 난무하는 판타지 속에서 어느덧 '인간'은 사라지고, 공소한 이념과 전도된 혁명의 껍데기만이 그 자리를 대신했다.

그리고 그 끝에 '초현실주의적'인 연합 적군파 사건이 있었다. 특히 텔레비전으로 생중계되다시피 한 1972년 2월 19일 아사마 산장의 린치 사건은 일본의 좌파로서는 돌이킬 수 없는 자해극이었다. 사상 단결을 위해 '총괄'의 이름으로 동료 대원들을 무자비한 구타와 고문으로 열네 명이나 살해한 그 엽기적인 사건은 좌파의 몰락을 재촉하는 데 치명타로 작용했다. 애초 거창한 이데올로기를 내걸지 않았고, 다만 개인이 단순한 '나'라는 사실에 저항했고 그것을 어떻게든 부정하려 했을 뿐[13]이었다고 해서 전공투에게 면책이 주어지는 것도 아니었다.

시간이 더 흐르자, 혁명이 사라진 대지에 어느덧 '최후의 인간 letzte Menschen'이 번성하기 시작했다.

"사랑은 무엇인가? 창조는 무엇인가? 동경은 무엇인가? 별은 무엇인가?"

최후의 인간은 이렇게 물으며 눈을 깜빡인다. 그러자 대지는 작아지고, 그 대지 위에선 만물을 왜소하게 만드는 최후의 인간들이 깡충거리며 뛰어다닌다. 이 종족은 벼룩과 같아서 근절되지 않는다. 최후의 인간이 가장 오래 사는 것이다.[14]

일본에서는 흔히 그 '최후의 인간'을 일러 판타지 속에 머물며, 성장과 성숙을 알지 못하며, 세계를 만화로 변모시킨다는 의미에서 '키덜트kidult'라고도 부른다.[15]

시부야에 갔다가 일본 특유의 키덜트들을 잔뜩 만났다. 요란한 굉음이 울려 고개를 돌렸더니 놀이동산에서나 볼 수 있는 납작한 1인승 범퍼카 20여 대가 두 줄로 나란히 대오를 이루어 달려오고 있었다. 순간 눈을 의심했으나, 곧 여기가 일본이라는 사실에 쉽게 고개를 끄덕거릴 수 있었다. 재미도 있었고. 그러나 퍼뜩 일본의 민주주의가 생각난 건 왜였을까.

한국에서 촛불 혁명이 한창일 때 일본에서는 마치 민주주의 후진국에서 일어난 혼란 정도로 다루었다고 한다. 그 점에서는 극우 언론은 말할 것도 없고, 보수 혹은 중도 언

245

론도 마찬가지였다고. 하지만 한 번이라도 광장에 나가 촛불을 든 사람이라면 일본 언론의 그런 태도가 오히려 한국의 민주주의에 대한 질시에서 나온 것이겠거니 생각했을 게 분명하다. 게다가 우리는 전임 대통령을 두 명이나 다시 감옥에 집어넣었다. 이런 소식을 접한 일본인들은 또 후진국이니 어쩔 수 없지, 쯧쯧 혀를 찼을지도 모르겠다.

아무튼 민주주의란 이렇게 시끄러울 수밖에 없지 싶은데, 낱낱이 다 예의 바른 일본인들의 민주주의는 과연 어디쯤 와 있는 건지 슬쩍 궁금해졌다. 물론 일본에도 '최후의 인간'이기를 거부하는 '고루한 종족'은 여전히 많을 것이다. 혼고 사거리의 노인들이야 마땅히 그 속에 들어갈 것이고.

'텅 빈 중심'과 '전후'

롤랑 바르트였다면, 미시마 유키오의 할복을 연합 적군파의 집단 린치와 같은 기호로 읽어냈을 것이다. 똑같이 '기괴한 속물'이라는 기호로. 이런 해석은 촌철살인의 매력이 있지만, 정반대로 그만큼의 위험부담도 감수해야 한다.

그가 도쿄를 '텅 빈 중심(중앙)'으로 읽어낼 때에도 마찬
가지였다.

> 내가 지금 말하고 있는 도시(도쿄)에는 중요한 역설이
> 있다. 이 도시에는 중심부가 있지만 그 중심부는 텅 비
> 어 있다. 이 도시 전체는 금지된 중립의 공간을 빙 둘러
> 싸고 있다. 이곳은 나뭇잎 뒤에 숨겨져서 해자로 보호받
> 는 곳이며, 아무도 본 적이 없는—말하자면 문자 그대
> 로 그가 누구인지 아무도 알지 못하는— 천황이 살고 있
> 는 곳이다. 매일매일 정력적으로 총알처럼 빠르게 달리
> 는 택시들도 이 원형의 공간은 피해간다. 이곳의 낮은
> 용마루 장식은 보이지 않는 것을 가시화한 형태인데, 신
> 성한 무를 숨기고 있다. 현대 사회에서 가장 강력한 두
> 도시 중의 하나가 이렇듯 성벽과 시냇물, 지붕 그리고
> 나무로 이루어진 불투명한 원을 중심으로 만들어져 있
> 다. 그 중앙부는 하나의 사라진 개념에 불과하다. 그것
> 은 권력을 사방에 퍼트리기 위해 존재하는 것이 아니다.
> 그보다는 오히려 도시 전체의 움직임이 중앙을 텅 빈 상
> 태로 유지하기 위해서 존재한다.[16]

롤랑 바르트는 1970년 일본을 방문했다. 그는 일본에서

도쿄 황거와 해자 항공사진(1979).

롤랑 바르트의 『기호의 제국』에 나오는 황거 지도.
'텅 빈 중심'이 잘 나타나 있다.

아시아 혹은 동양을 발견해내고 싶은 마음은 전혀 없었다. 그런 건 이미 전 시대부터 무수한 오리엔탈리스트들이 해온 작업이었고, 사실 그에게 동양은 그 자체로 아무런 관심의 대상이 아니었다. 그는 기호학의 대가답게 의미를 배제한 채 '말의 텅 빈 상태'에서 일본을 마주하고자 했을 뿐이다.

그때, 도쿄는 그의 귀에 그저 윙윙 울리는 일본어와 마찬가지로 얼마나 생경한 충격이었던가.

그에 기대면, 서양의 도시는 모두 중심부를 갖고 있다. 그리고 서양식 형이상학에 따라, 그 중심부는 늘 꽉 차 있어야 하고 실제로도 꽉 차 있었다. 문명의 가치가 거기서 결정되기 때문이다. '신성함'의 교회, '권력'의 사무실, '금력'의 은행, '상업'의 백화점, 그리고 무엇보다 '언어'의 광장, 즉 카페와 산책로가 모두 그곳에 모여 있는 것이다.

도쿄는 그런 서양의 도시를 정확히 뒤집어놓은 도시였다. 아, 중심을 비워둔 도시라니! 롤랑 바르트는 바로 그 '텅 빔'에 대해 감탄한다. 그리고 그것은 도쿄를 넘어서서 일본의 모든 것을 읽어내는 데 가장 중요하고 핵심적인 기호로 작용한다. 가령 일본 음식에도 역시 '중심'은 존재하지 않는다. 얇게 저민 '사시미'는 "자신에게 깊이가 없다고 이야기"하며, 실제로 "소중한 심장도 숨겨진 힘이나 생

249

명의 비밀도 없다." '덴푸라'는 또 어떤가. "윤곽의 선이 너무나 가벼워서 덴푸라는 추상적"인데, 그것의 "진정한 이름은 특정한 테두리가 없는 틈, 다시 말해서 텅 빈 기호"이다. 롤랑 바르트는 그런 식으로 일본어, 주소, 하이쿠, 포장지, 정원, 인사, 일본인의 얼굴과 눈을 읽어낸다. 연신 감격하면서.

이쯤에서 프랑스의 그 기호학자는 일본을 '축소 지향'의 사회로 읽어낸 한국의 문화 평론가 이어령과 얼핏 크게 다르지 않아 보인다. 그러나 문제는 '텅 빔', 나아가 '텅 빈 중심'이라는 기호가 실은 일본을 해독할 때 가장 결정적인 역사적 실체마저 무시하거나 비워버린다는 데 있다.[17] 오에 겐자부로도 간파했듯이, 그 텅 빈 중심은 결코 '신성한 무'의 장소가 아니다. 거기에는 천황이 살고 있기 때문이다. 다른 모든 것을 '무'로 읽어내는 게 가능하다고 하더라도, 천황은 결코 그렇게 해독될 수도 없고 되어서도 안 된다. 만일 천황을 '무'라고 부르고 싶다면, 그것은 일찍이 교토 학파의 태두로서 철학자 니시다 기타로가 말했던 바 '절대무'라고 불러야 할 것이다.

니시다는 현실에서 구체성을 띠며 각각 다양성과 특수성을 지닌 개인을 추상적인 개인으로, 그리고 그들이 하나의 보편적인 영역, 즉 어떤 '장소'에 속해 있다고 생각한다.[18] 예컨대 저마다 사용가치를 지니는 구체적이고 특수한 개별 상품들이 일정한 교환가치로 환원되는 일종의 자본주의 '시장'과 같은 초월적인 개념 정도로 일단 이해할 수 있을 것이다. 그러나 완전히 보편적인 '장소', 즉 추상성들이 악무한의 수렁에 빠지지 않기 위해서는 그 장소가 그것을 다시 보증하는 초월적인 요소를 필요로 하지 않는, 어떤 의미에서 '절대무'일 필요가 있다. 따라서 '색즉공'이다. 과감히 말하자면, 전전 모든 일본인의 분별과 행위(색)가 궁극에는 천황의 보이지 않는 의지(공)에 좌우되어 있었다는 사실을 떠올리면 될 것이다. 결국 '공즉색'이다.

따라서 황거皇居 또한 결코 중립의 공간이 아니었다. 그곳은 전전 일본 정신의 모든 것을 성립시킨 절대무의 장소였기 때문이다. 그러나 역사는 전혀 엉뚱한 방향으로 전개된다. 바로 그 '장소'가 홀연 사라져버리는 것이다.

1945년 9월 2일, 연합군 최고 사령관 더글러스 맥아더는 일본의 시게미쓰 마모루 외상과 천황 대리인단을 도쿄만의 미주리호 함상에서 만나 항복 문서를 받았다. 그리고 이듬해 1월 1일에는 쇼와 천황이 '인간 선언'을 한다. 그로써 만세일계의 황통을 이어왔다는 신성불가침의 현인신(あらひとかみ, 아라히토카미)은 사라진다. 하지만 그것은 결과적으로 천황제를 유지하기 위한 전술에 불과했다. 게다

가 인간이 된 상징 천황은 자신이 신이었을 때 저질렀던 과오에 대해 스스로 면책을 해준 꼴이 되었다. 그리하여 일본의 '전후'는 피해를 받은 무수한 사람들과 민족들과 국가들로부터 터져나오는 절규와 규탄을 받아들일 주체가 사라진, 뭔가 좀 난감하고 애매한 상황이 되는 것이다. 훗날 전후 문제 처리를 놓고 일본이 거듭해서 독일과 비교되는 것도 그 때문이었다.

천황은 그에 앞서 이미 1945년 8월 15일 "미국·영국 두 나라에 선전포고를 한 까닭도 동아시아의 안정을 간절히 바라는 것이었을 뿐으로, 다른 나라의 주권을 빼앗고 그 영토를 침범하는 것과 같은 바는 처음부터 짐의 뜻이 아니었다"고 말했다. 또 "적은 새로이 잔혹한 폭탄을 사용해 끊임없이 무고한 백성을 살상하고 참담한 피해를 입혀" 부득이 전쟁을 끝낼 수밖에 없다는 저 갸륵한 '옥음 방송'을 내보냈다.

'무고한 백성'과 '악의 진부함(한나 아렌트)' 사이에는 과연 어떤 차이가 있을까.

어쨌거나 황거는 그때부터 전쟁의 최종 책임을 떠안아야 하는 절대무의 장소가 아니라, 봄이면 벚꽃 잎이 눈송이처럼 펄펄 날리는 아름다운 도랑못과, 사진을 찍으려면 신청을 따로 하고 차례대로 순서를 기다려야 하는 '국가지

정특별역사유적'인 에도성 따위 관광 명소로만 기억되기 시작했다. 물론 그곳의 치도리가후치 전몰자 묘역과 그 맞은쪽 길 건너편의 저 유명한 야스쿠니 신사에 있는 무수한 '영령들' 역시 전쟁 책임의 주체는 아니다.

우리 가족은 야스쿠니의 그 당당한 문, 도리이^{鳥居} 안으로 마치 죄라도 지은 듯 조심스럽게 들어갔다. 마음 여린 가장으로서 나는 갑자기 누가 다가와 "너희들, 조센징이지?" 하고 따져 물으면 "오, 노, 위 아 코리언즈"라고 대답해야지, 고작 그렇게 대비책을 세웠을 뿐이었다. 일본 사람들은 여러 모로 영어에 좀 약하다니까.

일본의 마음

150년 전, 천황은 교토를 떠나 최초의 에도 행행^{行幸}, 즉 동행^{東幸}을 시작했다. 그때만 해도 일반 백성들 중에서 천황의 얼굴은커녕 천황의 존재를 아는 사람조차 드물었다. 아무튼 소문은 퍼졌고, 사람들은 바쿠후(막부) 시절 쇼군이나 다이묘들이 지나갈 때와는 또 다른 호기심을 안고 연도로 몰려나왔다. 천황이 토카이도^{東海道}19를 지나 에도까지 간다는 사실만으로도 역사는 새롭게 기술될 터였다. 게다가

야스쿠니 신사.

천황은 무려 3,300명이라는 대규모 인원을 이끌었으니, 백성들에게 그처럼 장대한 행렬은 꽤나 진귀한 퍼포먼스였을 것이다. 천황은 지나가는 길마다 고령자나 재해를 입은 사람들을 구제하고 효자나 열녀에 대한 포상을 잊지 않았다. 이 모든 것이 교토의 어소에 은둔하던 천황으로 하여금 세상과 만나게 하는 잘 짜인 기획이었다. 그 기획은 첫 번째부터 대단한 성공을 거두었다. 그리하여 천황이 그해 (1868) 10월 23일 연호를 메이지로 바꾸었을 때, 그것은 곧 유신維新의 원점이 된다.

그와 함께 '에도'는 새로이 '도쿄'에게 자리를 내준다. 따라서 도쿄는 처음부터 천황이라는 존재와 떼려야 뗄 수 없는 관계 속에서 출범한 도시인 것이다. 그렇더라도 초기의 도쿄는 천황을 아직 '신성한 무'로 기억할 기회가 별로 없었다. 새로이 도쿄 사람이 된 옛 에도의 우키요에浮世絵 화가들은 누구보다 천황을 반겼다. 그들은 천황을 그림의 새 소재로 삼는 데 주저함이 없었다. 물론 처음에는 천황의 신체를 직접 그리지 않았지만, 곧 니시키에錦絵의 가장 인기 있는 소재로 천황을 등장시키게 된다.[20] 그리하여 그림 속에서 처음 토네가와에서 잉어잡이를 감상하던 천황은 차차 국가의 중요한 사건마다 어김없이 등장하기에 이른다. 나아가 메이지 정부는 곧 그림이든 사진이든 천황의 초상을 통해 권력을 강화하는 일의 중요성을 정확히 인식하게 된다. 하지만 천황의 권력이 어디까지 미치고 어디서 멈춰야 하는지 아는 사람은 아무도 없었다. 그건 아마 천황 자신도 마찬가지였을 것이다. 그는 자신이 살아 있을 때는 물론 죽어서까지 가공할 권력을 행사하게 되리라고 짐작이나 했을까.

현대 일본을 대표하는 정치학자 마루야마 마사오는 전전의 일본을 국가주의를 넘어선 '초국가주의'의 망령으로 파악했다. 그에 따르면, 일본의 경우 국가주의가 19세기 말 서구의 일반적인 절대주의 국가들이 보여준 것보다 단순히 팽창 욕구가 더 강하거나 발현 방식이 더 노골적이었다는 차원을 넘어서서, "대외 팽창 내지 대내적 억압의 정신적 원동력에서 질적 차이"를 찾을 수 있기 때문에 바로 '초(울트라)'라는 접두사를 붙이지 않을 수 없다는 것이다. 그리고 그 질적 차이를 규정하는 것은 '천황으로부터의 거리'였다. 이와 관련하여, 심지어 일본에서는 "사적인 것이 단적으로 사적인 것으로 승인된 적이 전혀 없었다"고 말할 정도였다.[21]

나쓰메 소세키의 소설 『마음』은 일본의 거의 모든 중고교 국어 교과서에 등장하는 최고의 국민적 텍스트라 하겠다. 그런데 가장 중요한 장면, 즉 여자 때문에 친구를 배반했다는, 그래서 친구가 자살하게 만들었다는 자책감을 평생 마음에 품고 살아온 '선생님' 또한 기어이 자살을 선택하는데, 그 직접적인 계기가 아마 일본인이 아니라면 사뭇 이해하기 힘든 이유 때문이었다. 즉 선생님은 메이지 천황의 부음이 전해진 날 이렇게 생각하는 것이다.

한창 더운 여름에 메이지 천황이 승하하셨습니다. 그때 나는 메이지 정신은 천황에서 시작되어 천황에서 끝났

나쓰메 소세키 산방 기념관.
이곳에서 『산시로』와 『마음』 등 여러 작품을 집필했다.

다는 생각이 들었습니다. 누구보다 강하게 메이지의 영향을 받은 우리 세대가 그 후에도 살아남는 것은 필경 시대에 뒤처지는 일이라는 생각이 가슴을 세게 쳤습니다. 나는 아내에게 솔직하게 그런 애기를 했습니다. 아내는 웃으며 상대해주지 않았지만, 무슨 생각을 했는지 대뜸, 그럼 순사殉死라도 하시지 그래요,라며 나를 놀렸습니다.[22]

아내, 즉 선생님에게 그 모든 고통의 진원이었던 '여자'가 농담처럼 건넨 '순사'라는 말이 그의 마음을 어떻게 후려쳤을까. 그는 평소에 쓸 필요가 없어서 기억의 밑바닥에 가라앉은 채 썩어가고 있던 그 단어를 아내의 농담을 듣고 비로소 상기했다.

나는 아내에게 만약 내가 순사를 한다면 메이지 정신에 순사할 생각이라고 대꾸했습니다. 물론 내 내꾸도 농담에 지나지 않았지만, 그때 나는 왠지 낡고 불필요했던 단어에 새로운 의미를 담은 느낌이 들었습니다.[23]

그리고 다시 한 달 정도 지나 천황의 국장이 치러지는데, 그날 노기 대장도 천황을 따라 순사했다는 소식이 들려온다. 세이난 전쟁[24] 때 적군한테 연대기를 빼앗겨 면목이 없어 죽자 죽자 생각하면서도 기회를 찾지 못하다가 마침내 천황의 붕어를 계기로 순사를 결행한 것이었다. 그러니까 노기 대장은 메이지 10년부터 메이지 45년까지 35년간을 오직 그렇게 순사할 기회만 엿보고 있었다고 해도 과언이 아닌 셈이었다.

선생님으로선 그게 선뜻 이해되는 게 아니었다. 그렇지만 그 일을 계기로 자신 역시 자살을 결심하고 실행한다.

선생님은 자신이 죽는 이유를 소설의 화자인 '나'에게 편지로 전한다. 거기에서 자신도 노기 대장이 죽은 이유를 잘 알 수 없었듯이 '나'도 자신이 자살하는 이유를 잘 알 수 없을 거라고 말한다. 그러나 중요한 것은 선생님이라는 한 개인의 사적인 자살에, 노기 대장의 순사라는 공적인 죽음이 결정적으로 영향을 미쳤다는 사실이다. 결국 천황─노기 대장─선생님의 죽음이 하나의 고리로 이어지는 것이다.

나쓰메 소세키의 '위대함'은 이렇듯 독특한 일본인의 '마음'을 대신 표현해주었다는 데서도 찾아볼 수 있다. 그러나 순사한 노기 대장과 자살한 선생님이 어쩌면 제3자로서 코제브가 말한 바 '일본적 속물'의 범주에 들 수도 있다는 사실을 작가는 짐작이나 했을까. 그들은 세상과 진정으로 대립하거나 대면하는 대신, 지극히 형식적인 차원으로 해결을 모색한 건 아니었는지.

편지의 마지막 부분에서 선생님은 "내 과거를 선과 악 모두 다른 사람들이 참고로 삼도록 한 셈"이라면서도, 단 한 사람, 아내에게만은 아무것도 알리고 싶지 않다고 '나'에게 굳이 부탁한다. "아내가 내 과거에 대해 갖고 있는 기억을 되도록 순백색 그대로 보존하고 싶은 것이 나의 유일한 희망"이라고 하면서. 사실, 나쓰메 소세키는 선생님의 아내가 농담처럼 던진 말이 오히려 낡은 것과 새로운 것의 어떤 변별점일 수 있었다는 사실, 즉 아내야말로 천황—노기 대장—선생님의 죽음이 하나로 이어지는 고리 '바깥'에 있었다는 사실의 의미나 중요성 또한 결코 이해할 수 없었다. 왜냐하면 아내는 자신과 같은 세상(현실)이 아니라 '순백색의 과거' 속에만 머물러 있어야 하므로. 그래서인가, 100년이 훨씬 지난 지금도 일본의 여성들은 국력에 비해 여전히 말할 기회가 많지 않은 것 같다. 우리라고 뭐 이런 말을 할 자격이 있는가 싶지만, 그래도 우리는 여성들이 힘겹게 '미투'의 물꼬나마 터놓았으니….

1907년, 아니 메이지 40년, 나이 마흔 살의 나쓰메 소세키는 도쿄 제국대학의 안정된 교수직을 버리고 『아사히 신문』전속 작가가 됨으로써 늦깎이 직업 작가의 길에 들어선다. 와세다 미나미초의 이른바 소세키 산방이 그의 새 거처였다. 거기서 그는 다이쇼 5년(1916) 세상을 뜰 때까지 『우미인초』(1907), 『산시로』(1908), 『문』(1910), 『행인』(1912), 『마음』(1914) 등 여러 작품을 집필했다. 그 집은 태평양전쟁 말기 도쿄 대공습으로 전소되었는데, 현재는 소세키 산방 기념관으로 훌륭하게 복원되어 매일같이 많은 손님을 맞이하고 있다.

7

아직 더
기억해야 하는 이름

———

타이베이

불편한 기억

정크선은 해협을 건너갔다. 물살이 빠르고 무역풍이 불어와 배는 동쪽으로 곧장 나아가다가 먼바다에서 남쪽 방향으로 우회했다. 해협의 물살과 풍향을 직접 받지 않기 위해서였다. 남쪽으로 항해하여 아득한 곳에 섬의 자취가 보이기 시작할 때부터 배가 높은 파도를 타며 요동을 쳤다. 선수가 치켜올라갔다가 아래로 떨어지면서 동시에 좌우로 끊임없이 흔들렸다. 파도에 익숙한 선원들도 뱃전의 줄을 잡고 움직이면서 간신히 한 걸음씩 떼어놓을 정도였다. 선복에 있던 청이와 여자들은 모두 사지를 뻗고 누워 신음 소리만 낼 뿐이었다. 머리맡의 이곳저곳에 토사물이 늘어갔다. 거의 혼절한 상태에서 몸이 이리저리로 굴러다녔고 서로 붙안고 소리를 지르던 아이들도 엎치락뒤치락하면서 쥐 죽은 듯 널브러져 있었다.[1]

아마 그쯤이었을 것이다.

나는 책을 덮었고, 더는 읽기 힘들다고 설레설레 고개를 저었으리라. 소설을 읽는 내내 연탄가스라도 맡은 양 미열에 시달렸는데, 정크선이 대만해협을 건너는 그 장면에 이르러서는 기어이 속이 뒤집히고 말았다. 그렇게 닿은 곳이 대만섬 북단의 지룽이었다. 떠오르는 아침 해를 왼쪽으로 받으면서 정크선이 도착했다는 항구. 한 번도 가본 적이 없었지만 결코 가고 싶지 않았다. '매춘의 오니세이아'라는 거창한 소개 문구를 내건 황석영의 『심청』에 대한 내 독서는 그렇게 끝이 났다.

불쌍한 청이!

인당수에 빠져 죽은 줄만 알았던 그녀는 아편전쟁으로 막을 연 19세기 동아시아의 거친 바다를 정처 없이 떠도는 '연꽃'으로 환생했다. 아무리 지구화 시대라지만 나는 선배 작가의 그 기막힌 발상과 배짱이 미웠다. 충효의 이데올로기에 포박된 청이를 자본주의적 국제 질서의 냉혹한 현실로 불러낸 그 뜻을 십분 이해하더라도, "하필이면 왜?" 하는 생각이 자꾸 떠오르는 것 또한 어쩔 수 없었다. 청이가 너무너무 불쌍했다.

대만행 비행기에서 나는 아마 머릿속에 자꾸 떠오르는 청이를 떼어내느라 애를 먹었을 것이다. 다행히 쑹산 국제공항은 쏟아져 들어오는 '중화인민공화국'의 관광객들로 발 디딜 틈이 없었다. 우리가 도착한 그날만 해도 무려 7,000명인가가 들어올 예정이라고 했다. 덕분에 나는 우려했던 심청의 망령에 시달릴 새도 없었다.

그게 벌써 2013년의 일이었다.

그리고 이제 아득한 기억일망정 떠올리기 위해 영화《비정성시》(1989)를 다시 보던 나는 간판을 '조선루'라고 단지우펀의 한 기루를 눈에 담았다. 물론 렌화蓮花라는 이름을 갖게 된 청이가 남양으로 떠나기 전까지 머물던 곳은 지룽과 단수이였다. 기루 이름도 달랐다. 그렇지만 나는 대만이 동아시아 근대의 어떤 단층면이라는 사실만큼은 새삼 확인할 수 있었다.

지우펀에 추적추적 비가 내렸다.

영화에 등장했던 병원도, 기루도, 객잔도, 바다도 모두 비에 젖었다.

아시아의 고아

제일 먼저 나타나는 건 일본과 대만 사이의 단층이다.

우줘류가 처음 일본어로 쓴 『아시아의 고아』[2]는 식민지 시대 대만을 그린 대표적인 소설이다.

주인공 후타이밍은 조부의 뜻에 따라 고루한 서당 교육을 받았다. 그러다가 우연한 기회에 근대적 교육을 받을 수 있었고, 졸업 후에는 교원이 되었다. 일본인 교장은 입만 열면 내대일여內台一如를 외쳤다. 일본과 대만이 한 몸이라는 것. 그렇지만 그건 허구의 이데올로기였다. 후타이밍은 자신이 짝사랑하는 일본인 여교사 히사코에게 사랑을 고백했다가 처절한 절망감을 맛보게 된다.

그녀의 대답은 간단했다.

"전, 아주 기뻐요. 그리고 정말 고마워요. 하지만 그건 불가능해요. 왜냐하면 저와 당신은… 다르니까요."

후타이밍은 세상이 무너지는 기분이었다. 그러나 애써 기운을 차린 뒤 일본에 유학을 떠날 수 있었다. 다행히 일본 사람들은 대부분 온화하고 예의 바르고 친절했다. 식당이나 여관의 종업원, 버스 안내원, 백화점 여직원에 이르기까지 다들 교양이 있었다. 특히 젊은 여성들의 우아한 품격은 신선한 충격이었다.

'아름다운 국토, 사랑스러운 국민!'

심지어 경찰까지도 친절했다. 한마디로 본토의 일본인들은 대만의 일본인들하고는 종자 자체가 다른 것 같았다. 말투나 말씨도 경박하거나 거칠지 않았다. 하지만 먼저 유학 온 동창생 란은 후타이밍에게 이렇게 충고를 하는 것이었다.

"이곳에서는 자네가 대만 사람이라는 걸 밝히지 않는 게 좋아. 대만 사람들이 하는 일본어는 규슈 발음하고 비슷하니까 자네는 그냥 후쿠오카나 구마모토 출신이라고 하게."

후타이밍은 란의 그런 충고가 싫었다. 비굴해서였다. 그러나 그는 곧 이유를 깨닫게 된다. 재일 중국 학생들이 주최한 강연회에 참석한 그는 어느 광둥 출신 학생에게 있는 그대로 자신을 소개했다. 그러자 대번에 상대의 표정이 바뀌었다.

"뭐라고? 대만? 홍!"

강연 내내 "신중국을 건설하자!", "군벌을 타도하자!", "제국주의를 타도하자!"고 외쳤던 학생들의 입에서는 후타이밍이 스파이일 거라는 말까지 아주 쉽게 흘러나왔다. 란도 대놓고 욕을 퍼부었다.

"바보 같은 자식! 일본 고등 특무 정책의 앞잡이질하는 일부 대만 놈들이 샤먼 일대에서 일본의 힘을 뒷배경으로 온갖 나쁜 짓이란 나쁜 짓을 다 한다는 거 몰라서 그래?"

후타이밍이 받은 충격은 훗날 그가 중국 대륙에 건너갔을 때 더 처참한 모습으로 이어진다.

"우리는 어디에 가더라도 신용을 얻지 못해. 숙명적인

기형아 같은 존재지."

옛 학교 동료는 일본에서 란이 그랬던 것처럼 틈만 나면 이렇게 주지시켰다. 후타이밍도 스스로 신경을 쓰지 않을 수 없었다. 베이징어도 따로 익혀야 했다. 그러나 그는 국공합작 이후 도도히 흘러가는 반제 운동의 물결 속에서 다시 한 번 자신이 누구인지 온몸으로 확인하게 된다. 그는 일본과 중국의 틈바구니에서 이러지도 저러지도 못한 채 스파이 혐의로 체포당했다. 다행히 사신이 가르친 학생들의 도움으로 간신히 탈출해 귀국할 수는 있었지만, 해방후 그는 끝내 미쳐버리고 만다.

소설의 운명 또한 파란만장하다.

작가 우쭤류는 1943년에 이 소설을 쓰기 시작했다. 타이베이 그의 집 앞에는 경찰서가 있었는데, 그는 등잔 밑이 어둡다는 신념 하나만으로 두려움을 이겨냈다. 작품이 완성되고 다시 책으로 엮여 나온 것은 해방 이듬해인 1946년의 일이었다. 처음에는 일본에서 일어 판본으로 나왔다. 그때 제목은 『후즈밍^{胡志明}』이었다. 주인공의 이름도 당연히 후타이밍이 아니라 후즈밍이었다. 1952년, 작가는 책 제목을 『아시아의 고아』로 바꾼다. 주인공의 이름이 자칫 당대 인도차이나 반도를 쥐락펴락하던 베트남의 공산당 지도자 '호찌민^{胡志明}'을 연상시킬 수 있다는 생각 때문이었다. 최초의 중국어 번역본이 나온 것은 1959년이었다. 그때 제목은 『외로운 배』였다. 그러나 중국어로 재차 번역되는 과정에서 책 제목은 『아시아의 고아』로 정착된다. 그때부터 '아시아의 고아'는 근대 이후 대만이 감당해온 역사를 가장 상징적으로 표현하는 키워드가 되었다.

'포츠담 과장'들의 전성시대

일본인들이 물러간 자리를 채운 것은 국부군國府軍과 그 가족들이었다. 국부군이란 '국민당 정부의 군대'라는 뜻으로, 그들은 마오쩌둥의 홍군과 치열한 내전을 벌이다 해협을 건너왔다. 그들 중 일부는 정체를 철저히 숨겨야 했다.

우줘류의 단편 「포츠담 과장」의 주인공 범한지도 그런 부류였다.[3]

그는 국민당 감찰실의 특무 과장이었다. 8월 15일 일제의 무조건항복 소식이 전해지자마자, 그는 상관에게 돈을 갖고 튀는 게 상수라고 제안한다. 상관이 망설이자, 범한지는 스스로 금고를 열어 제 몫을 털어 담은 다음 쏜살같이 달아난다. 두어 달 후, 그는 자신의 판단이 옳았다는 사실을 확인한다. 그때 머뭇거리던 상관과 동료들이 신문에

'매국노'라는 이름으로 실려 있었던 것이다. 그의 눈은 반짝 빛난다. 신문의 다른 쪽 면에서 '대만 접수 공작'이라는 기사 제목을 발견했기 때문이었다.

"옳아! 바로 이거란 말이지. 대만이라는 보물섬을 까맣게 잊어먹고 있으니 나도 정말 바보지."

아니나 다를까, 얼마 후 그는 '보물섬'에 건너가 미모의 옥란과 결혼한다. 그녀 역시 지난 시절 황민화 운동에 적극 동참한 경력의 소유자였다. 그러나 시대가 바뀌면서 그녀의 마음도 바뀌었다. 예전에는 매일 아침 신사를 참배했지만 이제는 쑨원 선생의 동상을 찾았다. 입고 있던 기모노를 진작 벗어던지고 화려한 치파오로 바꿔 입은 것은 두말할 나위 없었다. 그런 것들이 스스로 생각하는 '광복의 참모습'이었다.

하지만 옥란은 남편 범한지가 대륙에서 정확히 무슨 일을 했던 사람이며 현재는 또 무슨 일을 하는지 잘 몰랐다. 그저 '과장'이라는 신분으로 주로 적산敵産을 불하받는 일에 관계한다고만 알고 있었다. 사실 많은 이들이 일제가 남긴 적산을 불하받으려고 혈안이 되어 있었지만, 그건 그야말로 "두뇌, 재산, 권력, 폭력 등 힘이란 힘은 모조리 동원"해야 하는 작업이었다. 하지만 범한지는 놀랍게도 그 일에서 대단한 수완을 발휘했던 것이다.

그러던 중 대륙에서 한간, 즉 밀정으로 일하던 자들이 대거 섞여 들어와 대만에서 활개치고 있다는 소문이 파다하게 돌았다. 특무 과장 시절 일본 특무기관과 결탁한 경력이 있던 범한지는 재빨리 종적을 감추었지만 곧 체포당하고 만다. 그때 마침 역에서 담배를 팔던 소년들이 단속에 걸려 대거 붙잡히는 광경을 목격하자, 그는 오히려 이렇게 큰소리친다.

"나라를 팔아 일신상의 부귀영화를 구한 자를 한간이라 하지만, 국가의 이름을 빌려 사람들을 못살게 구는 자는 무엇이라 합니까?"

수사 본부로 돌아와 범한지의 이력을 들춰보던 수사 대장은 난감해한다. 범한지도 항전 초기에는 북벌北伐4에 참가했으며, 특무 공작을 통해 빛나는 업적을 쌓았다고 적혀 있었기 때문이다. 수사 대장은 자기 동료들 역시 얼마나 변했는지 익히 알고 있었다. 과거의 경력을 내세워 다들 한 자리씩을 차지하다가 이미 상당수가 부패 혐의로 오라를 받았던 것이다. 문득 그가 둘러보니 사무실의 모든 직원들도 범한지하고 하등 다를 바 없는 것처럼 보였다.

'4억, 5억 인구 전체가 이렇게 모두 한간이나 탐관오리가 되는 게 아닐까?'

수사 대장은 일순 이런 착각에 사로잡힐 수밖에 없었다.

1947년 2·28 사건 당일 분노한 타이베이 시민들.
외성인과 본성인의 차별이 끔찍한 비극을 불러왔다.

　우쿼류는 일본이 물러간 뒤 신분을 세탁하고 활개를 친 인간들을 통틀어 포츠담 선언(1946)의 적자들이라고 불렀다. 속속 출현한 포츠담 박사, 포츠담 교수, 포츠담 사장 등등이 그들인데, 그중에서도 범한지 같은 특무 부대 출신 '포츠담 과장'의 존재는 돌올했다.

　물론 우리로서도 꽤 익숙한 인간 유형이지만.

비정성시 : 해방, 또 다른 환멸

범한지가 검거될 때 역전에서 담배 팔던 소년들도 대거 붙잡혔다. 이 장면은 상징적인데, 대만 현대사의 최대 비극 2·28 사건도 담배 행상이 경찰에게 폭행당한 일에서 비롯되었기 때문이다. 문제는 그 사건이 해방 이후 대만에 만연한 비대칭적 권력관계를 고스란히 반영한다는 데 있었다. 지난날 일본인들이 쥐고 있던 권력은 어느새 바다를 건너온 외성인外省人들에게 넘어갔다. 그뿐인가, 범한지가 보여주듯, 그들은 온갖 경제적 이권마저 독점하고 갈취했다. 오죽하면 한간 범한지로부터 '국가의 이름을 빌려 사람들을 못살게 군다'는 비난을 받아도 크게 할 말이 없을 정도였다.

허우샤오셴 감독의 영화 《비정성시》는 오래도록 금기시된 2·28 사건을 본격적으로 다루었다는 점에서도 크게 주목을 받았다. 영화는 식당을 운영하는 임씨 가문의 네 형제를 중심으로 이야기를 전개한다. 막내인 문청(량차오웨이)은 언어장애인이자 청각장애인인데 2·28 사건 직후 기차 안에서 흥분한 사내들에게 낫으로 위협을 당한다. 그들은 대만어와 일본어를 번갈아 쓰면서 문청이 '어느 쪽'인지를 캐묻는다. 그렇지만 아예 '말'을 할 수 없는 문청

273

은 가만히 있을 수밖에 없었다. 다행히 잠시 자리를 비웠던 친구 관영이 돌아와 위기를 모면하지만, 이 장면은 당시 대만섬의 실질적 주인이던 본성인本省人들의 분노가 얼마나 극에 달했는지를 상징적으로 보여준다.

밤의 세계를 장악한 것도 외성인들이었다. 쌀과 설탕 밀수에 손을 대고 있던 상하이 조직은 자신들에게 장애가 되는 임씨네 셋째 문량을 한간이라며 고발한다. 장남인 문웅이 돈으로 해결해 문량은 풀려나지만, 이번에는 문웅 자신이 상하이 조직의 싸움에 휘말려 난자당한다. 결국 문웅은 죽고 문량은 미쳐버린다.

잇따른 가족의 비극에 막내 문청도 관영과 함께 반정부 활동에 뛰어든다. 문청은 간호사로 근무하는 관영의 여동생 관미와 결혼한다. 그러나 아들까지 낳고 누리던 행복의 시간은 너무 짧았다. 문청은 산속으로 들어가 항쟁을 벌이던 관영의 일에 연루된 혐의로 체포되어 어디론가 끌려간다. 그의 생사는 끝내 알려지지 않는다.

허우샤오셴 감독을 타이베이에서 만날 줄은 전혀 예상하지 못했다. 우리 일행은 때마침 장편소설 『황인수기』(1994)의 한국어판 출간을 계기로 작가인 주톈원을 만나기로 했는데, 그 자리에 그가 불쑥 나타난 것이다. 알고 보니 주톈원은 소설가로서뿐만 아니라 《비정성시》며 《동동의 여름》(1984),《희몽인생》(1993) 같은 영화의 시나리오 작가로도 유명했다. 특히 허우샤오셴 감독의 영화 중 무려 14편이 그녀의 손을 거쳤다.

《비정성시》가 배경으로 깔고 있는 본성인과 외성인의 갈등을 대만에서는 족군族群 문제, 혹은 성적省籍 문제라고 부른다.

대만에 가기 전 우리 일행이 가장 궁금했던 것은 이런 의문이었다.

"대만 사람들은 어떻게 일본을 좋아할 수 있지?"

그런데 족군 문제, 성적 문제의 뿌리에는 바로 대만에서 '일치日治' 시기라고 부르는 일본의 식민 지배 시기가 깔려 있었다. 쉽게 이야기하면, 해방 직후 대만의 본성인들 사이에서는 차라리 일본이 있을 때가 나았다는 말이 공공연히 돌 정도였다.

당시 미국의 정세 보고가 이를 뒷받침해준다.

대만 주민은 장蔣 총통을 우러러보고, 삼민주의에 새로운 희망을 기대했고, 중앙 정부에 참여하게 되기를 고대하였다. 그런데 1946년은 그들에게 날로 괴로운 해가 되었다. 대만에 들어온 신정권의 말단 관리나 사환 같은

《비정성시》의 주요 무대인 지우펀.

직책은 모두 대만인이었지만 정부 관계의 모든 기관의 어느 정도 중요한 직위에서는 그들은 완전히 배제되었다. 몰수한 적산인 일본인 소유의 재산과 기업체들은 법률에 의해서 정부 관리하에 귀속되었지만 본토에서 온 관리들과 특권층은 그 재산을 마음대로 사유화하고 착복하였다. 일본인에게서 몰수하여 국유화된 원자재, 가공품, 농산물은 파렴치한 관료들에 의해서 사복私腹을 채우기 위한 상거래와 밀수 행위의 대상이 되었다. …대만인들이 대만의 철저한 부패상을 정부의 고위 관리들에게 돌리는 이유가 그 때문이다.[5]

이 점과 관련해, 주톈원은 대만 사람들이 느꼈을 아이러니를 이렇게 설명했다.

영화《비정성시》를 보면 알 수 있듯이, 대만의 근현대는 일본의 식민 통치를 배경으로 한다고 할 수 있다. 아이러니컬하게도, 일본의 대만 식민 통치는 대만에 현대화를 가져다주었다. 사회적 설비의 건설 외에도 서양의 관습과 제도와 문화 예술 사조, 고전음악과 희곡 등이 모두 일본어로 전수되고 학습되었다. 이처럼 일본을 통한 서구화, 이것이 바로 대만 특유의 현대성이었다.[6]

2 · 28 평화기념비.

만일 이런 말이 우리 작가의 입에서 나온다면 어떤 반응이 나올지 충분히 상상할 수 있는 우리로서는 충격일 수밖에 없다. 그러나 2·28 사건으로 대략 2만~3만 명 정도의 본성인들이 희생되었다는 사실, 그리고 그 이후 '백색 테러'라는 심각한 국가 폭력을 받게 되었다는 사실 등을 고려해야 한다. 더불어 작가 주톈원의 경우, 아버지는 외성인, 어머니는 본성인이라는 가족사 또한 무시할 수 없을 터였다.

그래도 그렇지 하고 고개를 갸우뚱하는데, 곁에 있던 여동생 주톈신이 설명이 부족한 듯 이렇게 말을 보탠다.

내성인과 외성인, 원주민 사이의 에스닉 쟁론은 정치적인 영역에 국한되는 일인 것 같다. 예컨대 나는 외성인이고 내 남편 탕누어는 내성인이다. 그런데도 결혼해서 잘 살고 있다. 본성인과 외성인의 갈등은 다분히 정치적 동원의 결과로서 특정 세력들이 정치적 차이를 분명히 하려고 애쓰는 것뿐이다. 실제 생활에서는 큰 제약은 되지 못한다. 우리 아버지는 객가客家인7으로서 국민당군의 일원이었고 우리는 권촌眷村 출신이다. 우리 같은 외성인들의 가장 큰 특징은 중국 대륙에 대한 꿈을 갖고 있었고, 그 꿈의 실현을 위해 구체적인 노력을 기울였다는 것이

279

다. 이 점에서는 역사의식과 가족의 이야기가 일치한다고 할 수 있다. 하지만 현실의 변화로 이제 이러한 에스닉 의식은 많이 희미해졌다. 우리는 모두 인간이다. 에스닉 의식이 인간의 존엄과 가치에 우선할 수는 없다. 물론 2·28 사건 같은 국가 폭력의 역사도 잊지 말아야 한다. 국가권력의 폭력은 어떤 이유로도 용납될 수 없다.[8]

권촌의 형제들을 생각하며

그러나 이제 그녀가 바로 그 '권촌'에 대해 쓴 소설[9]을 읽으면서 나는 그녀의 말에 신뢰가 가지 않았다. 거짓말을 한다는 뜻이 아니라, 그녀 또한 가슴 저 깊은 심연에서는 여전히 에스닉의 갈등을 해결하지 못하고 있다는 생각이 들었기 때문이다.

권촌은 중국 대륙에서 건너온 150여만 명 국민당군 가족들이 모여 살던 집단 거주지였다. 그러나 그들은 한 번도 '이 섬'을 오래 머물 땅이라 생각하지 않았다. 왜 그렇게 생각했을까. 답은 간단했다. 말하자면 한식날 찾아갈 조상의 무덤이 없다는 게 가장 큰 이유였다. 텔레비전이 없던 시절, 권촌의 부모들은 틈만 나면 자신들이 어떻게 대

중국 대륙에서 건너온 외성인들의 집단 거주지 권촌의 흔적.
그 뒤로 대만에서 제일 높은 타이베이101 빌딩이 보인다.

류에서 건너오게 되었는지 이야기를 들려주었다. 그들은
대개 대지주나 큰 재산가였다. 심지어 누구네 조상의 목장
은 대여섯 개로 다 합치면 대만 땅만큼이나 컸다고도 했
다. 하녀 10여 명과 그만큼의 운전기사를 둔 집도 있었노
라 했다. 대만으로 도피할 때 부득이 버렸다는 황금도 말

281

할 때마다 그 양이 자꾸 늘어났다.

《요리사와 세 남자》(시에 양, 1998)라는 영화로도 만들어
진 바이셴융의 단편 「화챠오룽지花橋榮記」[10]에도 그들끼리 일
궈내는 소우주가 등장한다.

'나'는 중국 대륙 구이린에서 살다가 대대장이던 남편이
실종된 후 어찌어찌 대만으로 건너왔다. 여자의 몸으로 어
렵게 살다가 시작한 것이 작은 밥집으로, 간판은 화챠오룽
지라고 달았다. 화챠오룽지는 구이린에서 가장 잘나가던
쌀국숫집이었다. 그러자 고향 손님들이 꾸준히 몰려들었다.
단골 중에는 류조우 땅 절반을 가졌다고 해서 '판청半城'이
라고 불렸던 리 영감도 있었다. 그러나 대만에 와서 아들
에게 버림받고 홀아비로 지내던 그는 고희 다음 날 스스로
목을 매 죽었다. 대륙에서 현장을 했다던 또 다른 홀아비
는 여자 손님에게 수작을 걸다가 쫓겨나기도 했는데, 어느
날 하수구에서 빳빳한 시체로 발견되었다.

초등학교의 루 선생 역시 혼자 몸이었다. 그는 워낙 얌
전한 데다가 알뜰하게 저축도 하고 있었기에 '나'는 남편
의 질녀를 소개해주마고 했다. 그런데 그는 자기가 고향에
서 이미 약혼한 몸이라며 화부터 냈다.

그런 루 선생이 어느 날 몹시 흥분했다. 약혼녀를 홍콩
을 거쳐 빼올 수 있다는 말을 들었던 것이다. 하지만 얼마

후 루 선생은 완전히 넋이 나갔다. 중간에 사기를 당했을 뿐만 아니라 지난 세월 애써 모은 돈까지 다 날리고 말았기 때문이다. 그때부터 루 선생은 달라졌다. 어느 날에는 시장에서 빨래 일을 해주면서 함부로 몸을 굴리기로 소문난 뚱뚱이 아춘하고 몸을 섞었다는 소문이 돌았다. 또 얼마 후에는 자기 반 아이들이 말을 안 듣는다고 길거리에서 다짜고짜 때렸다는 말도 나왔다. 평생 없던 일이었다. 그리고 그 이튿날 그는 심장마비로 죽었다.

'나'는 밀린 밥값 대신 물건이라도 가져올 요량으로 그의 하숙집을 찾아갔는데, 남은 것은 호궁과 사진 몇 장뿐이었다. 그러나 놀랍게도 그 사진 속에서 '나'는 바로 옛날 모습 그대로의 화챠오룽지를 발견했다. 열여덟 열아홉으로 보이는 젊은 루 선생은 예쁜 처녀하고 나란히 어깨를 기댄 채 그 앞에서 사진을 찍었던 것이다. '나'는 화챠오룽지의 옛 모습을 손님들에게 보여줄 생각에 그 사진을 집어 들었다.

다시 주톈신의 소설에 기대면, 외성인의 자식들은 국민당 골수분자였던 할아버지들이 번뇌와 한숨으로 잠 못 이루고, 아버지들이 큰 소리로 "얼간이 새끼들!"하며 "국민당의 꼬임에 넘어가 이 섬에서 40년을 속고 살았다"고 욕하는 소리를 함께 들으며 자란다. 그 할아버지와 아버지들은 뒤늦게 대륙으로 고향 방문을 하고 돌아와서는, 자신들이 이솝 우화에 나오는 것처럼 새와 짐승 사이를 오가는 '박쥐'가 되어버렸다는 사실도 깨닫게 될 터였다.

고도: 환멸의 타이베이

주톈신의 『고도古都』(1996)[11]는 일본의 가와바타 야스나리가 쓴 같은 제목의 소설에 대한 오마주로 읽힌다. 두 소설 모두 일본 헤이안 시대의 고도 교토를 배경으로 삼고 있다. 문제는 그 도시에 대한 주톈신의 오마주가 실은 자신이 사는 도시 타이베이에 대한 지독한 환멸과 맞닿아 있는 듯 보인다는 점이다.

사실, 소설을 다 읽고 나면 독자들은 '어, 이렇게 써도 되나?' 싶을 정도로 타이베이를 묘사하는 작가의 펜 끝에 어리둥절할지 모른다. 그러나 한 겹 더 깊이 파고 들어가면, 작가의 감정이 실은 그 도시에 대한 소중한 기억에서 비롯된다는 사실을 이해할 수 있을 것이다.

그렇다. 2인칭이라는 특이한 시점을 사용하고 있는 소설에서 화자인 '너'에게도 그 도시는 소중한 기억을 남겨주었다. 타이베이를 조금만 벗어나면 관인산 머리에서 비치는 석양이 강 물결에 반사되어 눈이 부셨고, 어느 곳에서는 눈앞의 경치가 마치 한 번도 가보지 못한 샌프란시스코와 비슷하다고 맞장구를 치기도 했다. 집으로 돌아올 때면 가끔 봉황목에 타는 듯 붉은 꽃이 가득 피어나 꽃의 바다를 이루는데, 그럴 때면 또 스페인이나 지중해의 어딘가 작은 마을에 있는 듯한 기분이 들기도 했다. 그런 기억 속에 대만 대추야자 역시 빠질 수 없었다.

그렇지 않았다면 300여 년 전 그 사내들이 어떻게 대추야자가 가득한 해안을 바라보며 "일랴 포르모자Ilha Formosa!"[12] 하고 외칠 수 있었겠는가. 비록 그 말은 그들이 동방으로 항해를 오다가 이름을 지었던 열두 번째의 '아름다운 섬'을 가리킨 것이라는 설도 있지만 말이다.
넘실대는 바다여, 아름다운 섬이여.[13]

그러나 세월은 흐르고 '너'의 몸에서도 어느새 점점 낯설고 기분 나쁜 냄새, '소금 결정이 될 것 같은 짠 내'가 풍겨나기 시작한다. 어느 날 '너'는 남편과 함께 타이베이 시장 후보로 나선 천수이볜을 지지하는 10만 인 집회에 나갔다가 "너와 같은 타지 사람들은 어서 이곳을 떠나 중국으로 돌아가라!"는 구호에 놀라 운동장을 빠져나온다. 도시는 이제 '너'가 예전에 알고 있던 그 도시가 아니었다. 소

1896년 스코틀랜드에서 만든 포르모자 지도.

중한 기억들은 깡그리 사라졌다. 그 자리에는 대신 흉물스러운 지하철역과 모노레일이 새로 들어섰다. 그때부터였을까, '너'는 어떻게 해서 줄곧 멀리 떠나고 높이 날아가고 싶은 마음을 품게 되었는지 스스로 이해할 수 없었다.

견디기 힘든 나머지 '너'는 이제 학창 시절의 단짝으로 지금은 미국에서 교수로 있는 벗 A에게 교토에서 만나자고 연락한다. 교토는 언젠가 '너'가 딸과 함께 몇 달을 지낸 도시였는데, 그때 한 번도 '너'의 모녀를 실망시킨 적이 없었다. 그러나 거기 먼저 도착해서도 '너'는 네가 떠나온 도시를 완전히 떨쳐버릴 수 없었다. 그것도 점점 더 흉물스러워지는 도시를. 누가 말했듯이, 그곳은 이제 "새는 노래하지 않으며, 꽃은 향기롭지 않으며, 남자는 인정이 없고, 여자는 의리가 없는" 도시였다. '너'는 정말이지 그곳으로 돌아가고 싶지 않았다.

이유는 간단했다. 진보를 자처하는 천수이볜의 새 정권이 들어선 지도 벌써 4년이 흘렀지만, 그들의 모든 행위는 과거 외래 정권과 마찬가지로 그저 잠시 머물다 언제든 떠날 작정을 하는 것처럼 보였기 때문이다.

그게 아니라면 그들이 어떻게 두 줄로 늘어선 채, 현재 살아 있는 사람들이 태어나기도 전부터 이미 존재하고 있던 그 단풍나무들을 베어버릴 수 있었겠는가?[14]

그 섬에서, 그리고 그 도시에서 사라져버린 게 어디 그런 것들뿐이었을까. A는 끝내 교토에 오지 않았다. 혼자 타이베이로 돌아온 '너'는 운전기사가 일본어로 외치는 호객 소리에 이끌려 9인승 버스에 올라탔다. 그리고 이제 '너'는 교토 한복판에서 산 대만섬 여행 안내 책자를 펼친다. 거기에는 '일치 시기'의 지도와 관광 명소가 첨부되어 있었다.

'너'는 차창 밖으로 마치 일본인 관광객인 양 타이베이를 바라본다.

다이호큐슈 청사, 신마치 교회, 외할아버지가 다녔던 제국대학 의과 진료소, 대만 총독부 연구소, 조금 우스꽝스럽고도 가련한 게이후쿠문, 토몬초, 오모테마치….

그러는 사이에도 운전기사는 음주 운전을 하는 것처럼 사납게 차를 몰며 미친 듯이 경적을 울려댔다. 또 틈만 나면 요금을 삥땅 쳤다. 목적지에 가까워질수록 '너'는 점점 더 어디로 가는 건지 알 수 없게 되었다. '너'는 결국 타이베이 외곽 다다오청 부두에서 버스를 내렸다.

그때, 하늘에는 헬리콥터가 선회하고 있었다. 아마도 강에 떠 있는 시체를 찾고 있는 것이겠지, '너'는 이렇게 생각한다.

식민지 시대 대만 총독부 건물.
식민지 시대에 대한 기억과 평가가 한국과는 많이 다르다.

아직 더 기억해야 하는 것들

대만에 대해서는 아직 할 말이 남아 있다. 가령 끔찍한
백색테러 시대의 실상에 대해서는 천인정의 소설들이 많
은 것을 보여줄 것이다. 그는 국민당 정권과 맞서 싸우다

289

가 이른바 '민주대만동맹사건'에 연루된 혐의로 7년간 감옥살이를 하기도 했다.

리앙은 『눈에 보이는 귀신』(2004)[15]에서 귀신이 된 여성들의 목소리를 통해 대만 사회의 남근주의적 전통을 적나라하게 폭로한 바 있다. 16세기 서구의 침략 이래 청, 일을 거쳐 장제스의 국민당 정권에 이르기까지, 대만의 여성들은 귀신이 되어야 비로소 말을 할 수 있었다. 또 다른 장편소설 『미로의 정원』(1998)[16]에서는 초점이 권력과 섹슈얼리티의 관계에 맞춰져 있지만, 작가는 대만을 지배한 외성인 정권이 자행한 국가 폭력의 문제 또한 피해가지 않는다.

가령 일찍이 외국 유학까지 다녀온 지식인이며 부잣집 아들인 아버지는 딸 주잉훙을 '아야코'라는 일본식 이름으로 불렀고, 집에서는 식구들 간에 일본어로 대화를 했다. 이런 설명과 함께.

"정말로 우스웠던 것은 어느 날 내가 이민족이 아니면서 이민족보다 더 잔인하고, 침략자가 아니면서 침략자보다 더욱 피비린내를 풍기는 존재를 발견했다는 것이다. 그래서 나는 이민족의 언어로 내 자식을 가르쳐야 하겠다고 생각하게 되었다."

주주옌은 스스로 대만 사람이라는 의식에 철저했다. 그

는 300년 전 대만에 제일 먼저 입도한 자신의 8대조 조상이 해적 주펑이라는 사실도 부정하지 않았다.

"우린 기억해야 한다. 주펑처럼 거센 파도 헤치며 희생을 두려워하지 않는 강한 사람만이 각종 난관을 극복할 수 있고, 해외 이민의 선구자가 될 수 있는 것이며, 새 항로를 개척하고, 해상무역을 발전시킬 수 있는 것이란 사실을."

그는 어느 날 두 손을 뒤로 결박당한 채 진흙투성이 각반을 찬 군인들에게 끌려갔다. 훗날 그는 궁금해하는 딸에게 "나는 지식인이고 독립적으로 사고하며, 가볍게 남에 의해 조종되지 않기 때문"에 체포당했던 거라고 대답한다.

솔직히 아직도 나는 대만 사람들, 특히 본성인들이 심지어 우리로서는 '일제 강점기'인 그 '일치 시기'를 그리워하는 발언까지 서슴지 않는 것을 납득하지 못한다. 예컨대 민진당 출신으로 부총통까지 지낸 뤼수이롄은 1995년 시모노세키 조약 체결 100주년 기념식에서 "대만이 일본에 할양된 것은 크나큰 행운이었다"고 말했다.[17] 그녀는 국민당의 철권통치 시절 민중운동을 주도하다 체포되어 군사재판소에서 징역 12년 형을 선고받은 경력도 있다. 따라서 그녀의 발언은 대만 독립파의 입장을 일정하게 반영했던 것으로 이해되기도 한다.

한 연구자는 현재 대만에서 식민지 역사에 대한 다음과

291

같은 인식을 발견하는 것도 더 이상 놀라운 일이 아님을 지적한다.

> 앞서가는 나라가 뒤처진 나라에 문명을 가져다주는 것
> 은 도덕적 의무다. 마치 사회주의처럼 이것은 해방적 사
> 고방식이다. 대만, 한국, 만주국 등 식민지에 대한 이른
> 바 일본의 착취는 존재하지 않는다. 일본이 대만 통치
> 초기 10년 동안 대만 경영에서 사용한 돈은 모두 일본에
> 서 왔다. 대만은 이 시기 이후에서야 재정적으로 독립했
> 다. 이러한 사실로 볼 때 '식민지 착취'란 무엇인가? 대
> 만은 실제로 일본에 부담이었다. …알려진 것과 반대로
> 일본인들이 대만인들을 위해 착취당한 사람들이다. 일
> 본 제국이 없었다면 오늘날의 대만은 중국에서 가장 가
> 난한 하이난성에 속한 채 여전히 문명화되지 못한 지역
> 으로 남아 있을 것이다.[18]

이 '과격 발언'의 당사자 황원슝 역시 인권 운동가로서, 1970년 장징궈 총통을 미국에서 암살하려고 시도했다가 미수에 그친 전력이 있다. 이 사건은 대만 독립파들 사이에서 '의거'로 칭송받았지만, 중국과 친중국파들 사이에서는 '테러'로 거센 비난을 받았다.

물론 대만에는 전혀 반대의 생각을 지닌 사람들도 많지만, 아무튼 이런 의식은 대만 사회에서 이미 무시 못 할 저류를 이루고 있는 것처럼 보인다. 한때 총통까지 지낸 리덩후이는 퇴임 후 일본을 방문해 논란 많은 저 야스쿠니 신사를 참배하기도 했다. 그러자 중국 대륙에서는 언론들이 일제히 그를 겨냥해 '중국 민족의 쓰레기' 또는 '배신자'라고 비난했다.

　문제는 대만의 과거사에 뿌리내린 이렇듯 복잡하고 미묘한 정치 현실 말고도 간과하기 쉬운 현실이 더 존재한다는 점이다. 그것은 바로 족군 문제에서도 가장 변방에 놓인 사람들에 관한 서사다. 현재 약 2,300만 명인 대만 인구 중 85퍼센트는 300년 이상 섬을 지켜온 본성인이고, 1949년을 전후해 해협을 건너온 외성인은 13퍼센트, 그리고 나머지 2퍼센트가 토착 원주민이다.

　원주민들은 본성인에게 밀려 점점 산속 깊이 들어갔기 때문에 한때는 고산족 혹은 산지 동포라는 뜻에서 산포山胞라고도 불렀다. 영화 《비정성시》에서 관영이 추적의 발길을 피해 달아나는 곳도 바로 그렇듯 험준한 산악 지역이다. 1980년대에 우리나라에서는 《칠수와 만수》(연우무대)라는 연극이 엄청난 인기를 끌었다. 나중에 알고 보니 대만의 황춘밍이 쓴 「두 페인트공」이라는 단편소설을 각색

한 작품이었다.[19] 거기, 빌딩의 커다란 광고 간판에 페인트칠을 하는 노동자로 등장하는 두 청년 '아리'와 '원숭이'가 바로 동부 산간 출신의 원주민이었다. 그들은 성장 위주의 경제 개발 정책이 한창 진행되던 대만에서, 고향이든 타이베이든, 어디서도 뿌리를 내릴 수 없었던 주변인들의 운명을 대신한다. 그들은 터무니없는 관심을 보이는 언론 매체에 의해 어이없이 희생을 당하는 것이다. 물론 두 청년의 이야기는 한국으로 건너와서는 분단과 냉전의 아픔까지 고발하는 정치적 텍스트로 다시 탄생했다.[20]

2013년의 짧은 여행 도중 나는 일행과 함께 어디선가, 지금은 이름도 기억 못 하는 공연장에서, 자본주의적 속도에 의해 한낱 눈요깃거리로 전락한 민속춤을 추는 원주민들에게 영혼 없는 박수를 보낸 기억이 있다.

염상섭의 『만세전』(1924)에는 관부연락선을 탄 주인공이 목욕탕에서 일본인들끼리 나누는 대화를 듣는 장면이 나온다. 조선에 오래 들락거렸다는 사내에게 다른 사내가 묻는다.

"에구, 그럼 한밑천 잡으셨겠쇠다그려."
이번에는 상인 비슷한 자가 입을 벌렸다.
"웬걸요, 이젠 조선도 밝아져서, 좀처럼 한밑천 잡기는…."

"그러나 조선 사람들은 어때요?"

"요보 말씀이에요? 젊은 놈들은 그래도 제법들이지마는, 촌에 들어가면 대만의 생번生蕃보다는 낫다면 나을까. 인제 가서 보슈… 하하하."

'대만의 생번'이라는 말에, 그 욕탕 속에 들어앉았던 사람들이, 나만 빼놓고는 모두 킥킥 웃었다. 나는 가만히 앉았다가, 무심코 입술을 악물고 쳐다보았으나, 더운 김에 가려서, 궐자들에게는 분명히 보이지 않은 모양이었다.[21]

사실 그 '생번'들은 일제 침략 시기 평지의 한족과 평포족平埔族[22]의 투쟁이 진압된 이후에도 격렬한 저항을 이어나간 바 있었다. 일본은 산지의 원주민들을 금수만도 못하게 여겼다. 그들을 노예처럼 부리는 것은 물론, 삶의 터전인 숲을 짓밟고 천연자원을 강탈했다. 원주민들은 그런 일본에 완강히 저항했다. 타이야족의 한 지파인 싸이더커족이 관련된 우서霧社 사건이 대표적이다.

1930년 10월 27일, 일본 경찰이 족장의 아들 결혼식에서 신랑을 곤봉으로 치는 일이 벌어졌다. 그러자 싸이더커족 수백 명은 우서 초등학교에서 열린 운동회를 습격해 경찰을 포함 일본인 130여 명을 살해했다. 그동안 수십 년간 당한 억압에 대한 복수였다. 그러자 일본군은 곧 수

많은 군대와 중화기, 심지어 전투기로 독가스까지 살포하며 대대적인 토벌 작전을 전개했다. 그 결과 처음 1,600명에 이르던 싸이더커족은 토벌이 끝났을 때 고작 300명밖에 남지 않았다. 일본군에게 사살되거나 참수되지 않은 주민 450여 명은 자살을 선택했다. 일본은 스스로 이 사건을 자신들의 식민 통치 역사에 있어서 큰 오점으로 여겨 대만 총독을 교체했다.[23]

바다의 원주민

그러나 원주민은 산에만 있지 않다.

나는 2018년 광주에서 열린 제2회 아시아문학페스티벌에 참가했다가 난생 처음 대만의 해양 원주민 작가를 만났다. 그는 다우족(야메이족)의 작가 샤만 란보안으로 대만 남쪽의 란위라는 작은 섬 출신이었다. 그는 자신의 이름을 매우 자랑스럽게 생각했다. 호적계 직원이 제멋대로 지어준 한자 이름을 스스로 투쟁해 원주민식으로 개명했기 때문이다.[24] 그도 한때 대만 본섬에 가서 학교를 다녔다. 졸업 후에는 택시 운전 일도 하며 생계를 유지하다가, 대만 민주화 운동 시기에는 원주민 제 이름 찾기 운동, 환경 운

2018년 제2회 아시아문학페스티벌에 참가한
대만의 원주민 작가 샤만 란보안.

동, 핵폐기물 처리 시설 반대 운동 등 사회운동에 적극 뛰
어들었다.

그러나 그는 마음속에 늘 무언가 비어 있는 구석을 느꼈
고, 결국 1989년 고향인 란위 섬으로 돌아가는 결단을 내
렸다. 자신의 부족이 꾸려가는 삶의 기록을 남겨야 한다는
생각 때문이었다. 그는 매일같이 작은 배를 타고 바다에
나가 전통적인 방식으로 고기를 잡았다. 처음에는 도무지

말을 듣지 않던 몸도 나중에는 바다만 보고도 날씨며 물속 조류까지 파악하는 경지에 이르렀다. 그러자 아버지의 형제들도 외지에 나가더니 '한족'이 되었다던 샤만 란보안을 건실한 야메이족 일원으로 인정하기 시작했다.

나는 1960~1970년대에 태어난 신세대에 대해 노인들이 느끼는 말할 수 없이 고통스러운 실망감을 깊이 깨달았다. 그 무언의 눈물, 한 푼의 가치도 없는 전설 이야기, 야메이족의 역사, 아무 대가도 없는 평생의 노동은 단지 토지를 숨 쉬게 하고 자신의 삶을 존엄하게 만들려는 것일 뿐이며, 금기를 굳게 지키려는 정신은 단지 자신이 야메이족 문화의 계승자임을 증명하고 조상들이 이 섬에서 생존해온 삶의 체험을 전수하려는 것일 뿐이다. 아버지 3형제가 말없이 침묵에 빠져 있는 순간, 희미한 달빛 아래 그분들의 표정, 얼굴의 주름, 두툼한 손바닥, 허리춤에 매인 채 벌써 흑갈색으로 변색된 T자형 바지 등을 바라보았다. …나는 불현듯 나 스스로를 반성했다. 이분들을 위해 내가 한 일은 너무 작았다.[25]

그 후 그는 '기록'을 게을리하지 않았다. 그게 곧 그의 소설이었다. 그는 어느 날 삼촌이 해준 이야기도 이렇게 기록했다.

지금의 물고기는 3, 4년 전에 비해 엄청 줄었어. 우리가 잠수하여 잡는 물고기는 하루에 기껏해야 백여 마리 정도 인데, 타이완이나 뤼디오에서 온 배들은 폭약으로 한 번 에 천 마리 이상의 물고기를 싹쓸이하거든. 단 몇 분 만의 어획량이 우리의 1년 분과 맞먹으니, 정말 대단한 거지.[26]

그는 폭약 선단 이외에도 란위의 작은 섬에 대놓고 무차별적인 폭격 연습을 자행하는 대만 공군에 대해서도 빠짐 없이 기록했다.

사정이 이럴진대, '타이베이' 이야기를 하면서 그가 사는 섬 란위를 뺄 이유는 없었다.

8

그래도 하노이는 옳았다

하노이

기울어진 시소

2월의 아침.
겨울인데, 귀에 익은 가을 노래가 들려온다.

가을의 8월엔 낙엽이 누렇게 떨어졌을까요?
그대가 떠났을 때부터 속으로 그리워했죠.
그대가 하노이의 가을인 거 맞나요?
그렇다면 풍상風霜의 나이라도 그대를 찾을 거예요.[1]

거리 곳곳에 북미 정상회담을 알리는 현수막이 부쩍 더
늘어났다. 인공기와 성조기를 나란히 붙여놓아도 어색하
지 않다. '평화의 수도 하노이'라고 쓴 하얀 배너도 눈에
띈다. 지난 세기에만 큰 전쟁 세 개를 끝낸 자부심으로 이
제 새롭게 21세기의 담대한 평화를 중재하려 한다. 옳다,

하노이가 마땅하다.

제4회 하노이 국제작가대회에 참가한 일행과 떨어져, 나 혼자 하노이 국가대학교 인문사회과학대학을 찾아갔다. 한국학과 학생들은 칠판에 내 소설의 표지 그림을 그려놓고 나를 맞이해주었다. 입꼬리가 절로 올라갔다. 학생들이 다 자리에서 일어나 우리말로 크게 인사했다. "안녕하세요." 얼핏 한 서른 명쯤 되어 보이는데 남학생은 딱 둘이었다. 학생들의 초롱초롱한 눈빛이 일제히 내게 와 꽂혔다.

나는 큼큼 헛기침을 한 다음 베트남어로 말을 꺼냈다.

"반갑습니다. 나는 한국에서 온 소설가입니다. 유명하지 않습니다. (폭소) 서울에서, 일주일에 한 번씩 약 2년간 베트남어를 배웠습니다. 그때는 글을 조금 읽을 수 있었는데, 물론 말을 잘하지는 못합니다. 베트남어 발음은 여섯 개나 되는 성조 때문에 아주 어렵습니다. 작가, 의사, 기자 같은 동료들과 함께 베트남어를 배웠습니다. 당시 우리를 가르쳐준 선생님은 서울대학교 대학원생이던 바로…."

그 정도까지였다. 더 이어나갈 재주는 없었다. 그래도 학생들은 여기저기서 감탄사와 함께 열렬한 박수를 보냈다. 벌써 20년 전에 조금 배운 베트남어가 용케 힘을 발휘하는 순간이었다. 우리를 가르쳤던 하밍타잉 교수의 얼굴에도 환한 미소가 번졌다.

하노이에는 국가대학교가 두 개 있는데, 그중 하나가 인문사회과학대학이며 다른 하나는 외국어대학이다. 인문사회과학대학은 한국학과를, 외국어대학은 한국어과를 각기 개설하고 있다. 하노이에는 이밖에도 하노이 대학교에 한국어과가 있다.

나중에 설명을 들었지만, 하노이 국가대학교 인문사회과학대학 한국학과는 학교 전체에서 가장 인기가 높은 학과라고 했다. 한국학과뿐만 아니라 일본, 중국, 태국, 인도 학과가 속해 있는 동방학부의 정원은 160명인데, 각 학과마다 최대 정원이 30명이다. 하지만 한국학과는 워낙 지원자가 많아 특별히 60명을 뽑아 두 개 반을 운영한다고 했다. 일본학과와 중국학과가 각기 30명 정원을 유지하는 사실로도 한국학과의 높은 인기가 입증된다. 얄팍한 호기심에 학생들의 입학 성적을 물어보았다. 돌아온 답변은 예상을 뛰어넘는 것이었다. 동방학부에 들어오려면 세 과목의 시험을 치러야 하는데, 30점 만점에 평균 27.25점이라는 것. 인문사회과학대학에서는 늘 첫손가락에 꼽히며, 하노이 국가대학교를 통틀어서도 전체 3순위 안에 든다고 했다.

나는 그 똑똑한 학생들 앞에서 조선 시대 이후 한국과

베트남의 교류의 역사에 대해 설명했다. 물론 한국어 강의였다. 3학년생들이라 내 말을 어느 정도 알아듣는 것 같았다. 이따금 정 어려운 부분이 나오면 하밍타잉 교수가 베트남어로 설명을 곁들였다.

1597년, 조선의 선비 지봉 이수광은 연행사로 명의 연경(베이징)에 갔다가 안남(베트남)의 사신 풍극관(馮克寬, 풍칵코안)을 만났다. 두 사람은 옥하관에서 50여 일을 함께 머물며 교류했다. 비록 말은 통하지 않아도 동아시아 공동 문어인 한문을 통해 얼마든지 생각을 나눌 수 있었다. 주고받은 필담 중에 이른바 창화시唱和詩가 다수 포함되어 있었다. 지봉이 먼저 칠언율시를 지어 보냈는데, 풍극관이 운을 따서 쉬이 답했다. 이후 두 사람은 마치 무공을 겨루듯 자신들의 재주를 마음껏 발휘했다. 굳이 승패를 따지자는 것은 아니었으되, 훗날 학자들은 풍극관의 손을 들어주었다.[2] 지봉은 소중화 의식에 사로잡힌 조선의 일급 선비였다. 그는 친밀해질수록 수만 리 변방에서 온 사신을 짓궂게 떠보았다. 그러면 그때 이미 칠십이 넘은 노사신은 그것을 "한 굽이 누그러뜨려 진중하게 받아내면서" 스스로 문명국의 대표임을 보여주었다. 점잖으면서도 기개에 전혀 밀리지 않았다. 지봉은

귀국 후 그와 주고받은 문답을 모아『안남국사신창화문
답』을 펴냈다.

진주의 선비 조완벽은 정유재란 때 일본에 끌려갔다. 그
는 일본 상인의 무역선을 타고 1604년 처음 안남국에
갔다. 그 기록이 한문 소설「조완벽전」으로 전하는데,
이에 따르면 그곳 선비들 사이에 특히 이수광의 명성이
높았다. 많은 이들이 그의 시를 줄줄 욀 정도였다는데,
오히려 조완벽이 이수광의 존재를 몰라 베트남인들이
고개를 갸우뚱거렸다.

1687년 9월 제주 조천 사람 고상영 등이 탄 진상선이 풍
랑을 만나 난바다로 흘러갔다. 한 달여 표류 끝에 처음
으로 육지를 만났다. 알고 보니 안남국이었다. 저물 무
렵 뭍에 올라 회안군(호이안)의 관아로 끌려갔다. 검은
옷에 말총 모자를 쓴 한 관원이 표류 정황에 대해 묻더
니 글로써 이렇게 꾸짖었다.
"우리 나라 태자가 일찍이 조선 사람에게 살해당했다.
그러니 너희에게 보복하여 원수를 갚아야 마땅하다."
조선인들이 모두 땅에 엎드려 목 놓아 울었다. 그때 비
단옷을 입은 우아한 부인이 패옥을 쩔렁이며 나왔다. 행

동거지가 단아하고 기이한 향기가 풍겼다. 부인이 글을 써서 보여주며 말했다.

"울지 마라. 우리 나라는 본래 인명을 살해하는 일이 없으니 마음을 놓아라. 머물려면 머물고, 돌아가려면 돌아가라. 너희가 원하는 대로 해주겠다."

그때부터 조선인들은 좋은 대접을 받고 잘 지낼 수 있었다. 예컨대 배가 고파 두 사람을 먼저 민가에 보낸 적이 있었다. 아무 집이나 찾아가니 집 안으로 맞아들여 차와 술을 권했다. 이어 밥과 반찬을 내오는데 푸짐하고 깔끔했다. 다 먹고 나자 쌀 서 말과 동전 60문, 흰 새우와 멸치 절인 것, 화문석과 도자기 그릇 따위를 주었다. 동네 사람들도 신기한 듯 구경 와 모두 300문의 돈을 걷어주었다. 나중에 중국 배를 타고 돌아갈 때까지 이런 식의 대접이 이어졌다.[3]

제주 사람들을 통곡하게 한 '사건'은 1611년 광해군 때 발생했다. 그해 3월에 안남국의 왕자 일행이 제주에 표류했으나 제주 목사 이기빈이 그들을 모두 살해했다. 배에 실려 있던 진기한 비단과 마노 따위에 탐을 냈던 것이다. 나중에 사건이 발각되어 목사는 유배형에 처해졌다. 하지만 그 일은 바람을 타고 멀리 안남국에도 알려졌다.

연행사와 표류기 정도로 간간이 이어지던 한국과 베트남의 교류는 20세기에 이르러 전혀 다른 양상으로 전개된다. 나는 중국인 량치차오가 아니라 베트남인 판보이쩌우의 『월남망국사』에 대해 간략히 설명했다. 학생들도 다 알고 있는 눈치였다. 이후 한국도 본격적으로 망국의 시대로 접어들었다. 나는 곧 하노이의 한 조선인 청년에 대해 소개했다.

> 서울에서 경성 제2고보(경복고등학교)를 나온 김영건은 1931년부터 1940년까지 10년간 하노이에 머물면서 극동학원을 위해 일했다. 극동학원은 베트남어로 원동박고원遠東博古院이라고도 하는데, 근대 초기 프랑스가 인도차이나 지역의 문화 연구를 총괄한다는 명목으로 설립한 연구 기관이었다. 실은 대표적인 문화 수탈 기관이었다. 김영건은 일본연구실의 사서로 근무하는 틈틈이 '안남'에 대한 글을 써서 조선에 소개하기도 했다. 그 작업이 양적으로나 질적으로 우뚝해, 훗날 한 학자는 그에게 '베트남학의 개척자'라는 별칭을 붙여주었다.[4]

나는 혹시 관심 있는 학생들은 나중에 두 나라 교류사를 주제로 공부를 더 해보라고 권했다. 특히 해방 이후 북한과

베트남의 교류 관계에 대해서는 우리보다 훨씬 자료 접근
이 쉽지 않겠느냐고 말하자, 학생들은 크게 박수를 보냈다.

하지만 딱 거기까지였다. 이후 내가 보여준 파워포인
트 자료들은 두 나라가 함께 올라탄 '시소'를 급격히 기울
게 만들었다. 당연히 '전쟁'이 가장 큰 걸림돌이었다. 나는
1965년 파병 결정 당시 반대표를 던진 국회의원은 단 한
사람밖에 없었다는 사실로 시작해서, 겨우 사진 몇 장만
보여주는 것으로 '불행했던 과거'를 서둘러 마무리했다.
이 글을 쓰기 위해 그때 쓴 파일을 뒤져보니, 아뿔싸, 당연
히 포함시켰다고 생각했던 사진 두 장이 빠져 있었다. 그
건 한때 우리나라 도처에 내걸렸던 현수막이었다. 거기에
씌어 있으되,

베트남, 절대 도망가지 않습니다. 국제결혼 전문.

천생연분 결혼 정보. 베트남 처녀와 결혼하세요. 초혼,
재혼, 장애인 상담 환영. 후불제.

나는 마치 우리나라의 나쁜 측면은 일부러 보여주지 않
은, 조금은 교활한 지식인이 된 것 같아서 얼굴이 달아올
랐다.

내 강의가 끝난 뒤, 한 학생이 정확한 한국어로 질문했다.

"남한군은 미군의 용병으로 우리 나라를 침략했습니다. 그러나 이제까지 아무런 사죄나 반성을 하지 않고 있습니다. 일본에 대해서 진정한 사죄를 계속 요구하는 한국이 베트남에 대해서는 어째서 침묵을 지키는지 선생님의 의견을 듣고 싶습니다."

서른 명 학생 중에서 유일하게 역사학부 학생이라고 했다.

다는 아니더라도 학생들 사이에서 꽤 많은 박수가 나왔다. 나는 마치 호이안의 관리 앞에 선 제주도 표류민처럼 잠깐 뜨끔했지만, 솔직히 꽤 기뻤다. 베트남이 달라지고 있다는 사실 때문이었다. 말만 나오면 무조건 "과거를 덮고 미래를 향해 나아가자"며 틀에 박힌 대답만 들려주던, 예전에 내가 만났던 나이 든 세대하고는 전혀 달랐다. 시간 탓에 '기울어진 시소'에 대한 내 생각을 길게 들려주지 못한 것이 안타까웠다.

유령들의 전쟁

소설가 바오닌의 새집에 초대를 받았을 때, 마침 이런 정도의 생각을 떠올렸다.

『전쟁의 슬픔』을 쓴 작가 바오닌. 옛집에서 찍은 사진이다.
그의 서가에는 언어학자인 아버지가 보던 책들이 많다.
그는 이 방에서 대놓고 담배를 피웠다.

　　모든 전쟁은 두 번 치러진다. 한 번은 전쟁터에서, 다시
한 번은 기억 속에서.[5] 이제는 어쩌면 '전쟁의 기억'이 아
니라 '기억의 전쟁'을 고려해야 할 시점인지 몰랐다.
　　바오닌의 집은 우리로 치면 일산이나 분당쯤 신도시에
있는 고급 아파트였다. 쾌적한 단지가 인상적이었지만, 솔

직히 나는 좁고 우중충했던 그의 옛집이 훨씬 작가의 집다웠노라 생각했다. 그때 그는 한국에서 부러 찾아온 손님들을 까치가 집을 지은 듯 부스스한 머리에 헐렁한 티셔츠만 입고 맞이했다. 담배도 방 안에서 대놓고 피웠다. 우리를 무시한 게 아니라 그게 지난 세월 내가 줄곧 보아온 바오닌의 '진경'이었다. 그렇더라도 세월은 살처럼 흘렀다. 그는 이제 베트남 작가동맹의 고리타분한 관료주의에도 슬쩍 곁을 내주고 있었다. 이번 국제 행사에 참석한 것 자체가 그 증거였다. 예전 같으면 아무리 불러도 모르쇠에, 무슨 핑계를 대서라도 빠지곤 했을 그였다.

깔끔한 정장 차림으로 부인과 함께 문 앞에 서서 우리를 맞이하는 바오닌의 모습은 사실 좀 어색해 보였다. 그도 멋쩍은지 나를 보곤 씩 웃었다. 그들 부부 뒤에, 이번 행사를 주최한 작가동맹의 실세라는 한 여성 작가가 미리 와서 기다리고 있었다. 그녀의 화사한 의상이 눈에 번쩍 띄었다.

바오닌의 『전쟁의 슬픔』을 처음 본 것은 1996년 사이공에서였다. The Sorrow of War. 배낭족 거리 팜응라오에서 발견한 해적판이었다. 그때 그 책이 '색목인' 관광객들 사이에 꽤 많이 읽히고 있다는 사실은 뒤늦게 알았다. 솔직히 그 소설을 3분의 1도 제대로 읽지 못했을 것이다. 그러고서도 엄청난 충격과 감동을 받은 나는 돌아와서 한 출판사 관계자에게 그 책의 번역 출간을 권했다. 그리고 그 영어판의 중역본을 위해 주저 없이 '발문'을 써주었다. 번역자는 정작 불문학 전공자여서 번역에 불어판도 많이 참고했다고 밝혔다.

바오닌은 끼엔이라는 인물을 통해 당대의 지배적인, 또는 지배적인 것처럼 보이는 전쟁에 대한 거의 관습적인 이미지를 과감히 해체하는 데 성공한다. 물론『전쟁의 슬픔』은 기존의 소설에서도 찾아보기 어려울 만큼 감동적인 '전쟁 휴머니즘'을 드러내기도 한다. 예를 들어 자신의 실수로 끼엔이 위험에 처하게 되자 미군 추적대에게 스스로 달려드는 여자 연락책 호아(그녀는 결국 미군에게 윤간을 당한다)라든지, 적 낙하산병에게 발각되어 꼼짝없이 죽게 되었을 때 항복하는 척하면서 다리를 붙잡고 늘어져 끼엔만은 살려내는 동료 떰에 대한 묘사는 숄로호프의『고요한 돈강』에서 보는 분추크와 안나의 상호 헌신적인 동지애만큼이나 감동적이다. 그렇지만『전쟁의 슬픔』은 어디까지나 그런 휴머니즘조차 냉소하게 만드는 인물, 끼엔에게 전형화의 초점을 맞추고 있다. 그리하여 베트남의 현대문학은『전쟁의 슬픔』을 시

작으로 이제 공식적 담론만이 통용되던 시대로부터 한 걸음 훌쩍 벗어나게 되는 것이다.[6]

1969년 하노이의 쭈반안 고등학교를 졸업하자마자 입대한 바오닌은 1975년 종전이 되고서도 8개월을 더 복무한다. 유해 발굴단이었다. 전쟁 때와 또 다른 그때의 끔찍한 경험은 그의 소설에서 주로 잠과 꿈, 그리고 드물게 홍마초의 환각으로 드러난다. 그것은 주인공 끼엔의 피할 수 없는 '또 다른 전쟁'이었다. '전쟁의 기억'이 잊느냐 마느냐 망각을 둘러싼 싸움이라면, '기억의 전쟁'은 그 기억들이 지니는 의미에 대한 싸움이다. 그때 승리와 영광은 덧없이 사라지고, 대신 덧없이 사라진 영혼들이 나타나 아직 살아 있는 젊은 병사의 잠과 꿈을 지배하게 된다.

유해 발굴단의 운전사는 끼엔에게 이렇게 말한다.

"매일 밤 하루도 빼놓지 않고 그들이 얘기 좀 하자고 나를 흔들어 깨우는 거야. 정말 끔찍한 일이지. 온갖 귀신이 다 있어. 오래된 귀신, 방금 죽은 귀신, 10사단 귀신, 2사단 귀신, 지방군 귀신, 320기동대 귀신, 559부대 귀신까지, 가끔은 긴 머리의 여자 귀신까지 본다고. 때로는 남베트남군 귀신들도 끼어들고 말이야."[7]

『전쟁의 슬픔』에서 귀신 혹은 유령은 매우 중요한 역할을 한다.

1969년 건기의 끝 무렵에 제27 독립대대가 B3 전선에서 궤멸을 당한다. 대대장은 항복하느니 차라리 죽어버리자며 자기 머리에 권총을 쏘아 자살했다. 끼엔은 부상을 입었을 망정 그곳에서 살아남은 열 명의 '행운아' 중 하나였다.

그때부터 아무도 27대대에 대해서 말하지 않았다. 그러나 그 패배가 낳은 수많은 혼령과 귀신은 여전히 하늘 위로 올라가는 것을 거부하고 밀림 근처, 잡목 숲 모퉁이, 강물 위를 배회했다. 그 후 사람들은 독기를 뿜어내는 이 희뿌연 무명의 골짜기에 듣기만 해도 머리카락이 곤두서는 듯한 '고이혼'이라는 이름을 붙였다. 이따금, 아마도 혼령들의 축제가 열리는 날이면, 이 불모지에 대대의 전 부대원이 점호를 하듯 모여든다고 한다. 시냇물이 흐르는 소리, 산바람이 울부짖는 소리는 바로 병사들의 황폐한 영혼이 내는 목소리인 것이다.[8]

혼령과 귀신들은 어째서 하늘로 오르기를 거부하는가. 그들은 왜 희뿌연 무명의 골짜기에서 이따금 점호를 하듯 모여 축제를 여는가. 그것은 바로 '목소리' 때문이었다. 그 목소리로 아직 하고 싶은 이야기들이 많기 때문이었다.

사실 그들은 너무 젊었다. 영광의 청년 여단이라고? 천만
에! 채 스물이 안 된 애송이 병사들이 수두룩했다. 여자하
고 손 한 번 제대로 잡아본 적 없는 병사들이 수두룩했다.
밤마다 고향과 급우들, 가족과 친척들 생각에 주르륵 눈물
흘리는 병사들이 수두룩했다. 하지만 그 모두를 떠나서, 떠
나올 때 동구 밖에서 고개만 주억거리며 애써 눈물을 참던
어머니만큼은 꼭 한 번 봐야 했다. 보고는 비록 아무 말 못
할지언정 그 주름진 손을 만져보기라도 해야 했다. 그러지
않고서야 어찌 하늘이고 어찌 저세상이란 말인가.

알고 보니 시냇물 흐르는 소리, 산바람 울부짖는 소리가
죄 그들의 목소리였다.

밀림을 배회하는 그 숱한 혼령과 귀신들은 피아를 가리
지 않았다. 이승에서는 서로 총부리를 겨누었을망정 저승
에서는 적도 동지도 없었다. 그들은 다만 무엇인가 슬퍼서,
무엇인가 허무해서, 무엇인가 억울해서 밀림을 배회하는
다 같은 중음신中陰身의 종족이었다. 머리가 잘려나간 흑인
병사 무리가 횃불을 들고 산기슭을 행군하는 것도 그 때문
이었다. 끼엔의 잔인한 총구 앞에 제가 들어갈 무덤을 스
스로 파야 했던 남베트남 공수부대원들도 뭐든 더 할 말이
있지 않았겠는가. 그들이 생애 마지막 남긴 말이, "제가 알
아서 흙을 덮을게요. 어르신들이 수고하실 필요가 없어요.

그리고 제가 자원해서 어르신들의 지휘관에게 많은 정보를 드리겠어요. 우리 당의 정책은, 적은 물리쳐도 투항해온 사람은 용서해주는 것이잖아요. 어르신들은 저를 죽일 권리가 없어요…. 권리가 없다고요! 아, 제발… 제가 이렇게 엎드려 빌잖아요"라면, 세상에, 그건 너무 불공평하지 않겠는가!

끼엔은 자기 안의 자아를 신뢰할 수 없었다. 밀림에 있던 6년 동안 유령들의 하소연을 너무나 많이 들었다. 그러니 쓸 수밖에 없었다. 그에게 소설은 또 다른 전쟁이었으되, 국가가 관할하는 공식 영역 밖에서 이루어지는, 이제 온전히 '자기 혼자만의 전쟁'이 되었다. 그리고 그 전쟁에서 그는 "결국에는 크게 패하고 말 것을 분명히 알면서도" 멈출 수가 없었다.

끼엔의 소설, 혹은 바오닌의 소설에서 죽은 자들의 세계와 산 자들의 세계가 엄격히 구분되지 않는 것[9]도 그 때문이었다.

하노이, 첫사랑의 그림자

2000년 6월 처음 그를 서울로 초청해 만난 이후 나는 꽤 자주 바오닌을 만났다. 일일이 기억할 수는 없지만, 어떤 해에는 한국과 베트남을 오가며 두세 번을 만난 적도 있었다. 그러나 나는 입때껏 한 번도 그에게 직접 전쟁의 참상을 들려달라고 부탁한 적이 없었다. 아니, 부탁할 수 없었다.

그가 끼엔과 얼마나 같고 다른지 따지는 일은 부질없다. 마찬가지로 하노이 사람인 그에게 하노이를 얼마나 사랑하는지 묻는 것도 부질없는 질문이다. 다만 우리는 밀림에서 끼엔이 하노이 출신 병사들을 만날 때마다 해먹에 나란히 누워 밤새도록 하노이 거리 풍경에 대해 이야기를 나누던 사실만은 기억한다. 그는 어떤 병사도 하노이에 대해 자기만큼 세세하게 자질구레한 것까지 알지는 못한다고 자부했다.

그는 하노이 36거리의 복잡하게 얽힌 길을 작은 골목길 하나 틀리지 않고 묘사할 수 있었다. 어느 누구도 하노이에 크고 작은 호수가 몇 개 있는지, 컴 티엔 거리에 골목길이 몇 개 있는지, 어느 거리의 아가씨가 가장 예쁘고, 태평양극장에서 어느 날 밤에 금지 영화를 상영하는지, 어떤 방법으로 표를 구입할 수 있는지 끼엔만큼 알지 못했다. 그리고 끼엔이 거리에 대한 지식을 전쟁 중에 습득했으리라고는 아무도 상상하지 못했다. 끼엔이 여러 부대를 거치고 하노이 출신 병사들을 많이 만나서 두루 얘기를 나누다 보니 얻어진 것들이었다. 끼엔은 입대하기 전에 단지 어린 학생에 불과했다. 거리를 잘 돌아다니지도 않았다. 군대 생활과 깊은 밀림 속의 아련한 세월들이 자신이 태어나 자란 도시를 진심으로 사랑하게 만들었다.[10]

사실 그에게 하노이가 없었다면 전쟁을 끝까지 견뎌낼 수 있었을까?

흔히 전쟁의 반대는 평화라고 말한다. 때로는 그 평화를 위해서 어쩔 수 없이 전쟁을 한다고도 말한다. 그러나 끼엔은 밀림에서 한 번도 평화를 바라지 않았다. 그가 바란 것, 그가 꿈꾼 것은 지극히 소소한 일상이었을 뿐이다.

바오닌은 다른 단편소설에서도 하노이의 그런 소소한 일상을 연민의 눈으로 들여다본다.[11] 전쟁이 끝나고도 한참이나 시간이 흐른 후, '나'는 오래전에 살던 옛집을 찾아 나선다. 거기서 단 한 사람의 이웃 장 누나를 만날 수 있었는데, 그 누나 역시 곧 하노이를 떠날 예정이라 했다. '나'는 그녀의 방 벽에 걸린 유화 한 폭을 보고 큰 충격을 받는다. 그것은 같은 4번지에 살던 화가 남 아저씨가 그린 그

320

림이었다.

그 즉시 나는 시체처럼 얼어붙었다. 화가는 우리를 그렸던 것이다. 일곱 명. 바로 1964년 섣달 28일 밤이었다. 그 광경은 정말 전설 같았다. 장작불 주변에는, 활활 타는 불길이 어두운 밤을 둘러싼 곳을 휘저어 끝없이 밝혀나가는 것 같았다. 제야 하루 전의 하늘은 아주 어둡지도 않았고 구름도 한 점 없었다. 우리들 머리 위 넓고 컴컴한 하늘은 웅장하고 장엄하여 특별한 시대를 앞둔 밤하늘이었는데, 그건 오늘날의 사람들은 결코 볼 수 없는 밤하늘이었다. 나는 그 그림의 어둠 속에서 이제는 과거가 되어버린, 옛날에 친숙했던 이 거리의 모습과 붓 자국을 볼 수 있었다.

그러나 이 그림의 주인공은 어디까지나 장작불에 빨갛게 비친 얼굴들, 아주 사실적으로 묘사되고 감정 표현이 잘된 우리들이었다. 그렇지만 그림의 아름다움, 사실성, 잘 그려진 외형 모두가 서글픈 느낌을 안겨주었다. 그 느낌이 시간과 육체를 관통했다. 그림은, 명백하지만 오랫동안 조금씩 시들해진 의식을 일깨워주었다. 나는 그것을 전혀 알아차릴 수 없었다. 그림 속에서는 아직 어린 우리들 여섯 명이 바잉쭝 찜통 옆에 앉아 있었

는데, 지금은 오직 한 명, 나만 유일하게 살아남았다. 오
직 나 혼자였다![12]

그림은 설을 앞두고 4번지 공동주택의 마당에서 다 함
께 바잉쯩이라는 명절 음식을 만들고 기다리는 장면을 그
린 것이었다. 하지만 '나'는 그 그림에 나오는 친구 다섯이
이미 이 세상 사람들이 아니라는 사실을 새삼 확인하고 큰
충격을 받는다.

그림 속의 빙은 쟝 누나처럼 통통하고 미끈한 피부에 준수
하게 생긴 열 살짜리였다. 실제로는 '털보 펫'이라는 별명을
갖고 있으면서 누나를 엄청나게 좋아했던 그는 1972년 건
기의 격렬한 전투 당시 전사했다. 그것도 바로 내 앞에서.

운전사 따씨의 아들 파이는 그해 열두 살이었다. 빡빡머
리라서 짱구 머리통과 흉터, 튀어나온 광대뼈, 큰 입, 버짐,
미간의 주름까지 분명했다. 그는 고사포 부대에 들어갔는
데, 열이틀에 걸친 하노이 공습 때 B52의 폭격으로 사망
했다.

얼굴은 못생겼어도 맑고 큰 눈 때문에 매우 총명해 보이
는 썬은 하노이 종합대학 수학과에 다니다가 입대했고, 포
병 정찰병으로 싸우다 전사했다. 바잉쯩 찜통 옆에 앉아
있는 그의 얼굴은 머릿속으로 마치 산수 문제를 풀고 있는

듯한 모습이었다.

그림 속에서 어둠 때문에 신체의 일부가 가려진 딩은 담요를 둘둘 만 채 양손으로 턱을 괴고 누워 있었다. 그는 그때로부터 11년 뒤인 1975년 건기 대공세 때 부온마투옷 외곽에서 전사했다.

그날, 1964년 섣달 28일 밤, 딩의 형 쭝은 실제로는 쟝 누나를 놓고 털보 펫과 주먹을 휘두르며 싸웠다. 그렇지만 정작 그림 속에서는 가슴을 활짝 펴고 허리를 꼿꼿이 세운 채 가부좌를 튼 자세였다. 그의 무릎 앞에는 개 두 마리가 얌전히 누워 있었다. 해군에 입대한 그는 4번지에서, 아니 하노이 시 전체에서도 최초의 대미항전 용사였을지 몰랐다. 그는 1964년 8월 초, 전쟁이 막 시작되려는 때 혼메 바다에서 전사했다.

그리고 마지막 한 아이…. 그 아이는 그때 열일곱 살이던 쟝 누나의 허리를 껴안은 채 그녀의 검고 긴 머리칼에 얼굴을 묻고 있었다. '나'는 그 아이가 그로부터 5년 후 고등학교를 졸업하고 곧 입대하게 되는 바로 그 자신이라는 사실을 깨달았다.

모든 것은 바잉쫑 찜통을 빨갛게 달군 장작불의 불빛과 함께 아련한 기억 저편으로 사라졌다. '나'는 청년 시절 내내 사랑이란 것을 미처 느껴볼 시간도 없었다. 입대 후 시간은 오직 한 전투에서 다른 전투로 끝없이 옮겨가는 미로일 뿐이었으니까. 그러나 과연 그것뿐이었을까?

가끔, 그 어느 이른 새벽에, 하늘에서는 폭탄 소리가 울리는데, 총소리 없는 깊은 숲속에서 깨어난 나는 흔들리는 해먹에 누워, 정신없이, 내 것이 아닌 것 같은 어떤 추억 속에 빠졌다. 나는 어떤 때는 동다 언덕 아래 붐비는 수많은 사람들 속에서, 어떤 때는 늦은 밤 마당의 아궁이 불빛 아래에서 쟝 누나를 껴안고 있는, 쫑이 아닌 바로 나를 보았다. 너무 놀랐다. 나는 내 가슴을 파고든 누나의 젖가슴을 만졌는데, 그 느낌이 손바닥을 꽉 채웠다. 나 혼자 정글 속에 있었는데도, 나는 누나의 입술에 다가갔고 누나의 머리칼과 살냄새를 들이마셨다.[13]

훗날, '나'는 그것이 바로 첫사랑의 그림자였다는 사실을 깨닫는다. 그것은 현실성이라곤 전혀 없었다. 그러나 그 때문에 아무런 의미가 없다고 누가 말할 수 있겠는가. 아마도 '나'는 그것 때문에 결국 살아서 돌아온 것은 아니겠는지!

하노이에서 하노이를 찾다

나는 닌빈에서 돌아온 일행과 함께 부지런히 행사에 참가했고 부지런히 하노이를 돌아다녔다. 몇몇 동료와는 따로 시내 구경을 했다. 나는 벌써 한 열다섯 번은 족히 왔을 하노이를 내 손바닥 손금인 양 슬쩍 뻐기곤 했을 텐데, 웬걸, 난생처음 온다는 동료들이 나보다 훨씬 길을 잘 찾았다. 알고 보니 그들의 손에는 하나같이 스마트폰이 들려 있었고, 그 속에서는 구글 지도 앱이 한 치의 오차도 없이 작동 중이었다. 반면 나는 018에 2G인 폴더폰을 아예 가져오지도 않았고, 내 기억은 그새 또 달라진 하노이의 변화무쌍을 쉽게 따라가지 못했던 것이다.

그뿐만 아니었다. 동료들은 이제 나보다 정보도 더 많이 가지고 있었다. 내가 중앙 우체국 근처 리 태조 동상 앞에서 우물쭈물하면, 그들은 곧장 "아, 여기 나오네요. 리 태조, 베트남어로 리타이또. 에, 정조 태평 5년 2월 12일, 서기 974년 3월 8일 생이며 순천 19년 3월 3일, 즉 1028년 3월 31일 사망. 에, 리 태조는 전 레 왕조의 군인·정치인이사, 리 왕조의 초대 황제. 재위 1010년에서 1028년이다. 묘호는 태조, 시호는 신무황제. 에, 그리고 존호는 봉천지리응운자재성명용견예문영무숭인광효천하태평흠명광

택장명만방현응부감위진번만예모신공성치칙천도정황제. (폭소) 또 성명은 이공온으로서…"하며 나설 게 분명했다.

　나도 전에는 열심히 공부했고 열심히 정보를 챙겼다. 그래서 그 리 태조가 수도를 탕롱, 즉 지금의 하노이로 옮겼다는 사실도 알고 있었다. 그로부터 하노이는 968년 중국의 천년 압제에서 벗어난 베트남의 수부首府로서 다시 천년의 영욕을 맞이하게 되는 것이다.

　물론 내가 가장 관심을 둔 시대는 근대였다.

　하노이의 근대는 프랑스의 식민지 침탈과 더불어 시작되었다. 1858년 다낭을 침공한 프랑스는 10년 후에는 베트남 남부 6개 성을 손아귀에 넣고 이른바 코친차이나 식민지를 선언할 수 있었다. 그 이후에도 식민의 야욕은 그치지 않아, 마침내 1887년에는 인도차이나 반도 전역을 아우르는 인도차이나 연방(혹은 프랑스령 인도차이나)을 수립하기에 이른다. 연방은 베트남 남부 코친차이나를 식민지로, 중부 안남과 북부 통킹을 보호국으로 삼았을 뿐만 아니라 라오스와 캄보디아도 보호국으로 관장했다. 프랑스는 1902년 사이공에 있던 인도차이나 총독부를 하노이로 이전하는데, 이는 식민 제국의 확장을 염두에 둔 포석이었다.

　이로써 하노이는 프랑스 식민 정책의 동아시아 전초기지로서 본격적인 첫발을 떼게 된다.

하노이 한복판, 유서 깊은 호안끼엠 호수.

　실은 총독부가 들어서기 이전부터, 즉 1873년 하노이 성 침공 이후 1884년 통킹이 보호령이 된 이후부터 프랑스의 발길은 분주해졌다. 그리하여 탕롱 성(하노이 성)의 동남쪽 홍강 하류 유역에 조계지 건설을 시작으로 자신들의 세력을 급속히 넓혀나갔다. 그들은 이미 아프리카 식민지 경영에서도 그랬듯이 하노이 지도 위에 자를 대고 줄부터 그었다. 그때 제일 먼저 그은 것이 조계지에서 호안끼엠 호수와 동촌을 지나 탕롱 성까지 잇는 줄이었다. 그들은 그 줄에 중심 도로, 즉 폭이 15미터 이상이나 되는 널찍한 포장 도로를 건설한 다음 거기에 '폴 베르트'라고 거리 이름을 붙였다. 그 거리 양쪽에는 유럽풍의 상점과 카페가 들어섰다. 이어 극장, 경마장, 오페라 하우스, 박물관 등도 속속 건설되었다. 호수 남쪽에는 북부 청사, 시청, 행정국, 법원, 중앙 감옥, 금고, 우체국, 인도차이나 은행, 국세청, 메트로폴 호텔, 성당, 프랑스식 빌라들과 공원이 들어섰다.

이로써 삭제, 배제, 봉쇄, 누락 따위 식민 지배의 가장 기본적인 스토리텔링이 물질적으로 완성되었던 것이다.

하지만 20세기에 접어들면서 상황은 또 급변한다. 이제 베트남인들은 스스로 역사의 주어主語임을 자각하고 자신들의 스토리텔링을 써나가기 시작한다. 겉으로 '자유, 평등, 박애'라는 프랑스 혁명의 기치를 내걸어 '문명화의 사명'을 주장한다고 해서 더 이상 속지 않았다. 특히 판보이쩌우의 동유 운동[14]과 판쩌우쩐의 유신 운동, 그리고 르엉반깐의 교육 운동 등이 민중의 의식을 깨우는 데 크게 기여했다. 물론 응우옌아이꾸옥(호찌민)이 주도하는 새로운 사상운동이 식민지 해방을 위한 토대가 되려면 좀 더 시간이 필요했지만.

어느 날 밤에 혼자 들른 36거리에서는 방향감각마저 상실해 기진맥진할 때까지 걷고 또 걸었다. 나는 할 수 없이 아무 데나 길가 커피숍에 들어가 내 부실한 전정기관을 달래야 했다. 하긴, 예부터 서른여섯 가지 업종에 따라 형성된 36거리에서는 하노이 토박이들도 종종 길을 잃는다 하지 않았던가.

나는 다시 뜨거운 카페 쓰어다 한 잔을 시켜놓고 눈을 감았다.

갑자기 저쪽 골목에서 전차 한 대가 꿈처럼 느릿느릿 그 모습을 드러냈다. 사람들은 크게 서두르지 않고 길을 비켜준다. 그래도 전차 운전사에 대한 경외감만큼은 숨기지 못해 슬쩍 고개를 돌려 쳐다본다.

옛 전차의 추억은 하노이 사람들의 머릿속에서 결코 바래지 않는다. 사람들은 전차 맨 앞 칸에 서서 운전하는 기관사를 잊지 못한다. 기관사는 손으로 운전하면서 오른쪽 왼쪽으로 방향을 틀기 위해 항상 정면을 응시했다. 그는 경적 위에 다리를 살짝 걸처놓았다. 출발할 때나 역으로 들어갈 때면, 발로 그 경적을 밟았다. 깽… 깽… 깽… 경적 소리가 떠들썩하게 울려 퍼졌다. 그 소리가 도시의 새벽을 깨웠다. 한겨울에도 도시를 생동감이 넘

하노이 36거리는 탕롱 시절부터 내려오는 전통 시장이다.
하노이 사람들도 종종 길을 잃을 정도로 복잡하다.

치게 만들었다.[15]

  사람들은 날씨가 차가워지면 일찍 잠에 들게 마련인데, 훗날 소설가가 되는 어린 소녀는 따뜻한 이불 속에서 늦게까지 전차의 그 경적 소리를 듣곤 했다. 그녀의 기억 속에서, 전차는 연인들의 교통수단이기도 했다. 쌍쌍의 젊은이들은 전차에서 나란히 앉아 도시를 구경했고, 그러다가 또 뛰어내리는 놀이를 즐겼다. 작가는 "땅거미 지는 시간 속으로 달리던 전차의 모습"도 기억하며 그게 "삼삼하다"고 적었다.

  그런데 1980년대에 들어와 "누군가가 전차 시스템을 모두 파괴해버렸다"고 작가는 분개했다. 그자들이 하노이의 길거리 나무들도 함부로 베어버렸다. 그것들은 무자비한 폭격의 순간에도 도시의 특별한 풍모를 유지시켜주던 나무였고, 언제나 찰랑거리는 머리로 걷던 소녀들에게 길과 그늘을 내주던 나무였다. 늦가을 시원한 초저녁이면 아주 멀리까지 향기를 날려보내던 협죽도도 더 이상 하노이의 자랑이지 않았다. 지금은 협죽도 향기가 하수도와 석유와 오물의 강렬한 악취에 압도당해버렸다. 아글리아, 모란, 난도 더는 향기를 풍기지 않는다. 사람들은 언제 그런 꽃향기를 맡았는지도 잊은 채 바삐 걸음을 옮길 뿐이다.

　그렇게 동경의숙 옛터를 지나치고, 건물 외곽에 기다란 난간 지붕이 있어 그 아래를 걸을 때면 옛 건축물의 편안함과 시원함을 즐길 수 있었던 옛 고다 백화점 자리를 지나치고, 인도차이나에서 가장 오래된 식민지풍 건물로 개미 한 마리도 빠져나가기 힘들게 지었다던 메종 상트랄, 즉 저 악명 높은 호아로 감옥도 지나치고, 만약 녓떤의 복

하노이 민족교육운동의 발상지인 동경의숙 옛터.
지금은 아무 흔적도 남아 있지 않다.

숭아나무가 빠진다면 하노이가 아니라던 그 복숭아나무가
모두 사라진 녓떤의 복숭아 마을도 지나치고, 19세기 프랑
스 고전 방식으로 지었다던 970채의 별장들이 1975년 이
후 갑자기 폭증한 "돈, 개인의 야망, 개인 소유 습관"에 밀
려 부서진 형편 무인지경을 지나쳤다.

  그래도 베트남전쟁 당시 인민군 유소년 지원군으로 참

전한 경력의 소설가 레민퉤는, 하노이에 아직 36거리가 남아 있다는 사실에 새삼 안도한다. 그녀는 거기서 언제나 길을 잃어 사람들에게 길을 묻곤 했는데, 어쩌면 그 핑계로 나처럼 길거리 커피 한 잔의 위안을 바랐던 것인지도 모른다.

눈을 뜨니, 뿌옇게 매연을 내뿜는 오토바이들이 앞으로 뒤로 가로로 세로로 정신없이 질주한다.

나는 전차가 다니던 하노이의 옛 거리를 다시 걷고 싶은데, 아무래도 누군가의 도움이 필요하다. 더블린을 모르는 이들이 제임스 조이스의 『더블린 사람들』을 펼쳐들고, 에도의 흔적이 아직 다 사라지지 않은 근대 초기의 메이지 도쿄가 궁금한 이들이 에드워드 사이덴스티커의 『도쿄 이야기』를 펼쳐들듯이, 하노이의 지난 시절이 유난히 궁금하고 그리운 이들을 위해서는 특히 소설가 또호아이의 명저 『하노이 옛이야기』가 절대적으로 필요하리라.

그래도 하노이는 옳았다

서울에 돌아오자마자 북미 정상회담이 열렸다. 나 역시 잔뜩 기대를 갖고 텔레비전 앞에 앉았다. 한반도의 평화

334

북미 정상회담을 취재하는 기자들.

가 이제 곧 하노이의 화평에서 비롯할 터였다. 베트남어로 '평화'는 우리와 거꾸로 '화평ʰòa bình'이다. 카메라가 돌아갈 때마다 낯익은 풍경이 스치듯 지나갔다. 호찌민의 영묘, 주석궁, 영빈관, 호안끼엠 호수, 중앙 우체국, 노트르담 성당, 오페라 하우스, 내가 몇 번이고 길을 잃었던 36거리, 서호, 문묘, 그리고 회담장과 두 정상의 숙소로 쓰이는 호텔들까지. 하지만 이게 어찌 된 일인가, 카메라가 비치는 곳마다 미세 먼지와 매연이 점점 짙어지더니, 급기야 현지에서 뉴스를 진행하는 앵커들의 뒤편에 당연히 나타나야 할 하노이의 아름다운 야경이 온통 시커먼 어둠 일색 아닌가. 세상에! 내가 있을 때도 저랬단 말인가? 보고도 믿을 수 없었다. 절로 혀를 찰 수밖에 없었다.

마침내 회담이 시작되었고, 마침내 회담이 끝났다.

그리고 모두를 깜짝 놀라게 한, 설마 했던 반전이 일어났다. 트럼프 대통령은 회담의 결렬을 선언한 채 먼저 돌아갔다. 김정은 국무위원장은 우울한 얼굴로 나머지 일정을 마친 뒤 다시 길고 긴 귀국길에 올랐다.

한바탕 어지러운 악몽을 꾼 듯싶었다.

온몸에서 힘이 쭉 빠지고 크게 한 방 얻어터진 듯 얼얼했다. 곧 굉장한 무기력이 찾아왔다. 분노라든지 배신의 감정마저 삼켜버릴 무기력이었다.

덕분에 이 글을 마무리 짓는 일도 힘들게 되었다.

나는 마치 그 때문에 회담이 결렬된 듯 하노이의 매연과 미세 먼지라도 탓하고 싶었다. 하지만 그게 어찌 말이 되겠는가. 행여 하노이의 잘못이 있다면 오직 외세의 침략을 무수히 견디고 싸워 끝내 평화를 이룬 죄밖에 없을 것을.

1946년 호찌민 주석은 평화협정을 맺기 위해 파리로 떠나면서 주석 대행 후인 툭캉에게 이렇게 말했다고 한다.

"이불변 응만변^{以不變 應萬變}."

'내 안의 불변으로 만변하는 세계에 대응한다'는 뜻이다.[16]

그렇다. 이제 베트남전쟁과 더불어 아시아의 현대사를 크게 요동치게 만들었던 다른 하나인 한국전쟁만 남았다. 65년 넘게 휴전 상태를 이어온 그 지긋지긋한 전쟁을 끝내는 일이 생각만큼 쉬울 리 없을 것이다. 우리 내부와 외부의 온갖 회의와 불신, 모욕과 압박이라는 높고도 험한 벽을 넘어야 하리라. 지름길은 없다. 요행도 없다. 그렇게 결국 우리 안의 불변으로 만변을 견디고 넘어야 할 따름이다.

하노이가 견뎌서 이뤄냈듯 우리도 견디며 나아가는 수밖에 없는데, 문득 하노이에서 만난 한국학과 학생들의 초롱초롱한 눈빛이 떠오른다. 그들이 입을 모아 응원하는 목소리도 들려온다.

"힘내세요! 우리가 있잖아요."

하노이는 옳았다.

누가 뭐래도, 하노이는 21세기 평화의 수도가 될 충분한 자격이 있다.

하노이에 관해서

더 많은 것을 알고자 하는 독자들에게

특히 『스토리텔링 하노이』(아시아, 2012)를 권한다.

필자의 글은 물론, 이 글에서 인용한

작가들의 글도 수록되어 있다.

9

일본 '너머'에 있는

오키나와

오키나와 버스를 타고

'아시아의 근대를 읽는 모임'의 벗들에게,

오키나와에 왔습니다. 저로선 첫 방문입니다.

나하 국제공항은 북새통이었습니다. 밀려드는 관광객들을 감당하기에는 입국장이 턱없이 좁았습니다. 입국 심사를 기다리는 줄은 똬리처럼 구불구불 이어졌고, 일을 거드는 자원봉사자들도 밀물 같은 인파에 이리저리 허둥댔습니다. 때마침 오사카에서 열리는 G20 정상회의 때문에 보안 검색이 훨씬 강화된 탓도 있었겠지요. 겨우 청사를 빠져나오자 따가운 햇살이 바늘처럼 콕콕 맨살을 찔렀습니다. 그제야 남국에 왔음을 실감했습니다.

우선 버스에 대해 말해야 합니다. 우리와는 달라도 너무 달랐습니다. 한 정류장을 가든 열 스무 정류장을 가든 정액 요금을 받는 우리하고는 달리, 택시처럼 탑승 거리에 따라 요금이 올라가는 구조였습니다. 승객들은 거의 대부분 현금을 사용합니다. 교통 카드를 사용하는 사람은 가물에 콩 나듯 했습니다.

승객들은 버스가 정류장에 도착해서 완전히 멈춰 서면 그제야 자리에서 일어섭니다. 서두를 필요가 없습니다. 운전기사의 눈치를 보는 이는 한 사람도 없었습니다. 할머니가 천천히 자리에서 일어나 앞으로 갑니다. 그런 다음 지갑에서 1,000엔짜리 지폐를 꺼내 환전통에 넣으면 500엔 동전 하나와 100엔 동전 다섯 개가 나옵니다. 가령 내야 할 요금이 270엔이라면, 할머니는 다시 100엔 동전 하나를 통에 넣습니다. 이제 10엔짜리 동전들이 나오겠지요. 그러면 할머니는 그 동전들을 손에 쥐고 느릿느릿 헤아려 셈을 치릅니다. 운전기사는 말로 독촉하지도 않고 험상궂게 목자를 부라리지도 않습니다. 오히려 조심스레 발판을 내려서는 할머니의 등에 대고 경쾌한 목소리로 이렇게 말하지요.

"아리가토 고자이마시타."

서울 같으면 도무지 상상이 불가능한 장면이겠습니다. 처음에는 그게 무척 어색했지요. 하지만 오키나와에서 10여 차례 버스를 타는 동안 나도 어느새 그 시스템에 익숙해졌고 편한 마음으로 이용할 수 있었습니다.

하려던 말을 마저 하겠습니다. 할머니는 아무런 불편 없이 천천히 버스에서 내렸습니다. 그 정류장에서 교복 차림의 학생들이 몇 명 올라탔습니다. 놀랍게도 그들은 각자 자리로 가서 조용히 앉았습니다. 아무도 장난을 치지 않았고 아무도 시끄럽게 떠들지 않았습니다. 다른 승객들은 몰라도 한창 뛰어놀 나이의 어린 학생들마저 버스에 오르면 하나같이 얌전한 승객이 됩니다. 오키나와에 있는 동안 내가 경험한 모든 버스의 풍경이 이러했습니다.

문득 지난번 러시아 월드컵 축구 대회 때 일이 떠올랐습니다. 일본 팀은 16강전에서 강호 벨기에에게 졌습니다. 그 길로 짐을 꾸려서 떠나야 했지요. 놀라운 일은 그 직후 일어났습니다. 누군가가 일본 대표팀이 머물던 로커 룸을 사진으로 찍어 SNS에 올렸습니다. 세상에, 그건 마치 다음 손님을 기다리는 호텔 방처럼 깨끗하게 청소가 된 상태였습니다. 탁자 위에는 종이에 고맙다는 인사까지 써서 놔두었고요. 하긴 그때 운동장에서 관람하던 일본 응원단도 다르지 않았습니다. 그들은 자기들이 머물던 자리 주변을 말끔히 치우고 경기장을 빠져나갔습니다. 그런 사실들이 알려지자 전 세계의 축구팬들은 세상에서 매너가 가장 훌륭한 일본 대표팀과 응원단에게 아낌없는 찬사를 보냈습니다.

오키나와에 있는 며칠 동안 내가 만난 것도 그런 국민들과 그런 시민 의식이었습니다. 거리는 어디나 할 것 없이 방금 비질을 한 듯 깨끗했고, 사람들은 저마다 가슴에 도덕 교과서라도 품고 다니는 양 예의 바르고 질서를 잘 지켰습니다.

일본 국민, 오키나와 현민

버스에서 내려 호텔을 찾을 때 여러 사람에게 도움을 청했습니다. 영어는 거의 통하지 않았지만 다들 친절하게 일러주려고 애썼습니다. 그렇더라도 스마트폰이 없는 나로서는 결국 집에서 미리 인쇄해온 구글 지도를 몇 번이고 또 들여다봐야 했습니다. 길을 헤매는 동안 나는 마치 이태원의 어느 뒷골목에 온 것 같은 착각에 빠졌습니다. 카페, 바, 나이트클럽, 전당포, 타투 숍, 양복점, 기념품 가게 등등 영어로 쓰인 간판들이 왠지 낯설었습니다. 어느 양복점 앞에서는 인도계로 보이는 주인이 나와, 캐리어를 끌고 같은 길을 빙빙 도는 나를 한심하다는 듯 바라보기도 했습니다.

가까스로 호텔을 찾았을 때, 나는 녹초가 되어 미리 짜두었던 오후 일정을 포기해야 했습니다. 샤워부터 한 다음 텔레비전을 켜자 비로소 내가 어디에 와 있는지 깨달을 수 있었습니다. AFN^{American Forces Network Pacific}이라는 채널이었습니다. 처음 나는 그게 예전에 익숙했던 AFKN인 줄 착각했고, '응 여기도 이 방송이 나오네?' 하고 놀라기까지 했습니다. 물론 그건 같은 미군 방송이되 태평양판 로컬 방송이었죠. 어쨌든 나는 다시 어떤 기시감을 느꼈습니다. 그러자 오는 동안 내가 목격했던 그 모든 착한 일본 국민들이 갑자기 어디론가 증발해버렸습니다. 대신 그 빈자리를 찾아든 것은 오키나와의 현민들이었습니다.

원래 독립된 왕조를 이어가던 류큐 왕국이 일본에 완전히 복속된 것은 1872년으로, 본토에서 전국적 차원의 폐번치현廢藩置縣[1]이 감행된 이듬해의 일이었습니다. 메이지 정부는 류큐 왕국을 일개 번으로 격하시켰고, 1879년에는 다시 그 번마저 폐지하고 오키나와 현을 설치했습니다. 이를 '류큐 처분'이라고 하는데, '처분'이라는 말이 시사하듯 그간 저지른 '잘못'에 대한 응징의 성격이 강했습니다. 이로써 오키나와는 홋카이도처럼 일본의 또 다른 식민지로 전락하고 말았지요.

1945년의 패전으로 일본은 미군의 점령하에 놓였습니다. 천황은 인간 선언을 함으로써 상징적인 지위를 유지

할 수 있었습니다. 일본이 주권을 되찾은 것은 1952년 4월 28일 미국과 맺은 평화조약(샌프란시스코 강화조약)이 발효되면서부터입니다. 그렇지만 이때 오키나와는 예외였습니다. 일본 정부는 강화조약 제3조에서 류큐 제도를 미국의 신탁통치하에 두기로 하자는 국제연합의 제안에 동의했던 것입니다. 이는 곧 미국이 류큐 제도에서 행정·입법·사법의 모든 권한을 행사하는 것을 의미했습니다. 오키나와인들은 분노했지만, 미국은 이미 냉전 이후 태평양에서 오키나와가 차지하는 전략적 가치를 충분히 인식하고 있었습니다. 오키나와를 돌려줄 생각 같은 건 추호도 없었습니다. 오키나와는 1972년에 가서야 일본에 '반환'됩니다. 하지만 그 과정도 순탄치만은 않았습니다.

오기 전 내가 인터넷에서 가격 조건만 맞춰보고 선택한 호텔이 있는 이 도시는 지금의 오키나와 시[2]로, 예전에는 코자 시라고 불렸습니다. 나는 물론 그 도시가 이른바 '코자 봉기'로 유명하다는 역사적 사실도 까마득히 몰랐지요.

1970년 12월 20일, 미군 병사가 탄 차량이 오키나와 주민을 치는 사고가 발생했습니다. 이때 사고 처리를 둘러싸고 다툼이 생기자 주민들이 들고일어났습니다. 사실 그 얼마 전에도 남부 이토만에서 주부가 차에 치어 숨진 사건이 있었는데, 그때 사고를 낸 미군은 재판에서 무죄를 받았습

코자 봉기. 불탄 차량과 경계 중인 미군 병사.

니다. 그렇기에 주민들의 분노는 기름을 부은 듯 쉽게 타올랐습니다. 주민들은 미군의 차량을 닥치는 대로 불태우고 파손했습니다.

내가 읽은 오키나와 소설 중에 미군을 소재로 다룬 작품들이 여러 편 있습니다. 미군을 상대로 하는 술집 여성들을 등장시키는 소설도 있고, 기지 주변의 일상적인 풍경에 제멋대로 흠집을 내는 혼혈 소년의 뒤를 캐는 소설도 있었습니다. 그런 소설들을 읽다 보면 쉽게 심드렁해지곤 했습니다. 무엇보다 뻔한 소재라는 생각 때문이었습니다. 어쩌면 그건 내가 지나간 문학청년 시절 이른바 '기지촌 소설'을 읽어도 너무 많이 읽은 탓인지도 모르지요. 사실 우리는 이범선의 「오발탄」, 송병수의 「쇼리 킴」, 조해일의 「아메리카」, 천승세의 「황구의 비명」, 남정현의 「분지」, 전상국의 「아베의 가족」, 이문구의 「해벽」, 오정희의 「중국인 거리」 등 기지촌을 무대로 한 소설에 꽤나 익숙했지요.

그것들은 해방과 함께 한반도 남쪽에 주둔하기 시작한 미군의 존재가 우리 사회에 던진 다양한 종류의 충격을 그렸습니다. 때로는 고발하고 때로는 미끈둥한 이물감을 날것 그대로 드러내는 식으로 말입니다.

1967년 오키나와 작가로는 처음으로 아쿠타가와 상을 수상한 오시로 다쓰히로의 소설 「칵테일파티」 역시 크게 다르지 않습니다.[3] 작품은 미군 기지를 배경으로 벌어진 한 강간 사건을 통해 오키나와섬의 이면을 신랄하게 고발합니다.

미군 장교 미스터 밀러의 집에서는 주기적으로 중국어 공부 모임이 열립니다. 오키나와 출신 공무원인 '나'는 지난 시절 병사로서 중국 대륙에 체류한 경험이 있어 모임에 참가하게 되었습니다. 그밖에 일본 본토 출신으로 신문기자인 오가와와 중국인 변호사인 쑨이 모임에 참가합니다. 그들은 미류美琉, 즉 미국과 류큐의 친선과 우정이라는 기치 아래, 보통의 오키나와인들에게는 쉽게 접근이 허락되지 않는 미군 기지에 들어가 화려한 칵테일파티까지 즐기지요. 하지만 작가는 소설적 반전을 통해 그런 식의 친선과 우정이 얼마나 허약한 토대 위에 서 있는지를 냉정하게 짚어냅니다.

어느 날 '나'는 여느 날처럼 부대 안에서 열린 칵테일파티에 참석합니다. 그러나 그때 집에서는 아직 학생인 '나'의 딸이 세 들어 살던 미국인 병사에게 강간당하는 사건이 발생합니다. 그 병사는 평소 아주 착해 보이던 미국인이었지요. 뒤늦게 사건을 확인한 '나'는 큰 충격을 받고 어떻게든 범인을 고발하기 위해 애씁니다. 그러나 번번이 거대한 장벽에 부닥치지요. 사실 일본 정부는 한국 정부와 마찬가지로 미군과 맺은 소파 협정4에 따라 미군이 관계되는 재판의 관할권을 넘겨준 상태였거든요.

'나'는 평소 오키나와에 지극한 애정을 보여준 미스터 밀러 부부를 찾아가 도움을 구하는데 그들은 일언지하에 거절합니다. 당황한 '나'는 마지막으로 중국인 변호사 쑨을 찾아가 도움을 요청합니다. 그러나 그 역시 소극적인 태도를 보여줍니다. 그쯤에서 '나'는 누구의 도움도 없이 재판을 감당해야 한다는 사실 앞에 망연자실합니다.

이 소설에서 특히 인상적인 것은, 쑨이 자신의 아내가 일본군에게 강간당한 쓰라린 기억이 있음을 고백하는 장면입니다. 바로 그 순간, 오키나와인으로 피해자인 '나'는 일본인으로 가해자의 위치도 감당하게 되는 것이죠. 그런 곡절을 겪은 후에 드디어 '나'는 깨닫습니다. 그동안 미군 부대 클럽 안에서 화려한 칵테일파티와 함께 다져왔던 친선 활동이 실은 허망한 '가면의 논리'에 지나지 않았다는 사실을 말입니다.

이제 '나'는 멤버들에게 이렇게 선언하게 됩니다.

"이 기회에 서로에게 불필요한 관용을 베풀지 않는 것이 가장 필요하지 않을까요? 내가 고발하려는 것은 사실 미국인 한 사람의 죄가 아니라 칵테일파티 그 자체입니다."

평화 헌법과 미일 안보 조약, 그리고 오키나와

역시 아쿠타가와 상을 수상한 소설가 메도루마 슌은 오키나와 작가들 중에서도 가장 치열하게 미군 기지 철폐 투쟁을 벌이는 것으로도 유명합니다.

1995년 미군 세 명이 10대 소녀를 강간한 사건이 발생하자 수만 명의 오키나와인들이 들고 일어납니다. 이에 놀란 미군과 일본 정부는 가데나 기지와 더불어 오키나와 주일 미군의 양대 거점 중 하나인 후텐마 기지를 정리하는 데 합의합니다. 하지만 이는 눈 가리고 아웅 하는 미봉책에 지나지 않았습니다. 도심 한복판에 있는 현재의 기지를 본섬 북부의 헤노코 앞바다로 옮겨 그곳에 해상 기지를 건설한다는 계획이었으니까요. 이에 대해 메도루마 슌은 강력한 저항을 전개합니다. 언젠가 문학 심포지엄에 참석하기 위해 제주도에 온 그는 자신이 매일 바다에 나가 벌이고 있다는 미군 기지 철폐 투쟁을 소개하는 데 주어진 시간을 모두 소비했습니다. 아닌 게 아니라 그의 인터넷 블로그에는 그 같은 투쟁 기록이 매일같이 업데이트되고 있습니다.

그의 입장은 단호합니다. 하다못해 오키나와 민중에게 연대 의사를 표시하는 본토의 많은 진보적 지식인들마저 완전히 신뢰하지 않습니다. 예컨대 일본의 전후 60년, 70년의 평화를 마치 평화 헌법 제9조 덕분인 양 여기는 태도를 비판하는 것도 그 때문입니다. 말하자면 그는 그렇게 지속되어온 '평화 체제'의 이면을 제대로 들여다봐야 한다고 주장하는 것이죠.

전후 일본의 체제는 '평화 헌법'과 '미일 안보 조약'을 공존시켜 미군의 주둔으로 국방 예산을 억제하고 경제 성장을 우선시했다. 오키나와에 주일 미군 기지(전용 시설)의 75%를 집중 배치, 즉 미일 안보 체제의 부담과 모순을 오키나와에 떠넘김으로써 그들의 평화가 가능했던 것이다. '전후 부흥'과 고도의 경제 성장이 한국과 북한, 베트남, 오키나와의 희생 덕분이라는 사실을 망각한 채, '평화로운 60년'이라는 말로 넘어갈 수는 없다.[5]

사실 베트남전쟁 때에는 오키나와가 미군의 후방 기지로서 독보적인 역할을 수행하는 바, 그것은 '평화의 섬'을 추구하던 오키나와인들의 열망에 찬물을 끼얹는 폭거였습니다.

메도루마 슌은 한 대담에서 솔직히 속내를 드러내기도 했습니다.

"오키나와를 동정하거나 연대하러 오지 않아도 좋으니까 제발 기지나 가져가라고요!"[6]

이것은 현재 오키나와 사회운동가들의 보편적인 생각이기도 합니다. 그들은 평화 헌법 제9조의 희망이 미일 안보의 암흑 속에 억지로 갇혀 있는 것 같다고 말합니다. 그래서 만일 평화 헌법 제9조가 그렇게 좋다면, 그와 한 묶음인 '안보'도 함께 받아들이라는 것이죠. 즉 본토 역시 미군 기지를 함께 부담해야 한다는 요구입니다.[7] 그러나 현실은 어떻습니까. 현재 일본 전체 면적의 0.6퍼센트에 불과한 오키나와 현에 주일 미군 기지의 약 75퍼센트가 있습니다. 본토에 비긴다면 미군 기지의 밀도가 무려 500배나 높은 셈이지요.

메도루마 슌의 작품들 역시 오키나와의 역사와 현실에 철저히 뿌리를 내리고 있는데, 장단편 가릴 것 없이 이미 여러 편이 우리말로 번역되어 우리 독자들로부터도 많은 공감을 이끌어낸 바 있습니다.

장편『기억의 숲』(2009)[8]은 1945년 오키나와 전투 당시 본섬에서 헤엄치면 금세 닿을 만큼 가까운 거리의 작은 섬을 배경으로, 미군들이 한 소녀를 강간한 실제 사건을 모티프로 삼았습니다. 내용은 단순합니다. 소녀는 그 충격을 견디다 못해 미쳐버리는데, 마을 남자들은 미군의 위세에 눌려 아무도 저항하지 못합니다. 오직 한 소년, 마을에서 못난이 취급을 받던 세이지만이 평소 짝사랑을 하던 그 소녀 사요코를 위해 복수에 나설 뿐이죠. 그는 작살을 가지고 바다에 들어가, 거듭 섬으로 헤엄쳐 오던 그 미군들을 찌릅니다. 그런 다음 숲속 동굴로 도망가는데, 미군에게 겁을 집어먹은 마을 사람들은 그가 숨은 곳을 알려주게 됩니다. 미군들은 동굴 안에 최루탄을 터뜨립니다. 그리하여 세이지는 어깨와 다리에 총상을 입은 채 붙잡힙니다. 나중에 그는 사건의 전모를 파악한 미군 당국에 의해 풀려납니다. 그러나 그때는 이미 두 눈을 실명한 상태였습니다. 그는 미군과 함께 일하는 일본인 2세 통역의 손에 이끌려 마을로 돌아오자마자, 사요코가 숨어 있는 어두운 골방을 향해 이렇게 중얼거립니다.

"댕겨완(다녀왔어), 사요코."

통역은 깜짝 놀랍니다. 비록 장님이 되었을망정 그때 그 순간 세이지에게는 여태껏 누구에게서도 볼 수 없었던 늠름함이 보였거든요. 세이지가 천천히 뱉어낸 그 말에서는 자신이 마땅히 해야 할 일을 하고 돌아왔다는 자부심이 그득 묻어났습니다. 그제야 통역은, 구장이나 다른 사람들을 통해 들었던 세이지에 대한 평가가 얼마나 잘못된 것인지 깨닫게 됩니다.

나는 이 마지막 장면이야말로 동아시아의 제3세계 문학이 이뤄낸 가장 빛나는 성취 중 하나라고 생각합니다. 덧붙여, 오키나와 민중의 말을 표현하기 위해 제주도 민중의 말을 사용한 역자의 선택 또한 탁월하다고 칭찬하지 않을 수 없습니다. 이로써 동아시아의 제3세계적 성격을 대표하는 두 섬의 연대가 굳건히 성립합니다.

메이지의 마음, 오키나와의 마음

메도루마 슌의 단편소설 「평화거리라 이름 붙여진 거리를 걸으면서」(1986)[9]도 주목을 요합니다. 이 작품은 기본적으로 그의 오키나와가 본토 일본과 얼마나 다른지 생생한 실감으로 보여줍니다.

소설은 일본 황태자가 헌혈 캠페인을 위해 오키나와를 방문하는 일을 소재로 삼고 있습니다. 실제로도 1983년 7월 12일 나하 시민 회관에서 열렸던 헌혈운동추진전국대회에 황태자 부부가 참석했습니다. 경찰은 당연히 초비상 상태가 되었겠지요. 사실 1975년 7월 해양 박람회에 맞춰서 황태자 부부가 황족으로서는 처음 오키나와를 방문한 적이 있는데, 그때 두 남자가 화염병을 투척한 사건이 벌어진 바도 있었거든요.

소설에서 경찰은 특히 예전에 나하의 평화거리에서 장사를 하던 노파 우타를 주목합니다. 우타는 치매에 걸려 똥오줌도 가리지 못하는데, 그러면서도 하루 종일 시장 거리를 돌아다니고 있습니다. 경찰은 황태자가 방문하는 날 하루만이라도 우타가 시장에 나오지 못하도록 여러 사람을 회유하거나 협박합니다. 우타의 아들로 항만 노동자인 세이안은 당연히 그 첫 번째 대상이었지요. 경찰은 세이안

국제거리 안의 평화거리.
오키나와에서 '평화'를 말할 때는 신중해야 한다.

의 직장 상사를 통해 그를 회유합니다.

헌데 경찰들에게 더 큰 골칫거리가 생겨납니다. 그건 평화거리에서 우타와 함께 장사를 하던 또 다른 상인 후미입니다. 그녀는 그 모든 야단법석에 짜증이 납니다. 구장이 환영 행사에 쓰라고 작은 일장기를 나눠 주러 오자 짜증은 분노로 변합니다. 그녀가 어째서 자기들이 연도에 나가 일장기를 흔들며 황태자 일행을 환영해야 하는 것이냐고 묻자 구장은 이렇게 대답합니다.

"나도 전쟁은 질색이야. 마찬가지야. 하지만 황태자 전하가 전쟁을 일으켰어? 그것과 이건 별개야."

하지만 후미는 구장의 말을 콧등으로도 새겨듣지 않습니다. 그러면서 구장이 나눠준 일장기를 갈기갈기 찢어서 화장실에 버리지요.

마침내 황태자 일행이 오키나와에 도착했습니다. 세이안은 집에서 어머니 우타가 문밖으로 못 나오도록 아예 자물쇠를 걸어 잠갔습니다. 그런 채로 텔레비전으로 중계되는 황태자 일행의 방문 뉴스를 지켜봅니다. 그의 입에서 싫은 소리가 홀쩍 터져나옵니다.

"전쟁에서 그만큼 피를 흘리게 해놓고 뭐가 헌혈 대회야."

경찰의 협박과 회유는 주효했습니다. 상인들은 경찰에게 들볶이고 오해를 사느니 차라리 하루 장사를 포기합니다. 단 후미만큼은 굴복하지 않습니다. 그녀는 자신이 장사할 때 쓰는 식칼로 무슨 짓이라도 벌일까 봐 그런다며 대놓고 감시의 눈길을 던지는 경찰들에게 화를 퍼붓습니다.

"확실히 나도 황태자 전하가 오키나와에 오는 것은 용서할 수 없어. 우리 아버지도 오빠도 천황을 위해서라며 군대에 끌려가서 전쟁에서 죽었어. 천황이라도 황태자라도 눈앞에 있으면 귀싸대기를 때리고 싶어. 그래도 말이지, 아

357

무리 그렇게 생각한다 해도 설마 식칼로 찌르거나 하지는 않아. 그자들도 인간이야."

한편 우타의 집에서는 손자 가주가 일을 벌입니다. 아버지 몰래 할머니의 방문에 박아놓은 나사못을 뽑아버리는 것이지요. 그 바람에 얼마 후 거리에도 난리가 벌어집니다. 황태자 일행이 타고 가던 차에 누군가가 확 뛰쳐나와 똥을 발라버린 것입니다.

그 '범행'의 당사자는 당연히 우타였습니다. 나중에 소식을 들은 후미는 이렇게 말합니다.

"우타 언니, 잘했어, 잘한 거야."

이 작품이 일본 사회에 던진 충격이 어땠을지 외국인인 저로서는 쉽게 상상이 가지 않습니다. 알고 보니 이 작품은 발표 당시 일본 본토에서 큰 주목을 받지 못했습니다. 마침 무라카미 하루키의 『노르웨이의 숲』이 워낙 선풍적인 인기를 끌었던 탓이라고도 합니다. 어쨌거나 메도루마 슌이 이 작품을 통해 드러낸 오키나와 갑남을녀들의 '마음'은, 일본 근대문학을 대표하는 작가 나쓰메 소세키가 일찍이 대표작 『마음』(1914)에서 드러낸 바 있는 일본인들의 저 유명한 '마음'하고는 겹치는 부분이 거의 없는 게 분명합니다.

앞서 도쿄 편에서도 다루었지만,『마음』은 한 여자에 대한 질투 때문에 친구를 자살로 내몰았다는 죄책감을 못 이겨 그 또한 스스로 죽음을 선택하는 '선생님' 이야기입니다. 선생님은 화자인 '나'에게 유서를 보내 그런 자신의 죽음을 고백합니다. 놀라운 것은, 이처럼 지극히 사적일 수밖에 없는 선생님의 자살이 때마침 일어난 메이지 천황의 죽음, 연이은 노기 대장의 순사라는 역사적 사실들과 맞물리면서 묘한 방식으로 새로운 의미를 지니게 된다는 점입니다.

소설의 마지막 부분에는 죄책감 때문에 세상과 등지고 살아온 선생님이 메이지 천황의 서거 소식을 대하는 특별한 장면이 나옵니다. 그때 선생님은 아내에게 농담처럼 말하는 것입니다.

"내가 만일 순사한다면 메이지의 정신에 순사하는 거야."

일본의 근대를 연 메이지 유신이 천황을 빼놓고는 설명이 불가능하듯이, 소설에서 일본의 최고 지식인으로서 선생님의 죽음도, 이로써 사적인 영역을 넘어서서 공적인 차원에서 새로이 어떤 의미를 지니게 되는 것입니다. 그것이 당대는 물론 오늘날의 일본인들에게 어떻게 받아들여지는지 자세히 따질 여유는 없습니다. 다만 여기서는『마음』이 일본 근대문학의 가장 중요한 정전正典으로 대접받아왔음은 물론, 지금도 국민적 사랑을 받고 있다는 사실만 확인해두겠습니다. 반면 일본에게 침략을 받은 민족의 입장에서는 이 작품이 행여 메이지 일본의 국가적 목표를 정당화하는 데 동원된 것은 아닌지 의혹의 눈초리를 보낼 수도 있습니다. 또 나쓰메 소세키가 그려낸 그 '일본의 마음'에 대해, 뼛속까지 오키나와 작가인 메도루마 슌이 쉽게 동의하리라 믿을 수도 없습니다.

소설 속 평화거리가 어디쯤인지 정확하지는 않지만, 저 유명한 국제거리와 한쪽 면을 맞대고 있을 가능성이 가장 높습니다. 거기서 한 허름한 식당에 들어가 오키나와 국수를 시켜 먹는데, 마침 텔레비전에서는 트럼프 대통령이 G20 정상회담을 끝내고 방한해 문재인 대통령과 함께 전격적으로 판문점을 방문한 역사적 현장을 실시간으로 중계해주고 있었습니다.

저로서는 가슴이 절로 뭉클해질 수밖에 없는 장면이었습니다.

'가마'가 말해주는 역사

후미가 그토록 천황가의 방문을 못마땅하게 생각하는

오키나와 현대사의 끔찍한 비극을
고스란히 증언하는 치비치리 가마.

것은 그녀 역시 오키나와의 현대사가 간직한 끔찍한 비극
으로부터 자유로울 수 없었기 때문입니다.

나는 그 하나의 중요한 현장을 찾아 오키나와 시 북부의
요미탄 마을로 갔습니다. 거기서 어렵사리 치비치리 가마
를 찾아냈습니다. 오키나와 말로 '가마'란 자연 동굴을 말

361

합니다. 사실 혼자 그곳을 찾아갈 때 나는 조금 겁을 집어먹은 상태였습니다. 먼저 그곳을 다녀온 사람들이 남긴 방문기에 따르면 혼자서 그곳을 방문하는 데에는 꽤 용기가 필요하다고 했습니다. 동굴이 외진 곳에 자리 잡고 있는데다 수십 년 세월이 흘렀어도 동굴 안에는 여전히 끔찍한 역사의 상흔이 생생하기 때문이라는 거였죠.

다행히 내가 갔을 때에는 현장학습을 위해 버스를 대절해서 찾아온 오키나와 중학생들이 있었습니다. 나는 학생들이 잠시 교대하는 틈을 타 동굴 쪽으로 내려갔고, 역사의 현장을 보자마자 카메라 셔터를 눌러댔습니다. 그때 한 아주머니가 내게 뭐라고 말했습니다. 나중에야 그것이 사진은 안 된다는 말이었음을 깨달았습니다. 그분은 아마 희생자의 유족인 듯싶었습니다.

도대체 그 가마에서 어떤 일이 벌어졌던 것일까요?

1945년 이후 오키나와에서 가마는 자연 동굴이라는 본래의 뜻 대신 일본 현대사가 초래한 끔찍한 비극의 현장이라는 새로운 의미를 지니게 되었습니다. 더 정확히 말하자면 태평양전쟁 말기 본토 사수를 위해 일본 군부가 오키나와를 사석捨石, 즉 '버리는 돌'로 선택했을 때부터 비극은 잉태되었지요. 1945년 3월 말, 오키나와에 주둔한 일본군 제32군은 총동원령을 내렸습니다. 중고등학교에 다니는 학생들까지

362

오키나와의 전통 무덤인 거북등묘.
전쟁 당시 이 안에도 사람들이 숨어들었다.

예외가 아니었습니다. 남학생들은 '철혈근황대'라는 명목 아래 총알받이로 징발되었고, 여학생들은 종군간호대에 배속되었습니다. 훗날 전쟁이 끝났을 때 그들 중 상당수가 사망했다는 사실이 밝혀집니다.

하지만 오키나와 전투에서 가장 큰 비극은 가마를 중심으로 발생했습니다. 오키나와 앞바다에서 미군의 대대적인 함포 사격이 시작되자 사람들은 산으로 숲으로 가마로 일단 몸을 피했습니다. 개중에는 오키나와의 전통적인 무덤인 거북등묘로 몸을 숨긴 가족들도 있었습니다.[10]

그러나 전황이 불리해지고 식량 사정도 극히 나빠지자 일본군은 민간인을 희생양으로 삼았습니다. 갖가지 명분이 동원되었지요. 미군에게 붙잡히면 남자들은 사지를 찢기는 등 끔찍한 고문을 당해 죽고, 여자들은 야수 같은 미군들에게 윤간을 당한 끝에 살해될 거라고 협박했습니다. 그러니 끔찍한 고통과 치욕을 당하기 전에 스스로 목숨을 끊는 게 유일한 선택인 양 강요된 거지요. 그때부터 세계 전쟁사에서도 유례를 찾기 힘들 정도로 처참한 이른바 '집단 자결'이 오키나와 땅 도처에서 전염병처럼 번져나갔습니다. 민간인들에게 첩자 혐의를 뒤집어씌우기도 했습니다. 말이 '집단 자결'이지 그건 대학살이나 마찬가지였습니다. 어머니가 제 배로 낳은 아이들의 숨통을 조이고, 아버지가 수류탄으로 가족을 몰살시켰습니다. 이렇게 가장 가까운 이들이 '살해자' 혹은 죽음의 '조력자'가 되었습니다. 총, 칼, 수류탄, 쥐약, 청산가리는 물론 낫과 쟁기, 돌, 기모노를 찢어 만든 노끈 등이 두루 살해의 도구로 전용되었습니다. 그러나 어떤 경우든 누가 그런 죽음을 제 의지로 선택했겠습니까? 그 때문에 '집단 자결'이라는 말 대신 '강제 집단사'라는 용어를 고집하는 이들도 많습니다.

요미탄에는 4월 1일에 미군이 상륙했습니다. 치비치리 가마로 몸을 피한 주민들은 140여 명이었습니다. 미군이 가마 근처에 와서 항복을 권유하는 방송을 했습니다. 그러나 주민들은 마을 연장자들의 명령에 따라 항복 대신 '명예로운 죽음'을 선택했습니다. 그렇게 해 모두 83명의 주민이 죽었습니다.

그때 아홉 살 나이로 가까스로 목숨을 건진 주민은 이런 증언을 남겼습니다.

맨 처음 어디선가 "당했다!" 하는 소리가 들렸습니다. 그 후 가마 안에 있던 아이들을 잠들게 하고, 이불에 기름을 묻혀서 태우기 시작했습니다. 연기가 가마 안에 가득 차서 숨이 막혔습니다. 나는 입과 코를 필사적으로 막았습니다. 가마 안 '자결'의 양상들이 또렷하게 떠오릅니다. 아무튼 어머니가 자식을 식칼로…. 주사로 죽으려고 하는 간호부에게 나도 나도 하며 줄지어서 차례를 기다리기도 했습니다. 나의 오빠도 그 줄에 선 한 사람이었습니다. …치비치리 가마의 '집단 자결'을 생각할 때 어떻게도 표현하기 어려운 사람들의 비명 소리가 귓가를 떠나지 않습니다. 연기가 가마 안을 가득 채우고, 사람들이 식칼로 찌르던 모습, 주사를 맞던 장사진.

그런 광경들이 나의 뇌리에 박혀 떠나지 않습니다.[11]

훗날, 일본에서는 이러한 역사적 사실을 왜곡하려는 움직임이 조직적으로 전개되었습니다. 2007년 3월 말 문부과학성은 고등학교 역사 교과서의 검정에 새로운 기준을 적용했습니다. '집단 자결' 항목에서는 일본군에 의한 '강제'라는 표현을 삭제해 어디까지나 주민들이 자발적으로 '집단 자결'을 감행한 것이라는 표현으로 고치도록 유도했습니다. 하지만 이렇게 왜곡되고 삭제당하는 역사를 바로잡고 공백을 메우려고 용기를 내는 사람들도 나타났습니다. 그들은 바로 '집단 자결'의 생존자들이었습니다. 그들은 수십 년간 저 컴컴한 의식의 밑바닥에 감춤으로써 애써 잊으려 했던 기억들을 밝은 태양 아래로 끄집어냈습니다. 그 힘겨운 노력들 덕분에 자칫 '집단 자결'에 군이 조직적으로 개입하지는 않았다는 식으로 역사를 왜곡하려던 역사수정주의자들의 시도는 실패하고 말았습니다.[12]

훗날, 두 화가가 있어 그 끔찍한 역사를 화폭에 담아냈습니다. 마루키 이리와 마루키 도시 부부가 그들입니다.

기노완 시에 있는 사키마 미술관에 갔을 때, 나는 벽면 하나를 가득 메운 엄청난 크기의 〈오키나와 전투도〉 앞에서 할 말을 잃고 말았습니다. 물론 내가 압도당한 게 그저

사키마 미술관 옥상의 하늘로 올라가는 계단.
그러나 그 너머엔 미국 해병대의 후텐마 기지가 있다.

그림의 크기 때문은 아니었습니다. 당장이라도 그 어두침침한 가마 바깥으로 뛰쳐나오려는 듯한, 칼에 찔리고, 불에 타고, 아이를 끌어안은 채 무수한 해골들 속으로 내던져지거나 한, 아직 숨이 붙어 있던 무수한 '인간'들의 절규 때문이었습니다. 그건 말 그대로 '지옥도'였습니다. 그 그림 앞에서, 전쟁은 인간의 수치일 수밖에 없었습니다.

미술관 옥상으로 올라가자 놀라운 구조물 하나가 시선을 사로잡았습니다. 눈부시게 파란 하늘을 향해 올라가는 계단이었습니다. 조금 전 지옥도를 보고 난 관람객들은 그 계단을 따라 조금만 올라가면 금세라도 하늘에 이를 것 같은 가슴 벅찬 희열을 느낄 게 분명합니다. 하지만 그곳은 여전히 오키나와였습니다. 그리고 오키나와는 결코 추상적인 평화 따위는 믿지 않습니다.

계단 끝에서 우리가 만나게 되는 것은 바로 미국 해병대의 후텐마 기지입니다.

전쟁의 기억, 기억의 전쟁

오키나와 전투의 와중에서 희생당한 것은 오키나와 주민들만이 아니었습니다. 나로서는 조선인 군부軍夫들과 위

가카즈의 조선인 위령탑.

이토만의 평화기념공원.

안부들에 대해 좀 더 관심을 기울일 수밖에 없었습니다. 태평양전쟁 말기 머나먼 이역까지 강제로 끌려와 억울하게 희생당한 그들의 자취를 찾는 일은 어렵지 않았습니다. 요미탄에도, 가카즈에도, 이토만의 평화기념공원에도 그들을 기리는 조형물들이 서 있었습니다.

조선인 여성들은 오키나와 제도 도처에 산재한 130여 곳의 위안소에서 '전쟁 위안부'라는 명목 아래 상상을 초월하는 고통을 당했습니다. 정확한 수는 확인할 수 없지만, 한 위안소마다 대체로 일곱 명씩 배치되었으니 전체적으로 대략 1,000여 명에 이르렀다고 추산할 수 있습니다. 그들은 매일같이 열 명에서 스무 명까지 성에 굶주린 일본군의 정액을 받아내야 했습니다. 수많은 조선인 군부들 역시 일본군에 의해 첩자로 몰리거나 그럴 가능성이 있다는 이유만으로 무참히 학살당했습니다. 연구자들은 오키나와에서 희생당한 조선인의 수가 만 명이 넘을 것으로 추산하고 있습니다. 하지만 현재 평화기념공원 내 '평화의 비' 중 '대한민국'이라고 새겨진 비석에는 이제까지 확인된 조선인 희생자 441명의 이름이 새겨 있을 따름입니다. '조선민주주의인민공화국' 쪽에는 그보다 훨씬 적은 수가 새겨 있고요.

평화기념공원 안에 있는 평화기념자료관은 오키나와 현 정부가 건립한 만큼 특히 오키나와 전투의 비극을 정확하고도 생생하게 기록해서 보전하고자 하는 노력을 느낄 수 있습니다. 가마에서 자행된 비극도 모형과 사진 따위로 재현하고 있습니다. 순서대로 관람을 끝마치고 나오면 넓은 창문 밖으로 펼쳐진 시원한 풍경과 마주치게 됩니다. 바로 태평양 푸른 바다입니다. 관람객들은 그 바다의 압도적인 아름다움에 매혹당하면서 두 번 다시 전쟁이 있어서는 안 된다는 마음을 다지게 됩니다.

하지만 '전쟁의 기억'은 곧 '기억의 전쟁'으로 이어집니다. 과거의 전쟁에 대해 기억하는 일은 중요하지만, 그건 그저 지나간 과거에 머무르는 게 아닙니다. 전쟁의 기억이 시작되는 지점에서 기억의 전쟁 또한 시작되기 때문입니다. 누가, 왜, 어떤 목적으로 '기억의 전쟁'을 시도하느냐에 따라 기왕의 '전쟁의 기억'이 훼손되거나 왜곡될 가능성, 심지어 삭제될 가능성마저 상존합니다.

예컨대 오시로 다쓰히로의 중편소설 『신의 섬』(1968)은 바로 이 '기억의 전쟁'이라는 차원에서 오키나와 전투를 다루고 있습니다. 본토에서 온 다큐멘터리 영화 제작자 요나시로는 전쟁의 기억 속으로 한 발짝 더 들어갈 때마다 마을 사람들이 짠 거대한 침묵(혹은 회피)의 카르텔과 마주칩니다. 그들은 대부분 수십 년 세월이 흘렀어도 가해자와 피해자가 한데 뒤섞여 살아갈 수밖에 없는 현실에 균열이

가는 것을 두려워하는 것이죠. 하지만 요나시로는 그런 자세로는 아무리 평화를 주장하고 위령제를 수백 번 지낸다 한들 진정한 의미의 평화는 요원하다고 비판합니다.

"촌장님, 사실을 말하면, 여러분은 전쟁 자체를 아예 없었던 것으로 치부하고 싶으신 거죠? 잊어선 안 된다는 것은 거짓말이죠?"[13]

눈앞에서 아름다운 태평양을 마주보는 평화기념공원 안에는 전쟁에서 억울하게 희생당한 오키나와인들이나 조선인들의 기념 조형물만 있는 게 아닙니다. 정확히 따지자면 평화기념공원은 오키나와판 야스쿠니 신사 구실도 하고 있습니다. 거기 드넓은 마부니의 언덕에는 국립 오키나와 전몰자 묘원이 자리 잡고 있기 때문입니다. 그곳에 18만여 구의 유골이 안치되어 있다고 합니다만, 그들 중 상당수가 전쟁의 가해자였다는 사실은 크게 부각되고 있지 않습니다. 행여 불편할 수 있는 기억들은 '평화'와 '미래'의 이름으로 애써 덮을지도 모르고요.

사실 평화공원 일대는 오키나와 전투 당시 최대 격전지 중 하나였습니다. 중부 해안으로 상륙한 미군에게 쫓겨 계속 남쪽으로 이동한 일본군의 마지막 사령부가 있던 곳이기도 합니다. 1945년 6월 23일 바로 그곳 마부니 언덕에서 일본군 제32군의 총사령관 우지시마 미쓰루가 자결합니다. 그것으로 오키나와 전투는 공식적으로 종결되지요. 훗날 오키나와인들은 그날을 '위령의 날'로 정해 기리게 됩니다.

오키나와 전투의 유적들을 찾아다니다 보면 '평화'라는 말에 대해 선뜻 동의하지 못하는 경우도 종종 생깁니다. 대개 '일본 정부'가 주도하는 '기억의 전쟁'이 내 그것과 충돌하는 경우입니다. 평화기념공원에서 마주친 국립전몰자 묘역도 그러했지만, 그곳에서 버스로 다시 몇 정류장 거리에 있는 히메유리 기념탑도 추모와는 별도로 조심스럽게 살펴볼 수밖에 없었습니다. 그 탑은 전쟁 당시 종군 간호사로 동원되어 활약하다가 희생된 오키나와 여학생들의 영혼을 달랠 목적으로 조성되었습니다. 일본인들은 매일같이 멀리 본토에서도 날아와 여학생들의 안타까운 죽음을 기립니다. 내가 찾아간 날에도 수많은 일본인들이 꽃을 바치며 참배를 하고 있었습니다.

그러나 그곳의 평화기념자료관까지 다 돌아보고 난 뒤 나로서는 목구멍에 가시라도 걸린 듯 껄끄러운 기분을 숨기기 힘들었습니다. 무엇보다 전쟁의 비극과 그 원인에 대한 객관적인 기술과 반성은 잘 드러나지 않고, 오직 꽃다운 나이 여학생들의 순결한 희생만을 강조한다고 느꼈기 때문입니다. 그곳에서는 생존자들이 평화 교육 가이드로도 활동하고 있었는데, 자료관을 방문하는 초·중·고등학교 학생들을 대상으로 "전쟁의 비참함, 평화의 고마움, 생명의 경외감"을 환기시키고 있다고 합니다. 당연히 해야 할 일입니다. 문제는 전쟁의 참혹함만큼이나 전쟁의 원인과 책임도 지금보다 훨씬 더 분명하게 부각시켜야 한다는 사실입니다.

이와 관련해 메도루마 슌은 중학생 신분으로 철혈근황대로 동원된 아버지의 증언을 토대로 매우 의미 있는 발언을 전하고 있습니다. 그에 따르면, 히메유리 학도대나 철혈근황대 학도병의 죽음을 국가를 위해 목숨 바친 '순국 미담'으로 미화하려는 움직임은 전후 일본에서 일관되게 나타났다고 합니다. 그러나 아버지가 겪은 경험에 견주어볼 때 그러한 미담은 '거짓 미담'일 수밖에 없다는 것입니다.[14] 남의 식량을 함부로 빼앗고, 도둑질을 하고, 무엇보다 주민들은 죽거나 말거나 자기들만 살겠다고 먼저 도망치고…. 사실 그의 아버지는 전후 천황에 대한 불쾌감을 숨기지 않았다고도 하지요. 아울러 메도루마 슌은 평화 교육이 지금보다 한 걸음 더 나아가 아시아 각지의 반전 평화 운동하고도 연결되어야 한다고 지적합니다.

아시아 각지를 침략한 일본군은 일장기를 휘날리며 마

을과 도시로 진입해갔다. 일본교직원조합은 '제자들을 전쟁터로 보내지 말자!'는 슬로건을 내걸었고, 오키나와의 교사들도 그 말을 되풀이했다. 그것이 '제자들을 전쟁터로 보냈다'는 사실의 반성으로는 평가되고 있으나, 여기서 말하는 전쟁터가 어디인지, 누가 그곳을 전쟁터로 만들었는지는 얼마만큼이나 생각했을까. 사실 이 슬로건은 '제자들을 침략자로 키우고 아시아 각국을 전쟁터로 만든 전쟁 책임이 교육자에게도 있음을 잊지 말자!'여야 한다.[15]

이렇게까지 쓰고 나니 오키나와를 오직 아픈 역사라는 하나의 프리즘으로만 들여다본 듯해 무척 미안한 마음이 듭니다.

모노레일 역에서 내려 슈리 성으로 가는 길에도 내 프리즘은 크게 달라지지 않았습니다. 아름다운 슈리 성은 일본 침략 이전 류큐 왕국의 독립적인 역사가 가장 잘 담겨 있는 문화유산입니다. 그것은 내가 그동안 일본의 다른 지역에서 본 여러 성들과는 분명히 다른 느낌으로 다가왔습니다. 본토의 많은 성들이 미군의 폭격으로부터 살아남은 반면, 슈리 성은 미군의 폭격을 피할 도리가 없었습니다. 그 결과 전쟁이 끝났을 때, 슈리 성은 물론 그 일대는 마치 달

아름다운 슈리 성.

그러나 2019년 10월 31일 화재로 전소되었다.

의 분화구처럼 초토화되어버렸다고 합니다. 지금의 슈리성은 그 후 완전히 새로 복구한 것이지요.

1970년 4월, 그동안 신문에 연재하던 『오키나와 노트』를 접으면서 '일본의 양심' 오에 겐자부로는 이렇게 중얼거리게 됩니다.

'일본인이란 무엇일까? 그렇지 않은 일본인으로 나를 바꿀 수 있을까?'라는 암울한 내면의 소용돌이는 다시 새롭게 나를 더 깊숙한 곳으로 끌고 간다. 그런 나날을 살아가면서, 게다가 헌법 제22조 국적 이탈의 자유를 알면서도 그대로 일본인으로 남아 있는데, 어떻게 내 내면의 오키나와 노트를 완결할 수 있겠는가?[16]

땡볕에 슈리 성을 보고 온 날, 호텔로 돌아오자마자 너무 피곤해서 잠에 곯아떨어졌습니다. 그리고 저녁 무렵 겨우 일어나 컴퓨터 앞에 앉으니, 일본이 한국에 대해 반도체 관련 세 가지 품목에 대해 기습적으로 수출 규제를 단행했다는 소식이 날아왔습니다.

말문이 막혔습니다.

그리고 얼마 후, 나는 내가 아직 '오키나와'에 있다는 사실로 스스로 위안 삼을 뿐이었습니다.

10

다시 이광수를 만나는 법

서울

서아시아의 두 형제

긴 여행을 했다. 이야기를 마무리해야 하는데 사진 한 장이 송곳처럼 눈을 찌른다.[1]

나이 어린 형제가 황무지 벌판에서 무덤을 파고 있다. 형 야잔은 열다섯 살, 동생 자와드는 고작 여덟 살이다. 형제의 가족은 원래 시리아 북서부의 알레포 지역에서 살았지만, 아이에스[IS]의 잦은 공격으로 가족 대부분이 목숨을 잃었다. 이후 남은 가족은 터키 국경 지대로 이주했고, 한 국제 구호 기구의 도움을 받아 간신히 일자리를 얻었다. 그들이 무덤을 만들어주고 받는 돈은 고작 1,000리라, 우리 돈으로 약 2,000원 정도에 불과하다.

자와드는 무덤을 만드는 일이 무섭지 않느냐는 비정부기구 관계자들의 질문에 이렇게 내답했다.

"아뇨. 어차피 모두 죽은 사람들뿐인 걸요. 그리고 사람은 죽으면 모든 게 끝나잖아요."

너무 일찍 죽음을 알아버린, 그리고 죽음이란 기껏해야 모든 것의 끝이라고 믿게 된 서아시아의 소년들에 대해 우리가 할 수 있는 일은 많지 않다.

나는 형제가 무덤을 파는 땅이 한때 인류 문명이 싹튼 찬란한 옥토였음을 알고 있다. 길가메시가 야생에서 태어난 친구 엔키두와 함께 레바논의 삼나무 숲을 오갈 때 그곳을 지났을지도 모른다. 나는 내게 신화를 배우는 학생들에게 그곳의 별칭이 '비옥한 초승달 지대'라고 가르쳤고 그렇게 글도 썼다. 그러니 나는 어느 만큼은 '책임'을 져야 할지 모른다.

한 소설가가 있어 내게 작은 위로의 말을 건넨다.

"지금 우리의 삶은 끝없는 불규칙성에 빠져버렸어요. 그런 삶을 강요한 자들이 오히려 우리의 불규칙성을 두려워하고 있죠. 그래서 그들은 우리를 몰아내기 위해 담장을 세워요. 하지만 모든 걸 막을 수 있을 만큼 긴 담장은 불가능하고, 어떻게든 돌아가는 길은 있기 마련이죠. 위로든 아래로든."[2]

서울에서 차라리 길을 잃어

물론 가야 할 곳은 수두룩하다. 동아시아만 해도 가령 홍콩과 베이징을 어찌 빼겠는가. 티베트의 라싸와 신장 위구르의 카슈카르는? 참, 평양은 아예 괄호 안에도 집어넣지 않는 내 태도에 대해선 스스로 깜짝 놀랄 뿐이다. 그래도 글쎄 지금은 엄두가 나지 않는다.

감당할 수 없는 나는 아예 남은 여행을 포기한 채 대신 서울을 걷기로 한다.

서울, 감격은 아득하고 눈물은 말라버린 도시.

나와 같은 시대를 살아가는 한 영민한 작가가 말했다. 서울에서는 누구와도 "여기에 무엇이 있었는데…" 따위의 허튼 이야기는 나누지 말아야 한다고. 그래서일까 시민들은 자기 몸에 새겨진 문신을 지우려 애쓰는 늙은 폭주족처럼 근대의 기억을 지우는 데 필사적이라고. 백번 지당한 말이다. 회고와 향수야말로 서울과는 어울리지 않는다.[3]

그런 도시에서 나는 차라리 미친 척 길을 잃는 쪽을 택한다.

한 소년이 커다란 회나무 아래 서 있다.[4]

한여름 쓰르라미 소리가 요란한데, 소년은 눈앞을 흐르는 개천을 보며 무언가 생각에 잠겨 있다. 실은, 그저 늘

머리가 아프고 기분이 무겁고 눈살이 찌붓하니 매우 명랑치 못한 소년이었다. 할아버지 앞에서 『천자문』이며 『동몽선습』을 배울 때에도 매일같이 머리에 쥐가 나도록 낑낑거릴 뿐이었다. "이 자식은 왜 이리 둔하냐?"고 언제나 꾸중을 들었는데, 그것도 차차 습관이 되었다. 우둔한 걸 어쩌누, 하고 넘겼다. 동무도 없어 발끝에 차이는 제 그림자가 유일한 동무였다.

소년이 좀 더 자라 갑자기 호두닥거리며 터져나온 총소리를 들었다. 전동(견지동) 쪽이었다. 콩 볶듯 이어지는 총소리에도 무섭지 않았다. 제법 비분강개할 줄은 알게 된 모양이었다. 그날 서울 장안에는 곡성이 끊이지 않았다. 군대가 해산당했다는 소식이 발도 없이 온 시내를 누볐다. 소년은 걱정하지 않았다. 오히려 초상집에 울음소리가 나지 않으면 이상하겠지, 어린 깜냥으로도 그렇게 여겼다. 나라의 꼬락서니는 아주 틀려버렸고, 소년은 자라서 식민지의 작가 횡보 염상섭이 되었다.

소년 염상섭이 서 있던 곳이 소격동 종친부 앞이었다. 종친부는 종친, 즉 왕가의 친척들에 관한 여러 사무를 맡아보던 관청이다. 염상섭은 서촌 야주개(당주동)에서 태어났지만 머리통이 굵어지며 차차 꾀가 생긴 후부터는 북촌 종친부 옛터에서 주로 살았다. 그곳에 지금은 경근당과 옥

원위치로 복원된 종친부. 경근당과 옥첩당이 남아 있다.

첩당 건물 두 채만 덩그마니 남아 있고, 거대한 규모의 국립현대미술관이 앞을 가리고 있다. 그 앞을 흐르던 개천이며 어린 염상섭이 그 아래 서서 망국의 총소리를 듣던 늙은 회나무도 진작 사라지고 없다. 나는 그제야 정신을 차리고 '아시아의 근대를 (딱 2년만) 읽는 모임'이 만나는 정독도서관 쪽을 향해 방향을 잡는다.

골목에서 갑자기 누군가가 지팡이에 중절모를 쓴 채 나타난다.[5]

낯이 설지 않다. 숫제 어디서 많이 본 얼굴이다. 그렇지, 나는 사내가 곧 아무개를 만나 돈 1원을 빌려 우선 극장에 가서 모처럼 문화생활을 즐긴 다음 남는 돈으로는 뚝배기와 낙화생을 사서 신혼집으로 돌아가리라는 걸 안다. 갓 시집온 아내는 내도록 뾰로통했다가도 그가 으흠 하고 중늙은이처럼 내는 기침 소리에 얼굴이 환해지며 뛰어나올 것이다. 나는 사내가 열일곱 나이에 조혼한 아내와 어렵사리 헤어지고 난 뒤의 궁상에 대해 세세히는 모른다. 그래도 사내가 홀아비 시절 장편『동방의 애인』을 연재하던 동안에는 집세에 몰려 찬방에서도 손에 땀을 쥐며 썼다는 사실은 안다. 그나마 그는 10여 회 분량은 집에도 들어가지 못한 채 공원 벤치나 도서관 구석까지 원고지를 허리춤에 차고 다니며 마무리했다.

그런 사내가 딱히 불쌍하다는 것은 아니다. 이제 그는 새 아내 안종옥과는 잡지(『삼천리』 제12호)의 청탁으로 「신혼 공동일기」까지 쓸 정도로 행복하다. 안정옥 또한 "방은 좁고 빈한하나마 두 분 어머님을 모시고 남편의 곁에 누우니 행복하다"(1931. 1. 4.)고 적었다. 나는 사내가 필명도 없이 아직 심대섭이라는 본명으로 불리던 때의 일기도 읽었다.

날은 작일보다 매우 풀린 모양인데 조반 후부터 눈이 휘날린다. 처음에는 한 송이 두 송이 눈 발자국을 셀 수 있었으나 나중에는 함박같이 내리 퍼붓는다. 뜰에 눈으로 만들다 내버려둔 사람의 코에 눈이 포개 앉아 점점 코주부가 된다. 수선화 가지에는 또 새하얀 꽃이 피기 시작하고 진달래나무의 약한 가지는 백설을 담뿍 싣고 차차 앞으로 쓰러진다. 요를 쓰고 누워 『묘猫』를 읽으려니까 소낙비가 오려는 하늘같이 방 안이 캄캄해 들어오고 눈비 섞인 세찬 바람이 무서운 소리를 지르며 공중으로 지나간다. 장승박이 큰 버드나무라도 날아갈 듯하다. …밤에는 바람이 좀 진정되었다. 작은사랑에서 늦도록 하목夏木씨의 『묘』를 읽었다. 참 하목 선생은 박학광식한 사람이다. 그 묘사의 극치와 우습게 만든 중에 이 세상을 깊이 풍자한 것이 여간한 심오한 수단이 아니다(1931. 1. 7.).

『묘』는 『나는 고양이로소이다』로, 지은이 '하목'은 당연히 일본의 소설가 나쓰메 소세키를 말한다. 심대섭은 1920년 1월 4일부터 일본어로 된 그 책을 읽기 시작했는데 정확하지는 않아도 한 달은 훨씬 넘게 걸린 모양이다. 2월 15일 일기에도 『묘』를 읽었다는 표시가 있다. 1월 17일 일기는 좀 특별하다. 저는 따뜻한 온돌방에서 차라리 궁둥이가 뜨

387

거워 이리 뒹굴 저리 뒹굴 할 때 문득 얼음 속 같은 옥중의 사람들은 어쩌누 걱정하는 심사도 적었다. 그이들은 살을 깎아내는 북풍이 철창을 때릴 때 눈덩이 같은 밥을 먹고 허구한 날 우르르 떨기만 할 텐데…. 스무 살 청년은 새삼 치미는 감개에 고개를 돌린다.

실은 경성제일고보(경기고등학교)에 다니던 심대섭 또한 만세 운동으로 잡혀 들어갔던 경험이 있는데, 그 일로 그는 학교에서 퇴학 처분을 받고 만다.

일기에는 흑석동 한강변에서 살던 그가 맏형이 사는 북촌을 찾아가는 이야기가 종종 나온다. 심대섭의 맏형 심우섭은 춘원 이광수와 막역한 사이로,『무정』(1917)에 등장하는 주인공 박형식의 신문기자 친구 신우선이 그를 모델로 한 것이었다. 심대섭에게는 훗날 국어학자로 이름을 떨치게 되는 일석 이희승이 가장 친한 벗이었다. 둘은 시간 날 때마다 아름다운 취운정에 올라 마음을 주고받았다. 심대섭에게 우리말 철자법을 가르쳐준 것도 일석이었다. 일석은 심대섭에게 춘원 이광수가 주간으로 있는 잡지『신한청년』을 가져다주었고, 심대섭은 친구들에게 은밀히 그 잡지를 팔았다. 그는 그것이 식민지 조선의 청년으로서 마땅히 해야 할 일이라고 믿었다.

나는 어느새 가회동에 가서 취운정을 찾고 있었다. 일석은 취운정이 근처에 수림이 울창하고 바위는 기묘한 데다 약수까지 있어 더없이 훌륭한 정자였노라 회상했다. 당연히, 지금 그곳에는 오직 그 터를 알리는 푯돌만이 서 있을 따름이다.

이광수, 소문과 함께 돌아오다

심대섭의 손에 『신한청년』이 처음 들렸을 때(1920년 1월 27일 화요일 밤), 이광수는 중국 상하이에 있었다. 그는 이미 도쿄에서 「2·8 독립선언서」를 기초하고 빠져나간 처지로, 상하이에서는 임시정부의 『독립신문』과 여운형이 주도한 신한청년당의 기관지 『신한청년』의 주필을 맡았다. 이럴진대 이광수가 삼천리 망국의 가슴 뜨거운 한 청년에게 어떤 의미였을지 짐작하기는 어렵지 않다. 실제로 심대섭은 그해 겨울을 넘기지 않고 기어이 중국 땅을 밟는다. 상하이로 가기 전 베이징에서는 우당 이회영과 단재 신채호도 만났다. 두 망명객은 압록강을 건너온 청년 심대섭, 장차 『상록수』의 작가 심훈이 될 그를 살뜰히 아꼈다.

하지만 다시 해가 바뀌었을 때 상황은 전혀 엉뚱한 곳을 타기 시작했다.

1921년 4월 4일, 가람 이병기는 이날 일기에 이렇게 썼다.

『조선일보』에 춘원이 돌아왔다는 말이 났다. 허영숙하
고 상사병이 나서 왔단다. 세상에서 무엇이 사랑스러우
니 해도 춘원에게는 허영숙보다 더 사랑스러운 것이 없
다. 이천만 동포니 삼천리강산이니 하고 남보다 더 떠들
고 사랑하는 체한 이가 겨우 한 허영숙에게 바쳤다.[6]

소문은 특급열차만큼 빨랐다. 춘원 이광수가 밤 기차를
타고 압록강을 넘다가 의주에서 붙잡혔지만 그냥 풀려났
다. 아니다, 선천에서 붙잡혀 다시 의주서로 보내졌다. 아
니다, 서울로 압송되었는데 하룻밤 만에 풀려났다. 이런 말
이 자자했고 저런 말이 구구했다. 춘원이 총독부 경무국장
인 마루야마 쓰루기치의 왜장터[7] 집에 숨어 있다는 말이
돌았고, 도쿄에서는 벌써 그를 매장하는 연설회도 열렸다
고 했다. 신문 잡지에는 독자들의 항의가 빗발쳤다.

동포들이 느낀 배반감은 컸다. 3·1 만세 운동으로 흘린
피가 채 마르지 않았고, 뇌옥에 들어간 이들 중에도 여전
히 자유를 찾지 못한 이들이 기천이었다. 그런데 춘원은
총독부에서 무슨 뒤를 봐주기에 어찌 하루도 안 살고 풀려
났을까.

아니, 춘원은 무슨 이유로 돌연 귀국을 했던 것일까.

1920년 이후 춘원은 임시정부 수립이라는 엄청난 회오리가 몰아친 뒤의 상하이에서 어떤 이유로든 환멸을 경험하고 있었다. 고국에서 벌어진 3·1 만세 운동의 감격 속에서는 모두가 당장이라도 독립을 이룰 듯이 흥분했다. 그러나 기대가 컸던 만큼 실망도 컸다. 앞이 보이지 않는 정세 속에서 망명 동지들 간에 크고 작은 암투가 이어졌다. 무엇보다 가장 큰 반목은 부지깽이라도 들고 싸우자는 주전론자와 착실히 힘을 기르자는 준비론자 간의 그것이었다. 춘원은 말하자면 후자였고, 누구보다 도산 안창호를 아버지처럼 좇고 있었다.

하지만 춘원에게 정작 더 큰 문제는 허영숙과의 관계였다. 둘은 도쿄에서부터 사귀었고, 남들의 눈과 귀를 피해 베이징으로 사랑의 도피 행각까지 벌인 바 있었다. 헌데 둘의 물리적 거리가 멀어지자 상황은 점점 꾸덕꾸덕해졌다. 춘원은 몸이 달았지만, 서울에서는 좋은 소식이 들려오지 않았다. 답답한 나머지 춘원은 자포자기해서 술도 마시고 기생집도 다니고 했다는 식으로 편지를 써 보냈다. 실은 춘원이 꾀를 쓴 거였다. 자신을 극적인 상황으로 몰아넣어 다른 이로부터 동정심을 유발하는 것, 고아로 자란 춘원 특유의 후천성 에고였다. 허영숙은 단호히 말했다.

"나는 용서하지 못합니다."

결과적으로는 춘원의 꾀가 통하는 모양새가 되었다. 때마침 춘원이 병으로 쓰러졌다는 일본 신문의 보도까지 있었다. 겨울이 다 지나기도 전인 1921년 2월 16일, 허영숙이 돌연 상하이에 모습을 드러냈다. 허영숙은 공동 조계의 호화로운 호텔에 방을 잡아놓고 춘원을 불렀다. 소문이 삽시간에 퍼져나갔다. 사실 허영숙은 조선총독부 의료 시찰단의 일원으로 그 드문 정식 여권을 소지하고 있었다. 그런 만큼 허영숙이 총독부의 사주를 받고 건너온 게 아닌가 하는 의심도 당연했다. 임시정부의 경무국장 백범 김구가 즉시 허영숙에 대해 체포령을 내렸다.

춘원은 도산을 몰래 찾아가 귀국하겠노라 말했다. 도산은 절대 불가함을 말했다.

"지금 압록강을 건너는 것은 적에게 항서降書를 바치는 것하고 다를 바 없소. 민족운동자로서 쌓아온 명성을 하루아침에 잃을 것이오, 명성을 잃으면 민중이 따르지 않을 것이오. 또 자기는 물론 허 양에게도 큰 죄를 짓는 일이 될 것이오. 속단치 말고 냉정히 생각하시오."

그러나 춘원은 끝내 스승의 말을 듣지 않았다.

어느 날 춘원은 홀연 종적을 감추었다. 도산도 그 사실을 까맣게 몰랐다. 춘원은 톈진을 거쳐 펑톈(봉천, 현재의

선양)으로 갔고, 거기서 압록강을 건너는 국경 열차에 몸을
실었다.

서른 살의 달콤한 봄, 그의 권리

춘원은 그때 막 서른 살이었다.

이유야 어찌 되었건, 전말이 어찌 되었건, 그는 이제 고
국에 돌아와 그 서른 살의 새봄을 맞이하게 된 것이었다.

혼인식을 올린 것은 1921년 5월 당주동 허영숙의 어머
니 집에서였다. 춘원은 한동안 바깥출입을 자제했다. 세상
의 의혹과 손가락질이 잠잠해지기를 기다렸던 것이다. 그
렇지만 그 시절은 그의 인생에서 가장 행복한 시절이었다.
일찍이 고아가 되면서 시작된 저 징그럽도록 기나긴 방랑
의 세월이 마침내 종지부를 찍은 거였다. 돌아보면 돌아갈
부모의 품도 애인의 품도 없어, 혹은 시베리아 눈 쌓인 광
야에, 혹은 일본의 비 뿌리는 풀판에, 혹은 고국의 무너지
는 성의 비낀 볕에, 또 혹은 강남의 흐린 물가에 고독의 추
움을 당할 때, 그는 얼마나 자신의 생명마저 저주했던가.
진실로 그는 세가 태어난 날을 저주했고, 자기를 먹여 기
른 어미의 젖과 풀과 나무의 열매를 저주했으며, 자기를

허영숙이 한국 최초의 여성 개업의로 문을 연 영혜의원 신문광고.
허영숙은 이광수의 인생에서 더없이 따스한 '집'이었다.

이 세상에 있게 한 모든 힘을 저주했다. 천지의 만물이 모두 미움과 원망과 저주의 대상이었던 것이다.[8] 따라서 어떤 누구도 아닌 제 뜻으로 결정한 혼인은 그 저주로부터 놓여나는 가장 확실한 열쇠였다.

그렇다. 춘원에게는 그것이 가장 중요했다. 무엇보다 등을 기대고 몸을 뉘일 따스한 '집'이 필요했고, 또 그건 그가 마땅히 누려야 할 권리이기도 했다. 아무도 그의 그 권리를 폄훼할 수는 없었다. 그런 점에서는 1920년 초 서대문에 영혜의원을 개원하며, 한국 여성 최초의 개업의가 된 허영숙이야말로 넘치도록 훌륭한 '집'이었다.

춘원은 칩거 중에도 글을 썼다. 다만 본명이나 '춘원' 대신 여러 필명을 썼을 뿐이다. 그렇게라도 글을 쓰면서 스스로 자신감을 회복했다. 「감사와 사죄」에 썼듯이, 하느님이 자기를 위해 수십만 년 전 세상을 창조하실 때부터 모든 것을 마련해놓은 거라 생각했고, 그러자 마음은 더없이 행복했다. 솔직히 그의 사죄는 터무니없이 짧았고, 스스로 챙긴 감사는 터무니없이 길었다.

그는 고작 1년 칩거 끝에 밖으로 나왔다. 이제 사람들의 눈치를 보지도 않았다. 그리하여 하느님이 제게 베푼 소명임을 내세워 불쌍하고 못난 동포들에게 큰 가르침 주기를 자처했다. 저 유명한 「민족개조론」(1922)이 그렇게 해서 나왔다. 자기 민족을 마치 문명은커녕 염치와 예의도 없는 양 깔보고 꾸짖었다. 그런 다음 한마디로 정신머리를 싹 바꾸지 않으면 미래가 없노라 사자후를 토했다.

1923년에는 『동아일보』에 논설위원으로 들어갔다. 총독부의 주선이었고, 그가 받는 수당만 해도 한 달에 300원의 거금이었다. 사실 최린이 초빙해서 강사로 나가기 시작한 천도교 종학원에서도 다른 선생들하고는 비교조차 안

될 만큼 강사비를 많이 받았다. 전처 백혜련에게는 약속대로 생활비를 보내줌으로써 마음의 빚도 훨씬 덜 수 있었다. 한때 제 딸이 아까워 애가 달았던 장모도 사위를 새삼 달리 대했다. 그 사위가 이제 조선에서 첫손에 꼽히는 문사 아닌가. 부러울 게 없었다. 업고 다니라면 못 그럴 것도 없었다.

춘원에게도 그 달콤한 인생의 향기는 영원할 것 같았다.

식민지에서도 문학은 계속된다

세월이 흘렀다.

그새 많은 일들이 있었다. 큰 사건도 많았고, 굳이 이리저리 헤아려봐야 겨우 그 뜻을 알아차릴 잡다한 일화들도 많았다. 이를테면 춘원이 서울에 들어와 새삼 기지개를 펼 무렵에는 오사카에서 만세 운동을 주도한 혐의로 몇 개월 징역을 산 염상섭 또한 어느덧 서울에 돌아와 있었다. 그리고 그의 서울은 춘원의 그것처럼 달콤하지 않았다. 그의 수중에는 출옥 후 요코하마에서 인쇄공으로 지낼 때 쓴 소설 「암야」의 초고가 있었다. 그는 그것을 정리해 1922년 『개벽』에 발표했다.

주인공 '그'는 사랑도 없는 혼인을 강요하는 관습에 절망한다. 그건 사기요, 죄악일 뿐이다. 그럼에도 세상은 아무렇지도 않게 굴러간다. 집에서 머잖은 야조현 시장 부근에 와서는 들끓는 인파에 지쳐 금세 눈살을 찌푸렸다.

(그는) 자기가 사람 사는 인간계에 있는 것 같은 생각은 조금도 없었다. 가장 추악한, 금시로 거꾸러질 듯한 망량9 놀이, 움질움질하는 뿌연 구름 속을 휘저으면서, 정처 없이 흘러가는 것 같았다. 생활이란 낙인이 교활과 탐람貪婪10이라는 이름으로 찍힌 얼굴들을 볼 때마다, 그는 손에 들었던 단장으로, 대번에 모두 때려누이고 싶다고 생각하였다.

'대체 너희들은 무슨 까닭에, 이다지 분주히 왔다 갔다 하느냐? 어느 때까지 이것을 계속하다가 꺼꾸러지려느냐?'고 소리를 버럭 지르고 싶었다. 그는 대한문으로 향하여 정신없이 일이 정町 가다가 무슨 생각이 났던지 광화문을 바라보고 돌쳐서며, '무덤이다'라고, 혼자 속으로 부르짖었다.

이것이 『만세전』(1924)의 이인화에게는 "어서어서 가고 스러질 것은 한시바삐 스러져야 할" 도시가 되는 서울이었다. 온갖 추잡스런 도깨비들이 날뛰는 무덤이었다. 사실, 『만세전』을 처음 발표했을 때(1922)의 제목도 바로 『묘지』였다. 나라의 꼴이 아주 틀려버린다 싶던 어린 시절부터 염상섭은 제가 나고 자란 서울을 사랑할 어떤 이유도 쉽게 챙기지 못했던 것이다.

더 많은 일들, 가령 팔봉 김기진은 진작 「김명순 씨에 대한 공개장」(1924)이란 걸 써서 강간의 피해자를 두 번 울렸는데, 소설가 김명순은 거기서 "성욕적 생활에 무절조하다느니보다도 방종하게 지내던 사람"으로 매도당한다. 도쿄에서 데이트 도중 그녀를 강간한 일본 육사 생도 이응준(훗날 초대 육군 참모총장)에 대해서는 아무런 비판이 없었다. 염상섭은 이미 「제야」(1922)에서 그 사건을 다룬 바 있었다. 김동인도 훗날 「김연실전」(1939)에서 그 상처를 크게 더치게 한다. 서해 최학송은 간도를 떠나 무작정 이광수 앞에 나타나 거두어주길 부탁했다. 기가 막힌 춘원이 그를 삼종제가 주지로 있던 양주 봉선사로 보냈다. 머리를 깎고 행자가 된 서해는 중과 다툰 뒤 3개월 만에 도로 상경했다. 그가 곧 「탈출기」(1925)를 써서 문단을 긴장시켰다. 한때 맹위를 떨치던 프로문학운동의 화염은 두 차례의 검거 선풍으로 끝내 사그라지고 말았다.

평양의 엄청난 부잣집 아들 김동인이야 진작 그 뾰족한

자존심으로 한국 근대문학의 새 장을 여마고 했다. 그에게 동인지『창조』를 내자고 권유한 숭실학교 때부터의 벗 주요한이 아니었다면 어땠을까. 그래도 본인은 춘원만을 염두에 두었다. 훗날 그는 이렇게 회고한다.

"국초 이인직의 시대를 지나서 춘원 이광수의 독무대, 그 뒤 2, 3년은 또한 나의 독무대 시대나 다름없었다."

그가 어떻게 해서 으뜸인지는 더 따져봐야 할 문제이지만, 그 엄청난 재산을 주색잡기로 홀라당 말아먹은 그 용기와 광기만큼은 가히 '예술적'이었다. 아마 김유정의 형 김유근이나 되어야 어슷비슷 어깨를 겨루지 않을까. 김유정은 소설「생의 반려」(1936)에서 우리 문학사에서 가장 끔찍한 파락호破落戶의 모습을 그려냈다.

그는 술을 마시면 집 안 세간을 부수고 도끼를 들고 기둥을 패었다. 그리고 가족들을 일일이 잡아가지고 폭행을 하였다. 비녀쪽을 두 발로 잡고 그 모가지를 밟고 서서는 머리를 뽑았다. 또는 식칼을 들고는, 피해 달아나는 가족을 죽인다고 쫓아서 행길까지 맨발로 나오기도 하였다. 젖먹이는 마당으로 내팽개쳐서 소동을 일으켰다. 혹은 아이를 우물 속으로 집어던져서 까무러친 송장이 병원엘 갔다.

이렇게 가정에는 매일같이 아우성과 아울러 피가 흘렀다. 가족을 치다 치다 내 물리면 때로는 제 팔까지 이로 물어뜯어서 피를 흘렸다.

이러길 1년이 열두 달이면 한 달은 계속되었다.

물론 이에 비하면 김동인은 상대적으로 얌전한 파락호였다. 그는 스스로 남자보다 열등한 존재라고 간주한 여자의 치마폭만 파고들 뿐이었으니까.

아무튼 그 김유근의 아우 김유정이 폐결핵으로 병원에 있을 때 이상이 찾아온다. 그는 앉지도 서지도 못하면서 오직 이상이 오기만을 기다렸다며 울기부터 했다.[11]

이상이 물었다.

"각혈이 여전하십니까?"

"네, 그저 그날이 그날 같습니다."

이상은 마코 담배 두 갑을 꺼냈다. 그러나 그 방에는 이미 죽음의 그림자가 바짝 다가와 있었다. 그걸 숨기고 가리기 위해 무성한 꽃으로 장식한 화병에서까지 석탄산 내음이 풍겨났다. 그것을 느꼈을 때, 이상은 자기가 무엇 하러 여기 왔나 하고 따져볼 기력조차 사라졌다. 그래서 나오는 대로 말했다.

"신념을 빼앗긴 것은 건강이 없어진 것처럼 죽음의 꼬임을 받기 마치 쉬운 경우더군요."

"이상 형! 형은 오늘이야 그것을 빼앗기셨습니까? 인제, 겨우, 오늘이야, 겨우, 인제…."

더 이상 무슨 말을 이으랴.

이상이 졌다. 병은, 인생은, 김유정이 몇 수 위였다. 그는 몇 번이고 후회하면서 김유정을 하직했다. 그 길로 그는 '동경'으로 건너간다. 언제나 동경해 마지않았던 동경, 그러나 그는 그 동경이 그토록 치사스러운 도시일 줄은 꿈에도 짐작하지 못했다. 어느 날 선술집에 들어가 정종을 마시던 그는 예비 검속에 걸려 다짜고짜 경찰서로 끌려갔다. 그리고 한 달 만에 좀비와 다름없는 몰골로 나왔는데, 그 이상을 시인이며 도호쿠 제국대학의 대학생인 김기림이 마지막으로 만났다.

김기림은 애써 명랑한 표정을 지으며 말했다.

"여보, 당신 얼굴이 아주 피디아스의 제우스 신상 같구려."

그 말에 이상은 정열도 없는 웃음을 껄껄 웃었다. 어쨌거나 김기림은 일단 학교 때문에 센다이로 돌아가야 했다. 그는 뼈만 남은 도반의 손을 잡고 4월 20일경 다시 돌아오마고 약속했다.

"그럼 다녀오오. 내 죽지는 않소."

이것이 김기림이 들은 이상의 마지막 말이었다.

1937년 4월 17일 아내 변동림이 가져온 새 한복으로 갈아입은 그는 도쿄 제국대학 부속병원에서 숨을 거둔다. 김유정은 그보다 먼저 3월 29일에 죽었다. 동료들은 두 사람을 위해 합동 영결식을 치러준다.

단재 신채호는 그보다 한 해 전 뤼순 감옥에서 영욕의 생을 마감했다. 우당 이회영은 1932년 만주 다롄에서 체포되었고, 일제의 영사관 감옥에서 숨을 거두었다. 혹은 살해당했다. 심훈은 「단재와 우당」이라는 추모문(『동아일보』, 1936. 3. 12~13.)을 써서 그들의 죽음을 기렸다. 지사들의 시대는 그렇게 저물고 있었다. 그리고 그로부터 반년 남짓에 심훈 자신도 이승의 삶을 버린다.

따지고 보면 이런저런 생과 사가 다 한국 문학사의 근대를 구성했다. 동료 작가들과 그것들을 좀 읽어보자고 모임을 꾸렸다. "난데없이 웬 근대문학?" 하던 이들도 특히 '아시아의 근대'라는 좀 더 큰 범주에서 그걸 새겨보자 하니 쉽게 귀를 내주었다.

도쿄 유학 시절 홍명희는 나쓰메 소세키를 이광수에게 권했고, 이광수는 부지런히 그의 소설들을 읽었다. 그러고도 나쓰메 소세키로부터 배운 게 무엇인지는 알 수 없다고 썼다. 우리는 그 나쓰메 소세키와 메이지 시대에 대해 공부했다. 이어 루쉰과 신해혁명에 대해 이야기를 나눴다. 또

라오서의 인력거꾼 '낙타 시앙쯔'가 누빈 베이징, 마오둔과 5·30 사건 전야의 캄캄한 상하이, 우줘류의 '아시아의 고아' 타이베이도 다룰 것이다. 일본에서는 『게 공선蟹工船』의 작가 고바야시 다키지가 맞이한 저 죽음의 1928년 3월 15일을 빼지 않을 것이다. 그는 감옥에서 만난 한 조선인 혁명가에게 끈끈한 연대의 정을 보여주었다. 진보적이라고 알려진 일본의 지식인들이 대개 조선에 대해서만큼은 지독한 무관심이나 무시로 일관하는 풍토를 감안하면, 그가 보인 그 짧은 연대의 순간은 사회주의 노동운동가 이소가야 스에지가 조선의 함흥 감옥에서 전향을 거부하며 보낸 무려 10년의 세월만큼이나 감동적이다. 이소가야는 처음 운동에 뛰어들 때 카프의 맹장 한설야는 물론, 그때 막 카프 계열 소설가로 등장한 흥남의 조선질소비료공장 노동자 이북명의 존재도 알고 있었다.

물론 배를 타고 아시아에 건너온 서구의 작가들도 독서목록에 있다. 가장 먼저는 러일전쟁 취재를 명분으로 조선 땅을 밟은, 그래서 조선인을 일컬어 지구상의 모든 민족 중에서 가장 비능률적인 민족인데 딱 한 가지 뛰어난 점이 있다면 그건 바로 짐을 지는 능력이라고 말한, 소위 사회주의 작가 잭 런던을 들 수 있겠다. 이어 신혼의 아내와 함께 앙코르의 한 사원에서 조각상을 톱으로 썰어내 밀반출

러일전쟁을 취재하러 온 소설가 잭 런던.
그는 철저히 서구인의 눈으로 조선을 보았다.

하려다가 붙잡힌 앙드레 말로, 대영 제국의 식민지 버마에
서 경찰로 지낸 조지 오웰, 신성한 나무와 뱀, 그리고 생명
의 원천을 보기 위해 동남아시아로 떠났다가 때로 절망한
나머지 작열하는 지옥도 경험한 헤르만 헤세, 자랑스러운
프랑스령 식민지에서 새로운 꿈을 펼치라는 광고를 보고
파리를 떠나온 부부가 바로 그 식민지 사이공에서 낳은 딸
마르그리트 뒤라스 등도 싫든 좋든 아시아의 근대를 구성

하는 일부라고 생각한다.

우리의 경우, 이태준이 어떻게 해서 함경북도 웅기 배기미 마을에 아버지와 어머니를 묻었는지 읽었고, 이광수가 어떻게 해서 평안북도 정주 갈산에서 아버지와 어머니를 한꺼번에 잃었는지도 읽었다. 그런 전기적 사실들을 하나하나 알아가는 일은 많은 경우 우리 문학의 치부를 들여다봐야 하는 슬픔을 동반했다. 그래도 모임이 있는 날이면 나는 조금 일찍 도착해 정독도서관 근처를 이리 돌고 저리 돌았다. 커피 한 잔을 손에 든 채 평생 한 번도 가보지 못한 골목들을 발길 닿는 대로 찾았다. 계동과 재동과 가회동과 원서동을 그렇게 해서 걸었다. 걸음 족족 근대가 후드득 차였다.

언제부턴가 나는 이미 짐작하고 있었다. 그 발걸음이 마침내 어디 한 곳으로 이어질 수밖에 없다는 사실을.

춘원의 집

1934년은 춘원 이광수의 생에서 큰 의미를 지닌다.

그해 2월 20일 여덟 살짜리 아들 봉근이를 패혈증으로 잃는다. 허영숙과 사이에서 난 아들로는 첫째였다. 그의 슬픔이 어떠했을지 조금은 짐작할 수 있다. 죽은 아들보다 고작 세 살 더 먹었을 나이에 부모와 여동생을 한꺼번에 잃은 춘원이었다. 아버지가 먼저 호열자(콜레라)에 걸려 숨을 거두었다.[12] 아버지보다 열다섯이나 어린 어머니는 어린 자식의 눈에도 어리숭하기 짝이 없는 사람이었다. 그래도 남편이 쓰러지자 필사적으로 간호했다. 아들은 어머니가 입에다 아주까리기름을 한 입 물어서 아주까리 대 한 마디를 당신 남편의 항문에 대고 불어넣는 광경도 목격했다. 그런 보람도 없이 아버지는 숨을 거두었다. 어머니는 젖먹이 동생의 까만 머리를 쓰다듬으며 말했다.

"언년아, 너허구 엄마허구는 아버지 따라가자. 그래야 오빠허구 언니허구 두 애나 잘 살지. 아버지는 혼자만 가시면 외롭지 않아? 그렇지, 언년아?"

아들은 그 모든 장면을 생생하게 기억했다. 아버지의 송장을 타고 넘으며 "도경이허구 간난이허구 오래오래 잘 살게 해주시우" 중얼거리던 어머니의 모습, 그리고 며칠 후 기어이 병이 옮은 어머니가 언년이를 데려오라고 하자 이상하게도 그 갓난쟁이가 젖을 준다고 해도 평소와 달리 발버둥까지 치며 울음을 터뜨리던 광경까지, 다.

"그것 봐라. 죽을 사람을 어린애가 안다는 게야."

어머니는 이런 말을 남기고 곧 숨을 거두었다. 언년이도

남의 집 민며느리로 갔다가 이듬해 이질에 걸려 죽었다.

춘원은 봉근이의 죽음 앞에서 당혹감을 감추지 못했다.[13] 오래 잊었던 죽음이 불쑥 제 문제로 다가왔기 때문이다. 매일같이 통곡하는 아내 허영숙을 보고는 할 말을 잃었다. 저라고 다르지 않았다. 눈을 감아도 아들은 "아빠" 하고 부르며 달려왔다. 새삼 인연을 생각했다. 봉근이가 전생에 제 은인이었음을 믿었다. 예수와 불타를 그 아들로 인해 받아들였다. 사람이 결코 죽지 아니할 뿐더러 죽지 못한다는 것을 배웠다.

그리고 새집을 지었다.

아들 봉근이를 잊으려 지었고, 그 아들을 다시 맞으려 지었다.

그때까지 춘원의 가족은 효자동에서 살고 있었다. 허영숙은 1938년에 효자동 175번지 진명여자고등학교 앞에 해산전문병원 허영숙 산원을 열었다. 순 조선식 기와집으로 살림집을 겸하고 있었다.

새로 찾아낸 집터는 등 뒤로 북한산의 여러 연봉을 베개처럼 바짝 베고 있는 산비탈이었다. 앞에는 세검정 개천이 흘러 물소리가 들리고, 맞은쪽 정면으로는 안산이, 조금 왼쪽으로는 인왕의 뒤태가 웅장하고도 신비로운 모양으로 앉았다. 또 창의문 밖에서는 아마 가장 아름다울 백사실의

자하문 밖 홍지동 산장.
춘원에게 이 산장을 짓고 또 파는 일은 매우 의미가 컸다.

폭포가 날아드는 듯한 풍경마저 꾸며냈다.

거기라면 죽은 아들이 기쁘게 돌아올 것만도 같았다.

실은 또 다른 이, 그의 정신적 스승 도산 안창호가 그를 그곳으로 끌었을지도 몰랐다. 상하이에 있던 도산은 1932년 4월 29일 윤봉길 의사의 의거에 연루되었다는 혐의로 체포되어 그해 6월 인천으로 압송되었다. 일제는 4년 형을 때렸고, 도산은 의연히 항소를 포기했다. 춘원은 큰 충격을 받았다.

도산이 누구인가. 일찍이 고아가 되어 서러운 생의 고비를 허겁지겁 넘어온 춘원에게 도산은 아비이자 가장 큰 스 승이었다. 춘원은 비록 그의 말을 듣지 않고 상하이를 몰 래 떠나면서도 나름대로 의연했다. 변절자라는 비난을 감 수하고라도 도산의 뜻을 국내에 펼친다는 자부심이 있었 다. 실제로 수양동우회를 만들어 동지를 규합하기도 했다. 하지만 도산의 체포는 그에게 큰 시련이었다. 착실히 힘을 길러 독립을 앞당긴다는 포부가 한갓 새벽안개처럼 아스 라해졌다.

그때 갑자기 구름처럼 집터가 나타난 것이니, 홍지동 산 장은 외롭던 춘원에게 큰 위안이면서 그의 후반 생과 문학 에도 충분히 어떤 이정표가 될 터였다.

허영숙 산원을 지은 정세권이라는 이가 건축을 총괄했 다. 훌륭한 전문가였다. 목수와 미장, 도배장, 유리장, 차양 장 등 장인들로 하여금 허튼 협잡 하나 없이 말끔하게 일 을 하게끔 만들었다. 춘원은 그에게 고마웠고, 자기를 위해 100일이나 애써 일을 해준 모든 일꾼들이 고마웠다.

나는 이제 사십삼 세다. 하루로 말하면 오정이 훨씬 넘 은 때다. 이제사 비로소 정도正道에 눈이 떴으니 늦다고 하겠지마는, 이제부터라도 불퇴전의 바퀴를 굴리고자 나는 이 집을 지을 때에 오직 감사하고 오직 경건하는

마음으로써 하였다. 내 집을 위하여 짐을 지고 나무를
깎는 이들의 무의식중에 하는 부탁 —내게 복을 주오.
나를 고해에서 건져주오 하는 부탁을 분명히 들었다.
나는 이 집에서 새 사람이 되지 아니하면 아니 되고 참
사람이 되지 아니 하면 아니 된다. 그렇지 못하면 나는
어언 일생을 허송하는 것이 되는 것이다.

하지만 그곳에서 그는 생각했던 만큼 마음이 편하지 못
했다.
그 역시 수양동우회 사건에 연루되어 구속되었고 고초
를 피할 수 없었다. 1937년의 일이었다. 신병도 재발해 생
사의 고비를 수시로 넘나들었다. 아내 허영숙이 총독부고
어디고 백방으로 뛰어다니며 목숨을 빌었다. 그 결과 병보
석으로 출감할 수는 있었다. 하지만 그 이듬해 도산이 숨
을 거두었다는 비보가 날아들었다. 춘원으로선 하늘이 무
너지는 궂김이었다. 홍지동 산장이 가까스로 그를 버티
게 해주었다. 『법화경』을 읽으며 마음을 다스렸다. 새벽에
일어나면 서울서 못 보던 별자리까지 보였다. 밤새 자리
를 바꿨음을 확인했다. 그러나 북극성만큼은 변함없이 제
자리를 지켰다. 동動 중의 정靜이요, 변變 중의 항恒이요, 다多
중의 일一이 아니런가. 춘원은 우주의 신비와 숭엄함이 제

가련한 육신에 흠뻑 끼치는 것을 느끼고 또 느꼈다. 그런 마음으로 꽃과 나무, 풀과 바위를 보고 또 보았다. 저를 도와준 숱한 사람들을 생각했다. 먼저 떠나간 아들 봉근이를 생각했다. 제가 버린 아내 백혜련을 생각했다. 홍지동 집을 지어준 고마운 인부들을 생각했다. 인因과 연緣, 그리고 업보를 생각했다. 색즉시공 공즉시색이었다. 모든 분별이 우스웠다. 너와 내가 무어란 말인가. 모두가 하나였다. 내지와 외지가 따로 없고, 종주국과 식민지가 따로 없었다. 오족협화五族協和라 했으니 만주족, 한민족, 한족, 몽골족이 야마토 민족과 하나였다. 그렇게 아시아가 '대동아'로 하나였고, 장차는 팔굉일우八紘一宇, 곧 너른 세상이 모두 한 지붕을 이고 살 터였다.

그리하여 때마침 만주 산터우를 점령한 일본군을 일러 스스럼없이 '우리 군사'라고 했다. 제 민족 제 땅을 지키기 위해 피를 흘리는 중국 인민들의 군대를 일러 '적국'이라 했다. 물론 수도자답게 우리 군사든 적의 군사든 전장에서 피를 흘리며 쓰러진 모든 병사들의 명복을 빌기는 했다.

춘원은 1939년 10월 29일 서울 부민관에서 열린 조선문인협회의 결성식에서 만세 삼창을 외쳤다. 회장 자격이었고, '천황 폐하'를 위한 만세였다. 이어 그는 수양동우회

411

사건과 관련해 온 책임을 자신이 뒤집어쓰고 잘못을 통감한다는 성명을 재판정에 제출했다. 그 길로 천황의 충용한 적자가 되겠노라고 남산의 조선 신궁에 가 허리를 굽혔다. 스스로 주장하듯 그 '덕택'인지, 어쨌든 전원이 무죄였다. 그러나 도산은 이미 병으로 죽고, 이윤기와 최윤호도 고문으로 옥사한 뒤였다.

1942년 11월 1일.

이제 성을 만들고 이름을 바꾸어서 가야마 미쓰로香山光郞가 된 춘원은 다시 도쿄에 도착했다. 제일 먼저 황거를 찾아 요배했다. 때마침 가을비가 갠 저녁 어스름이었다. 맑음과 어둠이란 이름에 딱 맞아떨어지는 황혼이었다.[14]

"보잘것없는 신하 가야마 미쓰로, 삼가 성수聖壽의 만세를 빕니다."

허리를 깊이 접어 절하는 순간, 그는 가슴에 차오르는 감격에 젖었다.

이제 그는 그 뜻깊은 새 이름으로 제1회 대동아문학자대회에 조선 대표단으로 참석했다. 유진오와 요시무라 고도芳村香道, 박영희가 일행이었다. 일본과 조선 이외에도, 중국, 만주, 몽골, 대만에서 각기 대표단을 보냈다.

대회 첫날, 그는 「'동아정신'의 수립에 대하여」라는 제목으로 연설을 했다.

이광수가 가야마 미쓰로로 성과 이름을 바꾼 이유를 밝힌
「창씨와 나」(『매일신보』, 1940. 2. 20).

"자기의 모든 것을 천황에게 바치는 것, 이를 두고 일본 정신이라고 합니다."

"자기를 들어서 자기를 버리는 정신이야말로 인류의 살아가는 길 중 가장 기품 있는, 가장 완전한 진리에 가까운 길입니다. …따라서 우리는 천황을 위해 죽지 않으면 안 됩니다."

우레와 같은 박수가 터져나왔다. 대회의 취지를 '동아' 혹은 '대동아'의 어떤 작가들보다 잘 이해한 그였다.

이듬해인 1943년 8월부터는 개정 병역법에 의해 조선에도 징병제가 전면적 실시 단계로 들어갔다. 가야마 미쓰로가 조선의 청년 학생들을 향해 "공부야 언제나 못 하리, 다른 일이야 이따가도 하지마는, 전쟁은 당장이로세" 하고 지원을 독려한 사실이야 굳이 더 언급할 필요는 없으리라.

이렇게, 그의 후반생 또한 어지러웠다. 다만 어느 겨를에도 춘원의 펜은 멈추지 않았다. 『무정』, 『흙』과 더불어 그의 대표 장편으로 꼽히곤 하는 『사랑』과 『원효대사』, 그리고 그의 단편 중에서도 수준이 높다고 평가받는 「무명」, 「꿈」, 「만 영감의 죽음」(일본어), 「난제오」 등이 그 무렵, 그러니까 그가 홍지동 산장을 팔아버릴 무렵, 그리고 그가 발 벗고 일제에 협력할 무렵에 연달아 쏟아져나왔다.

말하자면 생은 점점 구차하고 비루해지는데 그의 문학

후쿠자와 유키치의 묘.

은 점점 깊고 또 유려해진 셈이랄까. 이 또한 한국 문학의
비극이었다.

생각하면 희망이란 것은

일찍이 1916년 10월, 그때 막 와세다 대학 본과생이 된

이광수는 후쿠자와 유키치의 묘를 찾았다. 무덤은 생각보다 검소했지만 이광수는 가슴이 쿵쾅 뛰었다. 나중에 그때의 감동을 "여余의 흉중에는 무한한 경모와 감개가 교진하다"고 썼다. 문명 개화의 사상으로써 메이지 유신을 이끈 후쿠자와 유키치가 조선의 초라한 유학생에게는 마땅한 귀감이었을 터. 하지만 이광수는 갑신정변 이후 그의 변화에 대해서는 알았는지 몰랐는지 일절 언급하지 않았다. 사실 후쿠자와 유키치는 자신이 돕던 조선의 개화파 지식인들이 처형당하자 분노를 숨기지 않았다. 이른바 '탈아론脱亞論'을 주장하는 것도 그때부터였다.

지금의 중국과 조선은 일본에 조금도 도움이 되지 않는다. 뿐만 아니라 서양 문명인의 눈에는 세 나라가 지리적으로 가까이 있어 동일하게 보고 중국과 조선을 평가하는 데도 일본과 같이한다. …그 영향이 간접적으로 우리들의 외교에 장애가 되는 일이 적지 않다. 일본의 일대 불행이라고 말할 수밖에 없다. 그렇다고 오늘의 꿈을 펴기 위해 이웃 나라의 개명開明을 기다려 함께 아시아를 일으킬 시간이 없다. 오히려 그 대열에서 벗어나 서양과 진퇴를 같이하여 중국과 조선을 접수해야 한다. 접수 방법도 인접 국가라는 이유만으로 사정을 헤아려줄 수 없으며 반드시 서양인이 접하는 풍에 따라 처분해야 할 뿐이다. 나쁜 친구를 친하게 하는 자와 함께 악명을 피할 수 없다. 우리가 마음으로부터 아시아 동방의 나쁜 친구를 사절하는 이유도 이 때문이다.[15]

심지어 그는 조선을 "인간 사바세계의 지옥"이니 차라리 그 조선이 멸망하는 게 조선 인민에게는 오히려 행복이라고 말했다. 나아가 "조선은 가령 그들이 우리에게 와서 우리의 속국이 된다고 해도 반갑지 않은 나라"라고도 말했다.

이광수가 후쿠자와 유키치의 묘를 참배한 지 얼마 후 소설가 나쓰메 소세키의 사망 소식이 전해진다. 일본의 신문들은 앞다투어 그의 죽음을 애도하는 기사를 쏟아냈다. 그 과정에서 '국민 작가'를 넘어서서 서양 어느 작가에게 비겨도 결코 뒤지지 않는 위대한 '대문호'라는 신화가 만들어졌다. 그의 주검을 해부한 도쿄 대학 의학부 교수는 나쓰메 소세키의 뇌가 "일본인에게서 처음 보는 우수한 뇌"라고 감탄했다.[16]

그로부터 정확히 20년 후에는 루쉰이 세상을 뜬다. 상하이에서 그를 한 번 만난 적 있는 이육사가 그를 기려 추도문을 썼다. 연이어 그의 단편 「고향」을 번역해 잡지에 소개

417

했다. 두고두고 세인의 입에 오르는 저 유명한 작품의 말미를, "생각하면 희망이란 것은 대체 '있다'고도 말할 수 없고 또는 '없다'고도 말할 수 없는 것이다. 그것은 마치 지상에 길과 같은 것이다. 길은 본래부터 지상에 있는 것은 아니다. 왕래하는 사람이 많아지면 그때 길은 스스로 나게 되는 것이다"라고 옮겼다. 그때 육사가 어떤 마음이었을지, 따져보는 마음이 참으로 서늘하다.

그 육사는 1942년 동대문경찰서 형사대에 또다시 몇 번째인지도 모르게 체포되었고, 곧바로 베이징으로 압송된다. 그가 그곳 일본 영사관 지하 감옥에서 피를 토하며 숨을 거둔 것은 1944년 1월이었다.

북아시아의 매운 겨울은 그렇게 지나갔다. 그리고 그 봄, 춘원은 경기도 양주군 진건면 사릉으로 거처를 옮긴다. 그는 거기서 해방 소식을 들었고, 잠시 당황했지만 곧 정신을 차리고 3남매를 모아놓고 애국가를 가르쳐주었다.

거듭 말하지만, 한국 문학의 근대는 춘원을 빼고는 성립되지 못한다. 그러나 이 말이 곧 그의 공으로 과를 덮자는 뜻으로 오해되어서는 안 된다. 문학은, 나아가 한 나라의 문학사는 실로 엄정한 것이다.

서울에서, 나는 이렇게 아시아를 읽었다.

　전 세계적으로 코로나 사망자가 100만 명을 넘어섰다. 나
또한 그 와중에 소중한 사람들을 잃었다. 공교롭게도 책머리
에서 언급한 두 분이 그 속에 포함되었다. 부음을 듣고 눈앞
이 얼마나 아득했는지 모른다. '내가 존경하는 한 분'은 『녹
색평론』의 김종철 선생이시다. 나는 너무 늦게 그분을 만나
너무 일찍 그분을 보내드렸다. 베트남의 반레 시인이 황망히
그 뒤를 쫓아가셨다. 두 분이 꿈꾸던 '다른 아시아'가 내 남
은 생의 과제가 되었다. 어찌 감당하랴!

　실은, 코로나가 한창 기승을 부릴 때 아버지가 돌아가셨다.
소작농의 아들로 태어나 일찍 부모를 여읜 당신이 빨간 몸뚱
이 하나로 끌고 오신 100년 역사에 새삼 할 말을 잊는다.

　두루 명복을 빌 뿐이다.

　이 책은 계간 『황해문화』에 연재했던 글들을 모아 펴내는
것임을 밝힌다. 학고재에서는 힘든 시절을 살피지 않고 기꺼
이 책을 내주셨다.

　두루 감사를 선한다.

추석을 앞두고, 김남일

후주

책머리를 대신하여

1 『한겨레』, 2020. 4. 21.

2 커트 보니컷, 『제5도살장』, 정영목 옮김, 문학동네, 2016.

3 1988년 서울올림픽 이후인 1989년부터 해외여행 자유화 조치가 실시된다.

4 졸고, 「통일시계」, 『세상의 어떤 아침』, 강, 1997. 174쪽.

5 목타르 루비스, 『자카르타의 황혼』, 오정환 옮김, 갑신문화사, 1963.

6 헤겔, 『역사철학강의』(1), 김종호 옮김, 삼성출판사, 1982. 88~89쪽.

7 크리스토프 바타이유, 『다다를 수 없는 나라』, 김화영 옮김, 문학동네, 1997. 79~80쪽.

8 앙드레 말로, 『왕도로 가는 길』, 김붕구 옮김, 지식공작소, 2001.

9 헤르만 헤세, 『인도 기행』, 박환덕 옮김, 범우사, 2010. 133~134쪽.

10 조지 오웰, 「마라케시」, 『코끼리를 쏘다』, 박경서 옮김, 실천문학사, 2003. 68쪽.

1 아시아의 드문 기억 사이공

1 마르그리뜨 뒤라스, 『연인』, 김현아 옮김, 산호, 1992.

2 이사벨라 버드 비숍, 『이사벨라 버드 비숍의 황금반도』, 유병선 옮김, 경북대학교 출판부, 2017. 111~124쪽.

3 Dân Ca. 민가(民歌). 북부에서는 '전까'라고도 함. 지배적인 형식은 6·8체.

슬픈 내용만 담는 게 아니고 우리 민요처럼 노동요, 의식요, 생활요가 두루 있다.

4 최근 주목받는 작가들도 여기에 덧붙일 수 있겠다. 『루』(2009)와 『만』 (2013)을 쓴 베트남계 캐나다인 작가 킴 투이는 열 살 때 부모와 함께 베트남 공산화를 피해 빠져나온 보트 피플이었다. 퓰리처 상을 받은 소설 『동조자』(2016)의 작가로 현재는 미국인이 된 비엣타인응엔 또한 같은 개인사를 지니고 있다.

5 구엔반봉, 『사이공의 흰옷』, 도서출판 친구, 1986. 훗날 배양수가 베트남어에서 직접 번역한 책이 『하얀 아오자이』라는 제목으로 다시 출간되었다. 동녘, 2006.

6 Nguyen Khac Vien&Huu Ngoc, *Vietnamese Literature-Historical Background and Texts*, Red River, 1982, Hanoi.

7 김형수, 「슬픈 열대: 사이공 연가」 일부.

8 베트민(Việt Minh, 越盟)은 베트남독립동맹회의 약칭이다. 1941년 호찌민을 중심으로 인도차이나공산당과 다수의 민족주의 계열 정당이 결합하며 결성되었다.

9 그레이엄 그린, 『말 없는 미국인』, 문일영 옮김, 양문사, 1959. 97쪽. 원래 1955년 출간된 소설로, 원제는 『*The Quiet American*』.

10 바오닌, 「꼬마들의 집은 어디인가」, 『한겨레21』 제557호, 2005. 4. 27.

11 바오닌, 『전쟁의 슬픔』, 하재홍 옮김, 아시아, 2012. 15쪽.

12 소설가 자웅언.

2 신화와 역사 어디쯤의 고도 교토

1 나쓰메 소세키, 『우미인초』, 송태욱 옮김, 현암사, 2014. 59~60쪽. 작품 소재가 된 교토 여행은 1907년 「교토의 저녁」이라는 제목의 수필로 발표되었다.

2 리양, 「나라의 중심: 불견천의 귀신」, 『눈에 보이는 귀신』, 김태성 옮김, 문학동네, 2011.

3 다니자키 준이치로, 『그늘에 대하여』, 고운기 옮김, 눌와, 2005.

4 다니자키 준이치로, 『세설』(상), 송태욱 옮김, 열린책들, 2007. 122쪽.

5 허우성, 『근대 일본의 두 얼굴: 니시다 철학』, 문학과지성사, 2000; 이찬수, 「절대무의 체험: 장소적 논리와 참회도 철학」, 『우원사상논총』(10), 2001.

6 허우성, 앞 책; 윤기엽, 「대동아공영권과 경도학파의 이론적 후원」, 『불교학보』(48), 동국대학교 불교문화연구원, 2008.

7 西田幾多郎, 「世界新秩序の原理」(세계 신질서의 원리), 소화18(1943). 青空文庫.

8 「고은과의 대화」(29), 『경향신문』 2012. 4. 6.

9 『중앙공론』 발표. 이 좌담회를 포함, 총 세 번 좌담한 다음 1943년 3월, 『역사적 입장과 일본』으로 출간.

10 나카무라 니츠오 외, 『태평양전쟁의 사상』, 이경훈 외 옮김, 이매진, 2007. 341쪽.

11 앞 책, 343~354쪽.

12 마루야마 마사오, 「근대적 사유」, 『일본근대사상비판』(고야스 노부쿠니, 『일본근대사상비판』, 김석근 옮김, 역사비평사, 2007)에서 재인용. 223쪽.

13 노마 히로시, 『어두운 그림』, 신은주 옮김, 소화, 1999. 116~117쪽.

14 미시마 유키오, 『금각사』, 허호 옮김, 웅진지식하우스, 2017. 182~183쪽.

15 앞 책, 282~283쪽.

16 사카구치 안고, 「속타락론」, 『백치, 타락론』, 최정아 옮김, 책세상, 2007. 159쪽.

17 미시마 유키오 외, 『미시마 유키오 대 동경대 전공투 1969~2000』, 김항 옮김, 새물결, 2006. 24쪽.

18 김지하, 「아주까리 신풍(神風): 三島由紀夫에게」.

3 중국이 세계였을 때 상하이

1 가즈오 이시구로, 『우리가 고아였을 때』, 김남주 옮김, 민음사, 2015. 197쪽.

2 마오둔, 「환멸」, 『식(蝕) 3부작』, 심혜영 옮김, 을유문화사, 2011. 9쪽.

3 우리나라에는 같은 여자(김하림), 같은 출판사(도서출판 한울)에 의해 초
   판본은 『자야(子夜)』(1986)로, 재판본은 『칠흑같이 어두운 밤』(1997)이
   라는 제목으로 소개되었다. 여기서는 후자에 기댄다. 19쪽.

4 앞 책, 22~23쪽.

5 앞 책, 34쪽.

6 이사벨라 버드 비숍, 『양자강을 가로질러 중국을 보다』, 김태성·박종숙
   옮김, 효형출판, 2005.

7 이광수, 「그의 자서전」, 『이광수 전집』(6), 우신사, 1979; 이광수, 『나의
   고백』, 우신사, 1985.

8 다니자키 준이치로, 『도쿄 생각』, 곽형덕 옮김, 글항아리, 2016. 21쪽.

9 아쿠타가와 류노스케, 『아쿠타가와의 중국 기행』, 곽형덕 옮김, 섬앤섬,
   2016.

10 앞 책, 23쪽.

11 앞 책, 24쪽.

12 미 국무성 간행, 『중국백서』, 이영희 편역, 전예원, 1982.

13 중국의 꿈이 나의 꿈이다.

14 요코미쓰 리이치, 『상하이』, 김옥희 옮김, 소화, 1999. 159쪽.

15 이하 이 부분은 제1소설집 『납함』 자서. 루쉰, 『루쉰 소설 전집』, 김시준
   옮김, 을유문화사, 2008.

16 앙드레 말로, 『인간의 조건』, 김붕구 옮김, 지식공작소, 2002. 391~392쪽.

17 앞 책. 399쪽.

4 돌이켜보면 이미 이 도시에 있지 않고 상하이

1 村松梢風, 『魔都』, 小西書店, 1924. 서문.

2 위앤 진, 「상하이는 어떻게 중국 근대문화의 중심이 될 수 있었는가」, 『동아시아 개항을 보는 제3의 눈』, 인하대학교 출판부, 2010.

3 김광주, 「야계」, 『중국조선민족문학대계(13): 김학철 · 김광주 외』, 보고사, 2007. 312쪽.

4 주요섭, 「살인」, 『아시아』(25), 2012 여름호, 320~321쪽. '더즌'은 열둘을 말하지만, 여기서는 그만큼 많다는 뜻.

5 和田博文 · 真銅正宏 · 和田桂子 · 大橋毅彦 · 竹松良明, 『言語都市 上海 1840~1945』, 藤原書店, 1999. 214쪽.

6 「상하이 폭스트롯」(上海的狐步舞), 『아시아』(25), 김순진 옮김, 2012 여름호, 250~255쪽.

7 「夜總會裏的五個人」(1932). 우리말 번역은 배수진, 「무스잉 소설 6편 번역」, 동국대학교 교육대학원 석사 학위 논문, 2012. 참고.

8 스즈키 마사히사, 「상하이 모더니즘의 정치성」, 『동아시아 문화공간과 한국문학의 모색』, 어문학사, 2014. 270쪽.

9 장아이링, 「봉쇄」, 『첫 번째 향로』, 김순진 옮김, 문학과지성사, 2005. 317쪽.

10 앞 책, 335쪽.

11 리어우판, 『상하이 모던』, 장동천 외 옮김, 고려대학교 출판부, 2007. 462쪽.

12 武田泰淳, 「支那文化に関する手紙」; 이수열, 「근대일본작가의 上海 체험: 문화접촉과 탈경계적 상상력」, 『해항도시문화교섭학』(2), 한국해양대학교 국제해양문제연구소, 2010. 16~17쪽 재인용. 약간 정리.

13 武田泰淳, 『審判, 上海の螢 · 審判』, 小学館, 2016.

14 앞 책, 258쪽.

15 堀田善衛, 「異民族交渉について」, 『上海にて』, 集英社文庫, 2008. 119~120쪽.

16 「町あるき」, 앞 책. 113~115쪽.

17 왕안이, 『장한가』(1), 유병례 옮김, 은행나무, 2009. 96쪽.

18 앞 책, 174쪽.

19 왕안이, 『장한가』(2), 유병례 옮김, 은행나무, 2009. 103쪽.

20 왕안이, 『푸핑』, 김은희 옮김, 어문학사, 2014. 375쪽.

21 쥴리아 크리스테바, 『사무라이』(1), 홍명희 옮김, 솔, 1991. 251~258쪽.

22 앞 책, 277~282쪽.

23 왕안이, 『상하이, 여자의 향기』, 김태성 옮김, 한길사, 2012. 36쪽.

5 세 작가의 도쿄, 세 개의 근대 도쿄

1 브레히트 기념관 안내 팸플릿.

2 발터 벤야민, 『1900년경 베를린의 유년시절』, 윤미애 옮김, 길, 2007. 인
   용문은 본문 앞에 부친 제사(題詞).

3 토마스 만, 「토니오 크뢰거」 참고.

4 나쓰메 소세키, 『산시로』, 송태욱 옮김, 현암사, 2014. 33쪽.

5 이하 나쓰메 소세키의 런던에 관한 내용은 조민경, 「나쓰메 소세키와 박
   태원 비교 연구: 나스메 소세키의 『나는 고양이로소이다』와 박태원의 『천
   변풍경』을 중심으로」(연세대학교 대학원 석사학위 논문, 2006)에 크게 기댔
   다. 별도의 출처를 밝히지 않은 인용문은 이 논문에서 재인용한 것임.

6 고모리 요이치, 「나쓰메 소세키에 있어 문학의 보편성」, 『한국학연구』
   (27), 인하대학교 한국학연구소, 2012. 10쪽.

7 나쓰메 소세키, 「나의 개인주의」, 『나의 개인주의 외』, 김정훈 옮김, 책세
   상, 2004. 53쪽.

8 나쓰메 소세키, 『산시로』. 송태욱 옮김, 34쪽.

9 이광수, 「거울과 마주앉아」. 실제 이 글을 발표한 것은 1917년(『청춘』 제
   7호)이었다. 『이광수전집』(8), 삼중당, 1976.

10 하타노 세츠코, 『이광수, 일본을 만나다』, 최주한 옮김, 푸른역사, 2016.

11 상하이 망명 시절에 그는 가인의 한자를 假人에서 可人으로 바꾸어 쓰는데 이도 의미심장하다. 강영주, 『벽초 홍명희 연구』, 창비, 1999. 44~45쪽.

12 루쉰, 『아침 꽃 저녁에 줍다』, 김하림 옮김, 그린비, 2011. 120쪽.

13 앞 책. 120~211쪽.

14 平川祐弘, 『夏目漱石 非西洋の苦闘』, 新潮社, 1976. 86~87쪽. 역자들마다 약간씩 뉘앙스가 다르게 번역하고 있음을 지적하고 있다. 그는 「후지노 선생」의 첫 문장이 고분 학원에서 공부하다가 1903년에 잠깐 중국에 다녀온 뒤의 감회를 말하는 것이라는 점을 중시한다.

15 「잊음의 나라로」, 『영대』(5), 1925년 1월.

16 1901년 3월 16일 일기. 조민경, 앞 글. 30쪽.

17 「동경잡신」(1918), 『이광수전집』(10), 삼중당, 1976. 300쪽. 이 인용문을 새삼 읽게 된 것은, 윤대석, 「일본이라는 거울: 이광수가 본 일본·일본인」(『일본비평』 제3호)이라는 논문을 통해서였음을 밝힌다. 단어 설명은 윤대석.

6 일본의 마음, 텅 빈 중심 도쿄

1 나쓰메 소세키, 『산시로』, 송태욱 옮김, 30쪽.

2 야마모토 요시타카, 『나와 1960년대』, 임경화 옮김, 돌베개, 2017. 특히 제12장 참고.

3 1968년 2월 가난한 자이니치 김희로가 빚 독촉을 하며 조선인에 대해 차별적인 발언을 퍼붓던 일본인 두 명을 살해하고 달아나 온천장에서 일본인들을 인질로 잡고 대치하다가 붙잡힌 사건.

4 미시마 유키오 외, 『미시마 유키오와 동경대 전공투 1960~2000』, 김항 옮김, 새물결, 2006. 24쪽.

5 앞 책. 76쪽.

6 앞 책, 78쪽.

7 앞 책, 83쪽.

8 김홍중, 『마음의 사회학』, 문학동네, 2009. 특히 제2장 「삶의 동물/속물화와 존재의 참을 수 없는 귀여움」 참고. 코제브의 동물/속물론은 저서 『헤겔강의입문』 2판 각주에 있다.

9 앞 책, 59쪽.

10 앞 책, 60쪽.

11 미시마 유키오 외, 앞 책, 515쪽.

12 앞 책, 416쪽.

13 앞 책, 437쪽.

14 프리드리히 니체, 『차라투스트라는 이렇게 말했다』, 장희창 옮김, 민음사, 2004. 23쪽. 인용문에 '최후의 인간'으로 적었지만 역서에는 '말종인간'이라고 되어 있다. '최후의 인간'이라는 역어는 김홍중을 따랐다.

15 김홍중, 앞 책, 69쪽.

16 롤랑 바르트, 『기호의 제국』, 김주환·한은경 옮김, 민음사, 1997. 40~42쪽.

17 윤상인, 『문학과 근대와 일본』, 문학과지성사, 2009. 48쪽 참고. 윤상인에 의하면 오에 겐자부로 역시 "아무것도 없는 공동이 교묘하게 조작되어 권력에 의한 민중 지배를 안정시키고 있는 것"으로 생각한다.

18 오사와 마사치, 『전후 일본의 사상공간』, 서동주 외 옮김, 어문학사, 2010. 특히 2부 참고.

19 에도 시대에 정비된, 교토에서 에도까지 이르는 길.

20 타키 코지, 『천황의 초상』, 박삼헌 옮김, 소명출판, 2007. 우키요에와 니시키에는 에도 시대부터 내려온 일본 풍속화(판화)다.

21 마루야마 마사오, 『현대정치의 사상과 행동』, 김석근 옮김, 한길사, 1997. 특히 제1장 「초국가주의의 논리와 심리」 참고.

22 나쓰메 소세키, 『마음』, 유은경 옮김, 문학동네, 2016. 280쪽.

23 앞 책, 280~281쪽.

24 1877년 메이지 유신을 주도한 사이고 다카모리 측 사무라이들이 일으킨 반란.

7 아직 더 기억해야 하는 이름 타이베이

1 황석영,『심청』(상), 문학동네, 2003. 203쪽.

2 우줘류,『아시아의 고아』, 송승석 옮김, 아시아, 2012.

3 우줘류,「포츠담 과장」,『중국현대문학전집(17): 야행화차 외』, 유중하 옮김, 중앙일보사, 1989.

4 신해혁명(1911) 이래 쑨원이 북방의 군벌 정권을 타도하기 위해 벌인 전쟁. 특히 쑨원 사후 1926~1928년 장제스 주도로 실행된 토벌이 가장 유명하다. 네이버 지식백과: Basic 고교생을 위한 세계사 용어사전(강상원), 2002.

5 미 국무성 간행,『중국백서』, 리영희 옮김, 전예원, 1982. 409쪽.

6 「대만의 여성작가 주톈원과 주톈신을 만나다」,『아시아』(30), 52쪽. 좌담은 2013년 5월 6일 타이베이에서 중국 문학 번역가 김태성이 진행했다.

7 원래 화북 지역에 살았지만 난을 피해 남쪽 지방으로 이주한 한족의 후손. '하카'라고도 부른다.

8 앞 글, 53쪽.

9 주톈신,「젠춘의 형제들을 생각하며」,『꿈꾸는 타이베이』, 김상호 옮김, 한걸음더, 2010.

10 루쉰 외,『아Q정전·반하류사회·타이뻬이 사람들』(세계문학전집 12), 허세욱 옮김, 삼성출판사, 1982.

11 주톈신,『고도』, 전남윤 옮김, 지식을만드는지식, 2012.

12 포르투갈어로 '아름다운 섬'이라는 뜻으로, '포르모자'는 대만의 별칭이기도 하다.

13 앞 책, 230쪽.

14 앞 책, 269쪽.

15 리앙, 『눈에 보이는 귀신』, 김태성 옮김, 문학동네, 2011.

16 리앙, 『미로의 정원』, 김양수 옮김, 은행나무, 2012.

17 룽잉타이, 「기억의 충돌: 대만, 중국 관계와 일본」, 『역사대화로 열어가는 동아시아 역사 화해』, 동북아역사재단, 2009. 163쪽.

18 앞 글. 164쪽.

19 황춘밍, 『사요나라, 짜이젠』, 이호철·성민엽 옮김, 창작과비평사, 1983.

20 백지운, 「대만 '향토문학'의 '아시아적 맥락'」, 최원식·백영서 편, 『대만을 보는 눈』, 창비, 2012. 121쪽.

21 김경수 책임 편집, 『만세전』, 문학과지성사, 2005. 48쪽. '요보'는 일본인들이 조선인을 비하하는 말.

22 대만 원주민 가운데 평지에 살며 한족 문화에 동화된 부족들을 통칭하는 말. 일본은 이들을 생번과 비교하여 '숙번(熟蕃)'이라고 불렀다.

23 주완요, 『대만, 아름다운 섬 슬픈 역사』, 손준식·신미정 옮김, 신구문화사, 2003. 128~134쪽.

24 샤만 란보안, 『바다의 순례자』, 이주노 옮김, 어문학사, 2013. 역자 후기 참고.

25 앞 책, 116~117쪽.

26 앞 책, 135쪽.

8 그래도 하노이는 옳았다 하노이

1 〈그대가 하노이의 가을인 거 맞나요?(Có phải em là mùa thu Hà Nội?)〉

2 김석회, 「한월 창화시의 양상과 그 서정적 특질」, 『한국과 베트남 사신, 북경에서 만나다: 창화시 연구』, 소명출판, 2013.

3 정유경, 『탐라문견록: 바다 밖의 넓은 세상』, 정민 옮김, 휴머니스트, 2008.

4 윤대영, 「김영건의 베트남 연구 동인과 그 성격」, 『동남아시아연구』(19)

3호, 한국동남아시아학회, 2009.

5 비엣타인응우옌, 『아무것도 사라지지 않는다: 베트남과 전쟁의 기억』, 부희령 옮김, 더봄, 2019.

6 바오닌, 「발문: 전쟁, 그리고 한 영혼의 무게」, 『전쟁의 슬픔』, 박차규 옮김, 예담, 1999.

7 바오닌, 『전쟁의 슬픔』, 하재홍 옮김, 아시아, 2012. 59쪽.

8 앞 책, 17쪽.

9 고명철, 「베트남전쟁, 다시 우리를 부르는」, 『제주 4·3항쟁 70년 국제문학심포지엄: 동아시아의 문학적 항쟁과 연대』, 2018. 4. 27.

10 바오닌, 앞 책, 202쪽.

11 바오닌, 「0시의 하노이」, 『스토리텔링 하노이』, 배양수 옮김, 아시아, 2012.

12 앞 책, 134~135쪽.

13 앞 책, 137쪽.

14 유신을 성공적으로 이룩한 일본에 베트남 지식인 청년들을 유학 보내는 운동. 1905년에서 1908년까지 약 200명을 유학시켰다.

15 레민퀘, 「이 계절, 하노이를 걸으며」, 『스토리텔링 하노이』, 아시아, 2012.

16 김남일 외, 『스토리텔링 하노이』, 아시아, 2012. 163쪽.

9 일본 '너머'에 있는 오키나와

1 메이지 정부의 중앙집권 정책에 따라 이전의 지방 통치 조직인 번(藩)을 폐지하고 새로이 현(縣)을 설치한 일.

2 오키나와 현청이 있는 오키나와 본섬에는 오키나와 시를 비롯해 나하 시, 나고 시, 기노안 시 등 여러 시와 군이 있다.

3 야마시로 세이츄 외, 『오키나와 문학의 이해』, 김재용·손지연 편역, 역락, 2017.

4 SOFA(Status of Forces Agreement): 군대의 지위에 관한 협정.

5　메도루마 슌, 『오키나와의 눈물』, 안행순 옮김, 논형, 2013. 13~14쪽.

6　앞 책, 138쪽.

7　개번 매코맥·노리마츠 사토코, 『저항하는 섬 오끼나와』, 정연신 옮김, 창비, 2014. 특히 393쪽.

8　메도루마 슌, 『기억의 숲』, 손지연 옮김, 글누림, 2018.

9　야마시로 세이츄 외, 앞 책.

10　구갑묘(龜甲墓). 말 그대로 거북의 등을 엎어놓은 듯한 형태의 오키나와 전통 분묘. 무덤 내부도 상당히 크기 때문에 피신처로 쓸 수 있었다.

11　우에하라 토요코의 증언. 오키나와 현 평화기념자료관 편, 『평화에의 증언: 체험자가 말하는 전쟁』, 2018. 31쪽. 정리해 인용.

12　「오키나와전과 집단 자결」, 『세계』, 2008년 1월호 특집.

13　오시로 다쓰히로, 『오시로 다쓰히로 문학선집』, 손지연 옮김, 글누림, 2016. 179쪽.

14　메도루마 슌, 『오키나와의 눈물』, 안행순 옮김, 논형, 2013. 27쪽.

15　앞 책, 42쪽.

16　오에 겐자부로, 『오키나와 노트』, 이애숙 옮김, 삼천리, 2012. 200쪽.

10 다시 이광수를 만나는 법 서울

1　'무덤 파주고 돈 버는 8세·15세 시리아 형제의 사연', 『서울신문』 2019. 10. 8.

2　존 버거, 『A가 X에게: 편지로 씌어진 소설』, 김현우 옮김, 열화당, 2009. 216쪽.

3　김영하, 「단기 기억상실증」, 『스테이』, 갤리온, 2010.

4　염상섭의 산문 「소년 때 일: 고목 아래」(1929). 「문학소년 시대의 회상」(1955), 「별을 그리던 시절」(1958) 등을 참고. 판본은 한기형·이혜령 편, 『염상섭 문장전집』(2)·(3), 소명출판, 2013.

5　심훈의 일기를 주로 참고했다. 『심훈문학전집』(3), 탐구당, 1966.

6 이병기, 『가람일기』(1), 신구문화사, 1979. 149쪽.

7 현재 서울 중구 예장동 일대. 임진왜란 때 왜군들이 주둔한 데서 유래한 마을 이름으로 '왜성대(倭城臺)'라고도 했다. 항간에는 허영숙이 마루야 마 쓰루키치가 상해로 보낸 밀정이라는 소문이 돌았다.

8 「감사와 사죄」, 『백조』 제2호, 1922. 5. 이 글을 쓴 것은 1921년 11월쯤으로 추정된다.

9 도깨비. 이매망량(魑魅魍魎)의 준말.

10 재물이나 음식을 탐냄.

11 이상, 「실화」(1939, 유고) 참고.

12 이 부분은 자전적 소설 『나』(1947) 중 특히 「다섯째 이야기」 참고.

13 이하, 수필 「봉아의 추억」(1934), 「성조기(成造記)」(1936)와 소설 「육장기(鬻庄記)」(1939)를 주로 참고.

14 김윤식, 『일제 말기 한국 작가의 일본어 글쓰기론』, 서울대학교 출판부, 2003.

15 『지지신보(時事新報)』, 1885. 3. 16; 정일성, 『후쿠자와 유키치 탈아론(脫亞論)을 어떻게 펼쳤는가』, 지식산업사, 2001, 18~21쪽.

16 윤상인, 『문학과 근대와 일본』, 문학과지성사, 2009. 257쪽.